第三卷 一将功成万骨枯

第十一章 大捷

正午冬阳明晃晃地悬在头顶，巍峨的城墙上，弓弩手与盾兵整肃地一并排开，一眼望去，是苍翠葱郁的谷地。

项桓登上城楼时已换了一身沉重的战甲，肩头的玄色披风正随风烈烈而动。

这不是他第一次上战场，但周身血液沸腾，就好像是回到许多年前，自己第一次握枪，第一次等待着上阵杀敌。曾经，他立志做一个顶天立地、名扬万里的将才，无论寒暑，无论阴晴，练枪练剑，苦读兵书，也曾春风得意，青云直上；也曾郁郁不得志，身陷囹圄。

历经无数磨砺与波折，而今终于走到了这一步。

这和他以往的每一场战斗都不一样。在北境时，他背后有用兵如神的季长川，在凭祥关时，面对突如其来的诈降夜袭，他打不过还能跑，也有路可退。而如今，他站在这里，身后是一座城，城里有他要守护的人，手里握着最后一次机会。如若不成，便只能万劫不复。

项桓握着银枪闭目，深吸了口气，再睁眼时，眸中是熄灭已久的熊熊烈火："开城门，列阵！"

袁傅的大军用了一整晚的时间行至青龙城下，高耸的门楼在远处遥遥伫立，藏青色的大旗正迎风狂舞。身披玄甲的武将目光如炬，面颊上藏着让人捉摸不透的情绪。

袁傅和季长川的用兵习惯不同，他没有那么多面面俱到的心思，出兵险而果决，往往有狂傲不羁、破釜沉舟的气势。这一点，项桓和他很像，所以他才会对这个后生小辈格外留意，也不介意放他一条生路，甚至起初他还有些期待，想看看这个孩子最后能怎样过关。只可惜后来听说死在了半路，实在是天生命浅，与乱世无缘。

干他们这一行，没有一身硬骨头是活不长久的。

袁傅将大军停在城外，他带了六万烽火骑弃关突围，这差不多是手中最精锐的一支了，三天之内攻下一座城池，时间对他而言已经是十分充沛。他知道季长川一早就安排了人守城，但其实并没有把他那几个年轻的徒弟放在眼里，经历太浅，哪怕有资质也并不足以畏惧。倘若是季长川本人驻守，他或许还能警惕几分。

整顿好士兵，袁傅当即简单粗暴地下令："准备攻城！"

身侧骑白马的随从取出青龙城的地图，似乎正想问他的意思，不料袁傅却一抬手推了回去："不用看了，兵临城下还看地图的，也就不必想着能打赢这场仗了。青龙城门户有六，朝南最近的是安定门，此刻应该有三万以上装备精良的弩手和骑兵等着与我等交战。"他手握缰绳，任由自己的战马微微踱步，眉目间竟有些不紧不慢的意思，忽然扬鞭一指，"我们不打南门，打西南，破军。"

随行的一名主将立即拍马，领命出战。这是跟了他数年的参将，姓文，时年三十，也算是后起之秀了。

前方中路军，一千人探路的骑兵先行出发，文参将则列阵在后，静静等待。

这是攻城前惯用的手段，以此探明敌军形势，倘若城门坚固难攻，或许会退回另做打算，若是附近并无埋伏并有机可乘，才会派探子回禀，放大军前行。

斥候们拉紧缰绳，驱马小心挺进，走到离城池数里开外，便戒备地放慢了速度。然而奇怪的是，通向城门这一路却如入无人之境，直到快至城下了，才隐约看到零星几个沿途巡逻的士兵。双方刚刚交锋，魏军们却好似非常意外，连武器都有些拿不稳，当下神色慌张，掉头就朝城内跑，留给一帮斥候一大片白送的空地。

从未打过这么便宜的仗，后者面面相觑了半晌，立马折返回去如实禀报参将。

"侯爷料事如神。"饶是袁傅不在身边，他仍旧由衷感慨，"破军门的防守果然空虚！"

武安侯对于烽火骑而言一直是个不朽的神话，几乎所有人都将他的军令

367

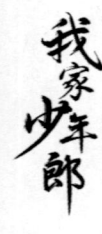

奉为圣旨，久而久之多少也产生了些依赖。

文参将当下领了三万兵马，浩浩荡荡地出发，骑兵打头阵，步兵压后，甚至连投石车也不着急带，只让其慢吞吞地在后面跟着。

大军压境，马蹄将周遭的山林踏出一股强劲的风，在官道间凌冽地吹。

这附近果然戒备松懈，偶有几支负隅顽抗的巡逻军出现，根本不必他下令，瞬间就被大军的马蹄踩成了肉饼。

紧随在后的将士环顾左右，猜测道："想必是城中兵马不足，此刻尽数守在了南门，别处就自然无暇顾及了。"

参将在马背上冷哼："季长川啊季长川，你也有今天。小小青龙城，不过如此。难为侯爷还这般小心，倾尽兵力，如临大敌，我看只用一万骑兵足以应付。"

下属赞同："将军说得是。"

队伍正高歌猛进，前面疯跑等着抢功的铁骑猛地踏过一片平地，马率先发觉脚下的异样，然而已经迟了，只听一声平地炸雷，狂奔的骑兵中骤起一道浓烟滚滚的火光。

马匹尖厉地嘶鸣着，扬着蹄子似乎要立了起来，参将好悬才没被甩掉，他勒紧缰绳在原地打转，扬声问："怎么回事！"

"参将，是雷火弹！"

四周烟雾弥漫，有人呛着气咳嗽："这地上居然埋了雷火弹！"

他此时才意识到不对，蓦地大喊："全军停下，有埋伏！"

参将试图拽住有些失控的战马，在大片难分彼此的浓雾里吼道："阵形不要乱，找准附近的人，立刻列队！"

四周的马蹄依旧凌乱，他气得咆哮："我命令你们列队！"

正在这时，纷杂的马匹嘶鸣声中蓦地混进来了无数凌厉寒冷的劲风，好似有什么划破空气，无孔不入地袭来，伴随着雨点般"嗖嗖"的动静，惨叫声从四面八方响起。

可大军依旧混在了烟尘里，隐藏在暗处的射手与骑兵们终于现身，而原本应该稀稀拉拉的城墙上，数千虎豹骑好似鬼魅般冒了出来。

他们手握兵刃，举着武器低声怒吼："杀，杀，杀！"

这些吼声渐渐聚集，又慢慢涟漪似的扩散开，汇成了足以响彻云霄的声浪,令人毛骨悚然。

"杀!"

大片马蹄声渐次逼近,而困在浓雾中的人却根本分不清那声音究竟是从何方发出,在四面混沌的状态之下,只觉漫山遍野皆是伏兵!

参将只能用力挥舞手中之刀,抵挡着说不准何时何处会冒出来的冷箭,重重迷雾里,眼见迎面一道黑影奔袭而来,他想都不想一刀砍下去,鲜血四溅!

这名烽火骑还没来得及让他别动手,头颅已应声而落。

参将根本无暇去心疼错杀的战友,成百上千的箭矢逼得他难以抽身。

"将军!"手下满脸是血地跑过来,"我们现在怎么办啊?!"

"快去通知主队支援。"他吼道,"快去啊!"

那些站在高处的射手仍旧训练有素地齐齐搭箭、弯弓、射出。

倘若此刻有人仔细往上看,会瞧见一个玄甲战衣的少年将军高举大旗在空中摇曳招展。

他轻轻默念,坤为地,离为火,坎为水。

这是九宫八卦的布阵之法,极适合守城使用。三个不同的摇旗方位,对应着不同的号令。

长箭密集如雨,齐发的那一刻,像一道无法跨越的屏障。

项桓奋力地将旗杆插入地面,冷笑道:"两次偷袭,眼下原封不动还给你们,多谢款待了!"

前线军报传到了后方,探子跑得满头大汗,周身尽是烟尘,额角还落了一道血痕:"启禀大将军,文参将在城下遇袭,如今尚在苦战,我军骑兵损失惨重!"

袁傅的神色骤然一凛,这大概并不在他意料之中:"怎么会这样?"

探子神色略显张皇,紧紧抱着拳头:"敌军于沿途设下埋伏,一路布满了雷火弹,参将一时大意,所以才……"

"真是个废物。"他冷眼骂完,但很快表情又恢复如常,片刻之后,沉声下令:"传我令,三军听命,立即强攻!"

城外正交战的时候,滚了火油的巨石像是从天而降的火雨流星,迅速把

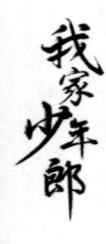

城内的民居点燃,黑烟伴随着热浪被卷上长天,百姓们惊慌失措地在街巷中乱窜。

宛遥一把拉住隔壁家冲出来的婶婶,朝周围的邻里们大声道:"你们跟我来!"

民宅的背后有一棵歪脖子树,她不知从何处听说这里有个地窖的,推着一群人匆匆忙忙走下去。

地底下阴冷干燥,由于是用来储存酒水食物,难免比外面要凉。

如两间房一般大小的地窖瑟缩着好几户人家,有老有少,幸而人多,互相靠一靠倒也勉强能够取暖了。

宛遥让青花生了堆火,借着光将准备好的干粮烤热,分给众人。

外面的攻城声震天响,恍惚中还能听见房屋、树木倒塌的动静。

战场的冷漠与残酷毫无征兆地将和平撕碎在了这些寻常百姓的面前。他们昨日还在慢条斯理地收拾家当,纠结着是带上院里拉磨的老驴还是带上家中养了七八年的老狗,今早清晨乍然被赶出家时还满心不愿,舍不得离开这片故土。而现在,一切已在顷刻间被大火烧得一无所有,这世上的意外总是来得那么猝不及防。

又一声巨响,大概是近处落下了滚石,砸得这地窖里簌簌地落灰。

几个少男少女到底未曾经历过如此大的动乱,紧绷着神经,忍不住低头开始小声地啜泣起来,哭声很快连成一片。

在这样一种萧条恐慌的环境下,火堆边的姑娘却依旧神情如常地在烤面饼,眉眼间有着与年纪极为不符的镇定。最后连青花也不禁抱臂哆嗦,努力凑近火堆。

外面已经闹得天翻地覆,她不明白宛遥为何能够这样冷静:"宛姐姐,你就不怕吗?"

宛遥笑了笑,转头来看她:"习惯了。"

曾经她同样是会在危险来临时缩成一团瑟瑟发抖,对项桓说"我不行,我办不到",到如今,虽没修炼成铜墙铁壁,但居然也能在硝烟遍地的战场中求个自保。

短短一年的时间,大家都长大了。

青花虽不解,想了想又问她:"项哥哥是不是去打仗了?你就不担心他吗？"

宛遥往火里加了把柴："担心也不能替他多抵挡个一时半刻。我现在，只要等着他就好了。"

只用等着他就好了。

破军门上，项桓被这堆蔫坏的火石熏得简直睁不开眼。

袁傅倘若铁了心要把这道城门打下来，那也并非这么好应付的。毕竟偷袭只能占得一时先机，待后备军源源不断补上，他这边明显便开始吃力了。

身侧的箭矢如山呼海啸，墙上的士兵不住栽落在地，两军的兵力相差越来越大。

项桓在城头站了一阵，旋即做出了一个众人皆未想到的举动，在敌军的绳钩紧紧钩住城墙之时，他直接一把拽住，踹开了欲爬墙而上的步卒，顺着绳索纵身跳了下去！

战枪的银色光芒像是一道笔直划过的流星，随着少年疾如闪电般的身影，在一群密集的烽火骑中劈开了一道喷涌的鲜血。他的目光仿若雷电，凌厉冷冽，下手却半分没有迟疑。杀气让他胸腔里流淌的血愈发滚烫，仿佛是一头无所畏惧的猛兽。

这是久在虎豹营里的人皆熟悉无比的身影，几乎是在每一场战役上都能看见一个少年不要命地冲锋厮杀。

项桓是属"疯狗"的，他天生带着一种能感染人的力量。

他冲得最快，跑得最前，也杀得最多，几乎所有人都能在他这股拼命的劲头里被牵出内心深处的些许悍勇来。

守城的大将只身杀进了敌人的包围圈，满场的虎豹骑在这不按常理出牌的带动之下，一个接一个地失去理智。

"杀啊！"他们扯着嗓子大声咆哮，好似将此生的胆量都倾注在了手中的兵刃上，势必要杀出一条尸横遍野的血路！

一名袁军被敌人这场突如其来的"狼变"给吓傻了，冷不防一发怔，就叫一名杀红眼的虎豹骑拦腰斩为了两段。

项桓转眼又冲到了最前线，六七把斩马刀压在枪杆之上，他一咬牙，奋力震开了束缚，旁边一支利箭却笔直射来。一声金铁交鸣，有人替他斩下了

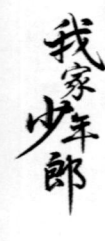

锋芒。

"别冲得太前了!"对方只穿了身软甲,乍然一看像个行走的活靶子,可他居然也能完好无损地撑到现在。

项桓愣了半刻:"怎么是你?"

秦征一剑刺入左侧逼近的烽火骑的身体,解释道:"别误会,瞧你眼熟才过来看看的,当心你右边!"

长枪应声而至,割开了来者的小腹,他把脚边的尸体一踹,紧靠在项桓的背后:"我帮你掩护,你自己小心。"

少年回头看了一眼,扬起一抹骄傲又志在必得的笑:"好,那就这样杀到他们主营去!"

从正午到傍晚,近三个时辰的时间,烽火骑倾尽兵力对西南门发动了猛烈的攻势。

随着投石车不断地发射,城墙附近已然是黑烟冲天,好几处墙体开始扭曲,云梯和绳钩也在锲而不舍地往上搭。但让袁军主将恼火的是,这城门明明就在眼前了,明明开始支离破碎了,可偏偏就是攻不下来。

袁傅深知魏军大部分的精锐都被困在了凭祥关,哪怕季长川事先安排了兵马守城,虎豹骑的数量应该也十分有限,靠自己手中的骑兵,他有八成的把握能够取胜。

但一下午的战况回报,让他感觉形势并不如自己想象中的乐观,迎面便是一块硬骨头。

"禀将军,大军推进缓慢,眼下还在城外百丈之处!"

"禀将军,敌军势头凶猛,文参将不敌,已经负伤……"

袁傅拽紧缰绳:"他不行就让副将顶上!"坐下的马匹不安地嘶鸣着,他冷声问,"守城的主将到底是谁?是姓余的小子吗?"

探子被问得也愣了下:"属、属下不知,是个生面孔。"

"生面孔?"他微微眯起眼,望向浓烟笼罩的城楼,一时间对那匹突然杀出来的黑马生出了警惕,意识到事情变得棘手起来。

袁军行进的过程虽然受阻,但却丝毫没有要放弃的意思,巨钳一般死咬着城口不放,城内拼死抵抗,城外奋勇进攻,一整夜战火喧天。

这是至关重要的一个晚上,敌军没有睡,项桓与虎豹骑自然也不可能睡。

城下的弓弩手每隔一小段时间便会往城上射一波箭,他必须时刻紧绷神经,指挥盾兵防守。

漫漫长夜里的烽火是乱世之光,在谷地里燃烧。

仅仅一日不到,两万虎豹骑已去之大半,城楼的尸首堆积得让人难以下脚,而城下的尸山已有半人之高。月光和火光照在他们年轻的脸上,苍白得没有一丝生气。

守在城上的将士们,每人腰间都挂着一个硕大的水囊,但凡觉得精神稍有松懈,便会将水迎头灌下去。冬日刺骨的寒冷几乎能在瞬间让人清醒过来。

项桓将冰凉的水浇在脸上,那些水顺着脖颈淌进衣衫里,虽冻得他手脚微颤,但也使得浮躁的心情逐渐平息。

"将军!"一个灰头土脸的士卒跑上城墙,"余将军调了两千人前来支援!"

"知道了。"他松了口气,再度扬起信心。

然而还没来得及点兵,就在此时,一直紧盯着烽火骑动向的守城将士忽然眼前一亮,朝他喊道:"敌军撤了!将军,敌军撤了!"

项桓微微有些诧异,印象中的袁傅绝不是这么容易就放弃的人,他急忙奔至石栏旁。

城下星星点点的火把照亮前路,大批的骑兵开始依次向后方汇集。

什么意思?难道袁傅真的不打算再进攻了?

他很快就发觉情况不对劲,因为城下还留了一批烽火骑,数量不多不少,刚好卡在那里。

项桓略一沉吟:"不太妙,他想必是要六门齐攻。"

当第一天的月亮往西沉下时,袁傅似乎终于意识到在破军门消耗了太多不必要的战力,他开始下令撤回骑兵,转而变换战术,同时对青龙六门发动攻击。

战火自四面八方燃起,一场更为惨烈的攻城之战打响了。

兵法有云,十则围之。

然而这种战术似乎更适合于兵力较多时采用,袁傅兵马不多就算了,真分散开来,对付每个门的数量比魏军还少,能有胜算吗?一干守城的士兵在对敌之际也都纷纷感到不解。

天早已大亮,项桓再度纵马冲到了城下厮杀,护他左翼的偏将问道:"将

军,袁贼这是打不下西南门,想破罐子破摔了吗?"

来人是当年三箭定长安,能让季长川都对他刮目相看的一代勇将,寻常人破罐子破摔还有可能,他袁傅是能用常理来揣度的人吗?

项桓一枪挑开马背上的骑兵,抽空回答:"你读过兵书,武安侯难道就没读过吗?连你都知道的道理,他会不懂?"

袁傅留下来的骑兵好像不打算和他们拼个鱼死网破,反而黏黏糊糊,半是躲避半是挑衅。

项桓只放了句话,其实自己也没想明白,所以干脆抛出问题并不解答。直到面前的烽火骑隐有退兵的趋势,他脑中才猛地反应过来,袁傅是在试探哪个城门的防守最弱!

他立马吼道:"我们六门守将都有哪些人?"

一旁的偏将被他吼得有些蒙,磕磕巴巴了半天才蹦出几个字眼。

项桓没听进去,只将自己彻底代入袁傅的角色,心想,如果是我,我在西南门受挫之后,会去哪个地方打破防线?南门有余飞,他铁定不会硬碰硬,北门离得太远,只靠之前留下的千名骑兵必然不成气候……

脑海里闪过一张十分惹人厌恶的脸。

彭永明!怎么忘了这个蠢货,他还带着三千没什么用的送命玩意儿!

"彭太守在哪儿个门!"他喊完又自言自语,"算了我自己去,你来替我守一会儿。"后半句话是对秦征盼咐的,也不管人家答应不答应,他飞快点了一千人迅速朝西北门的方向奔去。

此时的青龙城已在兵荒马乱中度过了近两日,不眠不休,让双方的军队都带着几分疲惫。

彭永明正在盾兵后指挥步卒往城下倒火油,他忙得不可开交,从未穿过的铁甲沉甸甸地压在肩头,激出满身的汗水。

"弩手上弓,檑木,巨石准备!"他话音才落,平地里好似觉察到一股群雷同鸣,震动天地的势头,所有的将士都不禁顿了一下。

彭永明余光瞥到脚下的碎石,竟发现那些石子也跟着隐隐颤抖。

前方浩瀚的刀山火海中,玄色衣甲的军队逐渐冲破了阴霾,他们像是熊熊烈火中生出的猛兽,正以坚不可摧之势朝此处迅速挺进。

军阵中数面写着"袁"字的大旗在风中飞扬,而大军当先的黑色战马上,一名魁梧的将领手持长刀大步向前。隔得那么远，彭永明似乎都能感觉到对方眼中森森的杀意。

那居然是袁傅，他竟亲自出马了！

这群聚集在一代战将身后的烽火骑好似瞬间长出了一身的铜墙铁壁，所到之处无人能挡，城门前的那一小波骑兵几乎是在眨眼之间就被这支凶悍无匹的军队给吞没了。

彭永明吓得周身发抖，慌里慌张地下令："放箭，快放箭！"

墙头的射手大概是吓傻了，只那么眼睁睁地望着，良久没有动作。

"我让你们放箭，都愣着干什么！"他气急败坏，作势要去抢弓弩，就在此刻，前方一支羽箭刺破硝烟，又稳又准地射过来，正中他的右眼。好似身体里的某一部分蓦地破裂，剧烈的痛感如排山倒海。彭永明太怕疼了，更加怕死，简直不敢相信这是真的，愣怔了好一会儿才咆哮出声，他双手颤抖，想要去碰伤处，又因为恐惧而停顿在半空。

正在此时，马不停蹄赶来的项桓伸出一脚将他踹开："要叫上别的地方叫去，别碍事！"

他迅速执掌大旗，将一干已无斗志的弓兵换下，一枪刺进地面，直把坚固的石砖砸出一圈蜘蛛网似的裂痕。目光所及是一群被袁军气焰所震慑住的疲弱之兵，两军交战，在双方兵力对等的情况下，拼的就是那么一点精气神，有没有战斗力从他们的眼中就能看得分明。

项桓深深地吸了一口气，出声："战端已开，全军将士，临阵不可退！"

少年双目一凛，星眸中有腾腾杀气："自此时起，将不顾军先退者，立斩！军不顾将先退者，后队斩前队！若违军令，格杀勿论！"纵然已奋战两日，他的声音竟依然洪亮。

被袁军震惊满场的士兵在他这三道果断严厉的军令下三魂七魄骤然回体，硬生生逼出一股热血翻涌来。

战场上没有那么多的时间让人犹豫不决，项桓的眼光如电一般扫过众人，大喝道："来三百敢死之士，随我出城迎敌！"

他扬起手中枪的那一刻，仿佛从无穷黑暗中闪出一束光，能将所有迷茫的脚步聚集在自己身旁。

举刀在魏军里拼杀的袁傅隐约感觉到敌人的气势忽然变了，落在烽火骑

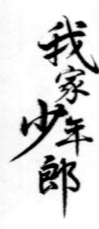

身上的兵刃像是骤然有了生命,顷刻间多出不可小觑的力量。战场中的双方军队依旧在苦战,激烈的局势让人已无暇关心白天黑夜,惨叫声与怒吼声交织成一片人间炼狱。

隔着无数道攒动的身影,袁傅看见了不远处浴血拼命的一张面孔。

少年的双眼犹如猎鹰般狠厉,他冷冽,倨傲,那里面像燃着一簇永远不灭的火。

已年近五十岁的战将微微眯起了双目,他忽然想起,自己第一次看到这双眼睛时的情形,那时的西郊猎场,演武台前,少年手握长枪,与他笔直对视。

"想不到会是他……"袁傅自言自语。

像是有所感,年轻的将军在战马上朝他望了过来,隔着纷飞战火与无数拼杀的将士,那对熟悉的星眸仿佛穿透两年的光阴,再次与之交汇。

城上城下的火哔剥地烧着,鏖战了整整一日,冷月将这片土地洒出了一片清辉。

烽火骑和虎豹骑同样损失惨重,却也同样不肯倒下。

战马们长啸,扬起蹄子,尘土飞舞。

"将军!"随从抹着一脸血奔到他跟前,"伤亡已过大半了,可要叫驻扎在槐林里的铁甲骑前来支援?"

为保证万无一失,奔赴城墙前,他们曾留下一万重甲骑兵于城东南槐树林内等候调遣,以备不时之需,这也是最后的筹码,倘若此时支援,也不是没有机会将城墙攻下来的。

但出乎意料的是,袁傅居然摇了摇头:"我们已失先机,所谓一鼓作气,再而衰,三而竭,羸兵疲软,再战也是徒增死伤。"他长叹一声,"罢了,若耗下去,只怕攻不下这城,反而招来季长川的援军,留得青山在不怕没柴烧。"

随从愣了愣,抱拳应道:"是。"

袁傅掉转马头,冷冷地回望:"想不到我北征之路,会断在这座城外,真是失算。"

觉察到往后撤退的骑兵,项桓勒马停在原地,他几乎一眼就看见了从大军中先行的那一支军队。

已是朗月高升的时辰,根本记不清这场恶战究竟打了有多久。

在一片敌我难分的混乱中,项桓只觉得有谁冲到了他的身后,扯着一

376

把公鸭嗓强撑力气嚷道：“将军，后方来报，大司马申时自凭祥关拔营出发，眼下正在赶来的路上！”

那骑兵带着近乎要哭出来的喜悦，破着音大喊："将军，我们守下来了，我们守下来了！"

项桓紧握着战枪，以往冰冷的武器在整整两日的拼杀之下滚烫如火，那里沾满了他的血、敌人的血。

项桓像是骤然从某个虚空环境里醒过来，他一手攥着马缰，一手扣紧战枪，狠狠地盯着不远处那支渐行渐远的军队，忽然下定了某种决心。

"虎豹骑第七营！"他的嗓音渐哑，但依旧雄浑有力，"全体出阵！"

地窖里的火光蓦地暗了一下。

断断续续烧了两天的柴禾，到此时显然是有些不太够用了，阴冷的地下室见不到阳光，让时间的流逝变得格外缓慢。

妇人们蜷缩在一起，过度紧绷的神经使得人难以入睡，偶尔浅眠一阵，很快又会被外面的震天响惊醒。此刻不知是白天还是在夜里，担忧了许久的众人，隐约感觉到头顶的轰鸣声和投石带来的地动山摇正渐渐平息。

有心者开始左右观望，疑惑道："是不是打完了？"

紧接着，更多的人逐渐抬起头。

"打完了吗？"有人很快又陷入了惶恐之中，"那我军……是败了还是胜了？"

"不知道啊……"

青花不禁战栗地握住了宛遥的手，好像只有这样，她才能勉强得到一点勇气与希望。

终于，有个胆大的小伙子跳了出来："我出去看看！"

这是一项要命的活儿，毕竟他们藏身之处友军也并不知道，贸然回地面，撞见的是守城的自己人倒还好，若碰到的是烽火骑，那不仅探路的人得死，这巴掌大的地儿也立马会被发现。

但是没办法，如若青龙城破，小小的地窖能偏安一隅到什么时候呢？何况他们眼下连干粮都没剩多少了。

一帮人提心吊胆地在原地等候消息。

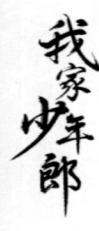

　　时间一点一点过去，那位大胆的小伙子已离开了许久，久到众人都不抱什么念想时，他忽如神兵天降一般，喜滋滋地回来了："敌军退了，敌军退了！"

　　挤在狭窄空间里的百姓们登时一个一个都站了起来。

　　"什么？你再说一遍！"

　　"我们赢了？"

　　"我们赢了吗！"

　　"是啊！"他脸上洋溢着劫后余生的兴奋，"袁傅半个时辰前退兵，大将军提前拔营，就快到了！"

　　大将军这三个字像根定海神针，把每个人悬着的那颗心安稳地拉了回去。他们都松了口气，宛遥却露出紧张的神色，上前追问道："外面情况怎么样？我军伤亡惨重吗？"

　　对方微微一愣，继而如实摇头："我也不清楚，城墙那边尸首好像挺多的，就是不晓得有没有折损哪位大将。"

　　这后半句话像锥子一样扎进宛遥的胸腔里，她的心中陡然一沉。

　　她垂头，沉默了半晌，旋即猛地将几包行李交给青花："你在这等一会儿，倘若无事便先回家吧。"顿了一下，又补充道，"我要去打听一下。"

　　深冬谷地中的草衰败而枯黄，袁傅的烽火骑护送着他一路急行军。

　　战役的失败似乎并没有使这位名动天下的将领有过多的悲愤与震怒，那张冷铁一般的脸总是喜怒不形于色。他是为战火而生的人。

　　章和末年来到这个世上的孩子注定命运多舛，他们一出生即是蝗灾荒年，长至七八岁就面临着突羯南侵，民不聊生，之后便是京城沦陷，家破人亡。

　　宣宗年间，是大魏由辉煌跌落地狱的转折之点。

　　动荡的年月令袁傅无法停歇，他只有马不停蹄地往前奔跑，才不会被历史的长河迅速吞没。

　　他纵横疆场三十年，早已经百毒不侵。

　　"将军，再有二十里便到铁甲骑驻扎的地方了！"

　　青龙城久攻不下，他们如今只能退回凭祥关附近再作打算。然而正在此时，密林前竟突然出现了一队兵马，如铁墙一样毫无征兆地挡住了去路。

　　尚在左右护卫的副将急忙勒住缰绳。

马匹扬蹄嘶鸣,前肢高高悬在空中,险些将后背上的人甩到地上。

不远处,数十虎豹骑并排列阵,无一例外皆是年轻的后生,他们每个人的面颊都沾满血污,但眼神却很坚定,目光炯炯,犹如猎鹰一样犀利。

被挡住去路的袁军们好似觉察到什么,又扭头往后看,那里亦是一排神色冷峻的骑兵,将去路也拦腰截断,显然是想围歼他们。

袁傅眯起眼,注视着这群年龄还不及自己一半的毛头小子。

随即那队伍忽然缓缓朝旁让开一条道来,不疾不徐的马蹄音朝此处推进,手持银枪的少年将军从容驱马出阵,自暗处逐渐露出他英武的眉眼。

"果真是命大。"袁傅好整以暇地端坐着,似笑非笑道,"老夫还当你病死在流放途中,没想是季长川这老狐狸使的诈。你的上峰的确很护短。"

项桓冷眼与他对视,却一句话也没有说。手里的长枪好像在无声地低鸣,他看见袁傅,就让他不可抑制地想起当年在上阳谷遭受的挫败,以及后来一系列不堪回首的过往。

流淌在周身的血液滚烫得近乎要炸开,胸腔里像是有个声音,一直在对他重复——杀了这个人,一定要杀了这个人!

"西南门的那个守将就是你吧?"他忽然问。

项桓略一颔首:"是又如何?"

袁傅语气略带了几分遗憾:"早知你会坏我大事,当初便不该留你在这世上。"

"你错了。"他的神情蓦地阴冷下来,"不是你该不该留我,我的命从来都攥在我自己手中。"

正如他选择随季长川北伐,选择不顾一切地南下死守城门,选择用命去夺温仰的人头,他的每一次殊死拼搏,不是为了拼搏而拼搏,是遵从自己本心的舍生忘死。

因为枪一直都握在他的手上!

对于少年人的狂傲,袁傅倒不以为忤,他笑了一会儿,正色地看向项桓,唇边的弧度隐隐有轻嘲的意味:"这天下,自古及今就没有不亡之国。大魏的气数早在当年长安沦陷时便已经耗尽了。你一路走来,见过多少流民泛滥成灾,多少百姓落草为寇。老皇帝年迈昏聩,先皇优柔寡断,新帝猜忌多疑,刻薄寡恩。只有一口气吊着命的王朝就值得你这么卖命?"说到此处,他竟

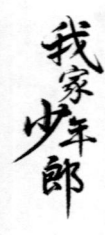

有几分恨铁不成钢的口气,"所谓乱世,便是要大破,大立!没有那份气度,收复多少失地也不过是粉饰太平而已!"

项桓一开始满肚子复仇的怒火,没将他的话听进去过,但这一瞬,闻得那句"大破大立"居然莫名有一丝触动。

对面的战将把他神情的变化看在眼里,淡淡含笑,面容甚至称得上是和蔼可亲:"你若愿意,倒不如随我一同前往南燕,今后征战天下,号令群雄,整个江山都可以是你的。"

项桓挑起了眉,他从这段话里读出昔日沈煜在大殿中求贤若渴的那份真挚恳切来。

如果再早一些,面对袁傅这样的野心勃勃之人,项桓说不定会被他所说的话吸引。可在暗无天日的黑牢里待了那么久,他到底不是当初那个被三两句话就能引得热血上头,不顾一切的少年了。

项桓瞬间收回心神,冷漠道:"笑话,凭你也配策反我?即便我要与谁平定天下,那个人也绝不会是你袁傅!"

武安侯的目光倏地一凛。

"将军!"手下忍不住出声催促。

他们实在是耽搁太久了,季长川的兵马随时会回来。许是也意识到自己说得过多,袁傅抖出偃月长刀来,不再浪费时间。

"罢了,夏虫不可语冰。"他在说"罢"字的时候,马匹就已经动了,然而他的人更快,话音未落,刀刃便从项桓的头顶上劈了下去。

袁傅是尸山里闯出来的武将,一招一式没有半分炫目的技巧,是实打实的劈砍,他把所有的招术都化作了最简单粗暴的力量,仿佛泰山压顶,只一招足以将人对半撕开!

只听"砰"的一声,兵器交击,在雪白的枪杆上擦出细碎的星火。

在场的两方几乎都被这大开大合的动作惊住了,先是震惊袁傅出招之快,其次是诧异他的刀竟会被半途拦截,前后不过眨眼的工夫,谁也没想到项桓能接住这能削金断铁的力量!

袁傅紧压着刀柄,他的嘴唇因用力而死死地抿着,隐约有些颤动,寒光下的少年笔直地迎上他的视线,那双冷厉的眼睛似乎还带着几分不愿服输的强硬,已经很少有人敢这么和他对视了。

曾经在长安的演武场上,项桓众目睽睽之下挡住他一刀,彼时他未出全力已然让年轻的男孩虎口发麻。袁傅以为自己多少是知道这个少年的斤两,然而稍纵即逝的交锋却不得不使他惊讶,想不到仅仅在一年的时间里,对面的年轻人竟已成长至如此地步。

冷月清辉,银色战枪反射的光晃进眼里,恍惚间,他想起初见时项桓对自己说的那一句"虚岁十九",才依稀认识到,原来再有三载春秋他便已年过半百。

长江后浪,总是来得那么令人猝不及防。

随着少年的一声大喝,战马随袁傅一同往后猛退了数尺。

周围观战的骑兵们像是现在才回过神来,总算想起了自己站在此地的初衷,当下犹如战鼓一击敲响,高扬着手中的武器纵马厮杀。战场的气息在远离城门的平原上再度燃起,苍凉的月色下,相对的两军潮水一样向着对方涌去,而人群之中,是一老一少双方主将激烈地交锋。

项桓其实并没有把握真的能打赢袁傅,他们之间隔着二十余年的差距,这不是一朝一夕可以追赶得上的,但他十分清楚,此时若把人放走,哪怕守住了青龙城也将后患无穷。

他尽可能地在拖延时间,也尽可能地拼出自己所有的力气,枪锋在掌心翻转得越来越快,两天两夜的奋战差不多耗光了最后的精气神,可此时,项桓居然生出一种狂欢念头。

他同袁傅是两种完全不同的招式,出枪角度刁钻,小花招层出不穷,但纵然枪法再快,袁傅却总能用最为不起眼的一劈一砍将那翻花似的锋芒压制住。

这位传奇武将的偃月刀,刀刀追风逐电,刀刀致命危险,既快又重,透着多年沉淀的扎实。接连交手,枪刀碰撞出巨震,让两把武器都隐隐有断裂的趋势。

袁傅虽能游刃有余地对付面前的这个年轻人,但也忍不住在心中感慨,这样一个体格尚不及自己的人,十招之内居然还未能让他显出败象。

一段时间的较量下来,他竟也开始感觉到了疲惫。此时此刻,哪怕一代枭雄,亦忍不住喟叹,承认一句自己是真的老了。挡开项桓刺来的枪锋时,他想,若是在他十九岁,这样的敌人怎能拖延住他的时间?不出三招,他便

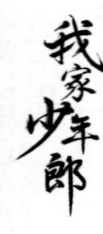

可以将对方斩于马下。

那是何等意气风发，何等目中无人，好像总有用不完的力气，纵然无权无势，只一把长刀在手，也有征服天下的豪情。

鬓边自头盔中散出的一缕银丝在夜风里飞扬。

不过晃神的片刻，银芒以锐不可当之势见缝插针地刺了过来。

袁傅挑开项桓的战枪，力道之大，直接将其逼下了马。明甲虽替他挡了大半的攻势，但肉体凡胎毕竟不是刀枪不入，很快，胸膛上就溢出了一抹殷红。他竟感到惊愕，惊愕于自己竟会被这样的年轻人所伤！

"将军，来不及了，快些走！"两侧的副将护在他左右，从杀出的缺口奋力往外冲去。

袁傅看了一眼倒在地上的少年，终于一拽缰绳掉转战马，朝前奔驰。

远处，晨曦与地平线交汇的地方，是千军万马波澜壮阔的身影。

朝阳破晓的第一缕晨光照在项桓的脸上，他的额头在掉下马时磕破了，血水蒙住了双眼，只觉视线中，蔚蓝的天被笼罩了一层淡淡的红色。

项桓早已力竭，在看见季长川的兵马出现之后，他哪怕有力气，也不想再动了，四仰八叉地躺在草地间。

青龙城墙上的火还在烧着，烟尘染黑了大半个世界。

他把这座城守下来了吗？

通宵达旦地拼命了两天，到此刻，项桓才后知后觉地感受到那名前锋近乎流泪地对自己说"我们守下来了"时的喜悦。然而眼下，曾经一脸振奋向他报喜的年轻将士，已经和无数战死的同袍一起，睡在身侧冰冷的官道上。

项桓用雪牙枪撑着地，缓缓坐起，战马在方才的乱斗中已被袁傅的长刀劈得血肉模糊，余下的虎豹骑追着袁傅朝西北密林而去了，附近蓦地荒凉下来。晨风吹过的地面，杂草摇曳，遍野的尸首伴随着浓重的腥味将他包围。边城在曙光里莫名变得十分雄壮，仿佛接天而起。

少年茫然地坐在一片尸山火海之中，看着遍地血流成河，不知为什么，这一刻他突然无比地想见宛遥，哪怕只是远远地瞧一眼。

银亮如雪的长枪笔直地立在地面，他忽然借力，咬牙站起了身。

眼睛里的天地都在旋转，血液慢慢变冷，凝固在脸颊，项桓望着城关的方向，恍惚感到归路漫长而又遥远，他拖着沉重的银枪，深一脚浅一脚地行在旭日的熹微之下。

极度的疲惫和失血使得周身迅速冰凉，项桓隐约发觉自己的五官六感都不那么灵敏了，连兵荒马乱的轰鸣声也跟着微弱下去。朦胧之中，他好似出现了幻觉，竟看见那天与地交接的平行线上有一道熟悉的身影。女孩儿穿着淡蓝色的裙子，微风吹起她耳边零碎的青丝和天空般颜色的衣袂，娉娉婷婷的，像一尾安静的游鱼。

"宛遥……"项桓的嘴唇在动，什么声音也没有发出来。

视线里的女孩子模糊得看不清容貌，她的唇角永远挂着一种淡淡的、很漂亮的弧度，似乎正在说着什么。

项桓浑浊的大脑思绪凌乱而迟钝，也隐隐意识到自己是真的流血过多生出了错觉。

也对，这是青龙城的战场，她怎么可能在这儿，她应该在城里，等着他回家。

有了这个认知，少年步履蹒跚地走向前，像是无所顾忌了一般，蓦地伸出手，把对面的人往胸怀一揽，然后低头，将带着凉意的唇覆了上去。

那是一种极温暖的触感，有一缕素淡干净的香味。

他根本不知道要怎样亲吻，于是就那么单纯地贴着，轻轻地触碰，好像只要这般抱着她，纵然是一场幻觉，也可以天荒地老。

少年的嘴唇含着清淡的血腥气，微弱的呼吸若有似无扫在面颊上。

宛遥愣怔地靠在他的怀中，只觉得唇边冰凉而柔软，甚至有细微的颤抖。冷硬的玄甲上还残留着血腥气味，她仿佛能感觉到沙场中凛冽的风烟向自己袭来。

宛遥轻轻地抚上那张满是伤痕和血污的脸，她没来得及捧住，对方的双唇便缓然从嘴角滑至脸颊，头重重地搁在她的颈窝，整个人的重量顷刻压了过来，随即天旋地转，栽倒在荒草里。

项桓觉得自己做了一个很长又很忙碌的梦。梦里战火连天，他手持雪牙战枪纵马狂奔，而前方原本广阔的平地却陡然变成了悬崖，他和战马一齐摔下了高高的山崖。

恍惚一阵梦魇惊醒，睁开眼，入目是青龙城小宅院，他的房间。

收敛锋芒的长枪正静静地靠在角落，屋子里的陈设还是一如既往地简

单,墙上挂着兽皮,桌前放着冬衣,隐隐约约给人一种战争从未来临的错觉。

自己怎么回来的?

记忆的最后一幕定格在城外大军压境的山林中,一时间,千头万绪,让他无从着手。

这时,"嘎吱"一声轻响,有人推开了门。

明晃晃的光线,不知是谁走了进来,身影模糊。

宛遥端着盛放粥碗的托盘,小心跨过门槛。屋内还是静悄悄的,因怕吵到屋内的人,她将脚步尽量放得很轻。她并不知晓项桓已经醒了,全然没有防备,刚靠近床边,冷不丁看见那双安静的双目正微微睁着,有几分初醒的迷蒙,正定定地望着什么。

宛遥当即一愣,脚便往后挪了一步,萌生的尴尬本能地让她想退却,不料躺着的人动作极快,猛地一把扣住她的手腕,热粥立时往外洒出些许。

项桓吃力地撑起身子,低哑道:"干什么躲我?"

宛遥欲盖弥彰地垂了垂头:"我没有啊。"

他不动还好,一动才发觉五脏六腑,四肢百骸,无一不痛,痛到连他自己都无法辨别究竟何处受了伤。项桓艰难地倚着床起身,宛遥将枕头替他垫在背后,自己则挨在边上坐下,将一旁的粥碗端起。

腹中没东西并不好受,就着她的手吃了两口,勉强算是活过来。

项桓慢慢地吞咽,逐渐恢复一点体力:"我睡多久了?"

宛遥舀了一勺去喂他:"三天。"随后主动道,"大将军如今正在城里整顿防务,百姓们流离失所,光重建便是一件麻烦的事。不过我听人说,袁傅还是跑了,余将军带了一队人去追,不晓得有没有追上。"

饿得全身无力,他这会儿倒是对战事没太大的兴趣,专注地喝了一会儿粥,等宛遥给他盛第二碗时,索性就自己接过来吃了。于是她坐在一旁看,取出绢帕替他擦唇角沾着的汤汁。

项桓以余光偷偷地瞥了她两眼,旋即放下碗,有些刻意似的笑道:"我方才做了个梦,还梦见你了。"

宛遥动作一顿,不着痕迹地问:"梦见我什么?"

"梦见你在青龙城下看我杀敌。"少年的语气多少带着点难掩的骄傲,"你都不知道我这回杀了多少烽火骑,两个城门全是我守的。"

384

她点点头，应了一声，随后试探性地开口："那，还有吗？"

"还有……"还有，梦见自己亲你了。项桓想了想，觉得这句话说出来未免太过轻佻，他将那几个字在唇边反复咀嚼许久，到底还是吞了回去。

项桓模棱两可地摸了摸鼻尖："还有就不太记得了。"

宛遥闻言，在对面舒了口气，继而又像是早有预感，轻轻抿唇，心想，果然是不记得了啊。

青龙城虽然守下来了，可连着两日的恶战，大火、巨石、尸首，推倒的房屋堆积成山，放眼望去无处不是疮痍。

季长川刚整顿完一个破烂不堪的凭祥关，便马不解鞍地赶来善后，他甚至连感慨这片焦土的时间都没有，大大小小的事务已迎面而来。

一仗结束，项桓身上大伤小伤无数，姑且只能在家中休养生息。疗伤的这段时间，虽不能出去看看，但从那些纷乱的马蹄、零碎的脚步，以及墙外人们的言语，多少能知道城中此时的内忧外患。

袁傅带着他剩下的一万铁甲骑亲兵和烽火骑沿剑南古道南逃，途中与半道拦截的余飞小战了一场，他的兵力虽折损大半，但余威犹在，到底还是顺利地跑回了南燕的国境。

经此一役，袁傅损失惨重，又在路上因伤染病，季长川虽未能取下乱臣贼子的人头，不过夺回了凭祥关，也算一大收获。

八百里加急的战报一路飞奔送去京城，而会州的百姓们已经开始了重建家园的忙碌日常。

城内角落里一间不起眼的民宅内，项桓像废物一样躺在床上让宛遥照顾。

他们这租来的小院子倒是在大火中幸免于难，偶尔隔壁的寡妇会带着孩子来上门探望，送些瓜果饭食。

他一身的皮外伤血肉模糊，到第三天才慢慢开始结痂。枯槁无力的经脉在几只老母鸡的献祭之下总算不再凝滞，也能抬起手让宛遥给他包扎胸口的伤了。

年轻的皮肤上疤痕纵横交错，上次的旧伤还有浅淡的印记没褪，新的刀口已然覆盖上去，好像没完没了一样。

宛遥的手指拂过那些皮肉翻飞的血痕，神色间有深深的担忧，唇角沉默

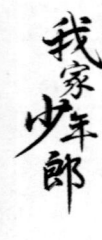

地往下压着。

项桓在边上留意着她的表情，等宛遥给他紧好了背后的布条，才一边穿外袍一边说道："你要是累了，就先去休息，我自己能照顾好自己。"

她起身到篮子里拿了几颗核桃，冷冷道："你要是能照顾好自己，就不必受这些伤了，吃吧。"

项桓接过来："和袁傅对阵什么都可能发生，我能活着算好运气了，哪能一点伤也没有……"

宛遥俯下身的时候，鬓边的发丝间沾着一点核桃的碎屑，他自然而然地伸出手，想帮她摘掉。而那一刻，宛遥像是回想起了什么，在他破了皮的指尖碰过来时，有些尴尬地避开。

项桓的手就这样悬在半空，眸中挂着一丝意外，大约没料到她会躲，竟微微感觉到些许失落。但少年的脸上并未十分明显地显露出来，只是一闪而过，便露出一个笑。

"真该让你去瞧瞧我上阵对敌时的样子。"他将核桃拢在掌心，略一用力轻而易举地捏成几半。

宛遥狐疑地问："为什么啊？"

项桓挑起一边的眉："看我那么厉害，你就不会嫌弃我了。"

宛遥被他那份少年意气，自大的话给逗出几分笑意来，她正欲轻嘲两句，外面忽响起一道漫不经心且熟悉的声音："战场上不是火就是烟，动辄缺胳膊断腿，危险成这样，你还想让一个女孩子去看你大展身手？"

屋内的两个人闻之皆有片刻的愣怔。

逆光往里走的是穿着黑色战袍的将军，他不像寻常武将那样步伐沉稳有力，反而举重若轻，像在闲庭信步。

季长川被重置城防的军务所阻，等到今天才有空得闲，来看一看自己这个桀骜难驯的徒弟。

项桓一身的气焰，在他出现的瞬间偃旗息鼓，仿佛做错了事被人当场抓住，满脸心虚。

偏偏宛遥在旁轻描淡写地行了一礼："季将军，那你们慢聊。"

这情形显然是要让他们俩独处了。

项桓感到不妙，立马在后面偷偷地拉住她，貌似十分慌张地压低声音："喂……"

别留他一个人啊！

宛遥不动声色地掰开他攥在自己袖摆上的五指，以一抹文雅又不失礼貌的微笑向着季长川领首，然后头也不回地把项桓丢在了原地。

眼见对面的将军撩袍坐下，项桓不太敢面对他，僵硬地将脑袋埋下，低低唤了声："大将军。"

季长川漫不经心地打量眼前的少年，人壮了些，也憔悴了些，眉宇间的飞扬还在，只是神色里的戾气不那么重了。

他说："还知道理亏，也不算全然没救。"

"我……"

没给项桓开口的机会，季长川打断："这些日子在青龙城过得如何？听说，你为了等援军，只带五十轻骑出阵去拦袁傅？"

少年的唇角抿了一阵，固执道："不错。"

"不自量力。"季长川责备了一句，却并不严厉，"你怎知你拦得下他？倘若我的兵马没及时赶来，说不定你就得战死沙场。"

项桓："将军申时拔营出发，即便两个时辰赶不到城下，至少半途也能遇到，自然是拖得越久越好。"

季长川："万一情报有误，只是主将用来激励士气的呢？"

"那没办法。"项桓不以为然地反驳，"行军打仗，要真事事瞻前顾后，连军营的大门也出不了，还谈什么把握良机？"

季长川静默地看了他一阵，说不上是气恼还是欣赏，半晌才似笑非笑地伸出手往少年的脑袋上一揉："臭小子。袁傅没拦住，这兵行险招的性子倒是在他那儿学得像模像样。"说着将他的头向后一推，"好好养伤吧。你在南境的表现，我会如实上报陛下的，兴许能求个将功赎罪。"

少年像不倒翁般朝后仰了仰，随即又弹回了原处，盘膝坐在床上，难得赧然地笑了一下。

季长川的目光顿了一下，静静地注视着项桓，半晌说道："这一阵子，都是宛家的小姑娘在照顾你？"

听到宛遥的名字，项桓眸中的神色不自觉地柔软下来，如实点点头："嗯。"

"那就不要辜负了人家。"

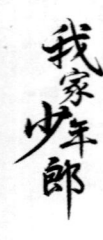

少年闻言将唇角弯起一个弧度,他一笑,像是春日明朗的阳光,不冷不热的刚刚好:"我明白。"

宛遥沉默地站在门外,她的头微微往旁偏了偏,到此时才缓缓转过来。

听见项桓说"想让你瞧瞧我上阵杀敌时的样子",她忽地回想起数日之前,余飞送她至青龙城墙下。

彼时残阳如血,背后黑烟四起,满身是伤的年轻将军拖着长长的战枪,眼神恍惚地往前走。她看见他的时候,就像是看见一头刚刚成年的狼,兀自行在一片光明照不到的黑暗里。

房里的人似乎还在说些什么。宛遥已收回心神,提裙下了台阶,在架子前摆弄她晒的药草。也就是在此时,虚掩着的院门被人轻叩了三声。

她蓦地抬眸,来者粗布衣衫,俊朗的面颊上也隐约有战火留下的伤痕,眉眼却一如既往地波澜不惊,沉静如水。

宛遥半是惊讶半是欣喜地了声:"秦大哥?"

项桓并没告诉过她秦征的事,突然在此处碰见,不得不让人感到意外:"你怎么会在这里的?"

"我快走了。"他往院内一望,许是在犹豫合不合适进来,"临行前来瞧瞧他好得怎么样,他不在吗?"

说话间,项桓正好送季长川出门,两人一照面,也是愣了下:"秦征?"

季长川有事要忙,故而便不陪这几个小年轻叙旧了。

因下床活动了一会儿筋骨,项桓发觉自己行动也并没有那么吃力,索性和宛遥一起送秦征往城门方向走。饶是战事已过去好几天,街上仍然能闻到清晰的硝烟味,沿途随处可见破败的城墙,地面残垣断壁一片狼藉。

宛遥从来往的人群中撤回视线,问道:"袁傅同陈家毕竟有亲缘关系,他如今反了,那陈姑娘她们怎么样?"

秦征只是摇头:"武安侯无儿无女,即便陈夫人是自己的妹妹,但嫁出去的姑娘如泼出去的水,他大概并未放在心上,因此离开时身边一个亲戚未带,连袁家人也不知他企图谋反的事。"

袁傅这一举动可谓是让所有人措手不及,他说走便走,说反便反,朝中前一日还依附其作威作福的官员与宗亲,第二日就人人自危,忙着跟他撇清关系。

宛遥无法理解地蹙起眉："到底是亲妹妹，就不怕自己一走了之，让他们身陷囹圄吗？"

项桓怀抱轻轻一哂，笑她太天真："袁傅是什么人？他是'宁可我负天下人，不叫天下人负我'，昔年亲娘和亲哥哥都能舍弃，一个妹妹算得了什么。"

秦征跟着赞同地颔首："出事当天，老爷便上奏陛下，与武安侯划清界限以表衷心。陛下说是让他不必紧张，可没多久还是借故将人调到了嵩州。"

宛遥讶然："嵩州？那不是南境的边城之一吗？"虽然没有姚州荒凉，可离京城有上千里远，想想也同流放无异了。

"是的。"秦征去附近寄存马匹的地方牵了一匹瘦削的灰马，三人信步走在繁忙的青龙城内。

秦征又说："大公子对此并不甘心，初到嵩州，听闻大司马与侯爷正在苦战，于是急着想做出点功绩，好让陛下消除对陈家的戒心。他先是带头征兵支援，随后得知青龙太守在附近州城招募战俘，故而……"

项桓冷笑着接了他的话："就把你们推出来了？"

秦征握着马缰轻轻点头。

项桓像是发现一件颇稀奇的事，眯眼道："我怎么觉得这帮只会纸上谈兵的绣花枕头干的事都一个德行？"

项桓甚至认为，梁华、彭永明和陈大公子有朝一日若能相遇，必会一见如故，相见恨晚。

这场面想一想还有点令人期待。

宛遥在下面拿手肘捅了捅他的腰，示意他这种时候就别瞎开玩笑了。

"姓彭的不是什么好人，多半是让你们去送死。"她淡淡一叹，"你来会州，陈姑娘知道吗？她没帮你说说情？"

提起陈文君，秦征难得和颜悦色了些："她说了，小姐原本是不赞成大公子的做法。"他垂眸，"但其实自打从梁家回来，小姐在家里的处境就不大好，举家迁至嵩州后，情况便更糟了……"

秦征抬眼淡笑："这回上阵杀敌是我自己的打算，与她无关。"

宛遥不太明白了："那你为什么……"

青年提了提肩头的行李："我想，陈家若能因此再得势，她大概会高兴许多，也不至于再受人白眼。算是我能够为她做的一点事了。"他说这句话，

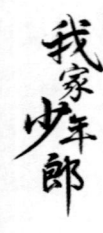

眸中的神情与很久之前在京城外山洞里威胁宛遥治病时一模一样。

眨眼间,青龙城斑驳的北门已在面前。

秦征转身来冲他二人告别:"就送到这儿吧。"

宛遥担忧道:"你保重。"

"嗯,后会有期。"他翻身上马,清瘦的马匹和清瘦的人,沿郊外漫漫长路,一直行到山林的深处。

宛遥站在城门下,眼神感慨地目送秦征渐行渐远。

项桓偏头往这边一看,颇有些不是滋味,伸手在宛遥的面前晃了几圈:"喂,你老盯着他干什么?你看看我啊。"他叉腰替自己抱不平,"我那么辛苦地在外面拼命,不也是为了你吗?"

宛遥的秀眉微微一扬,总算转过头,目光里波澜不惊,好整以暇地问他:"为了我?你为我什么?"

"为了不让你被人欺负啊。"项桓回答得理所当然,反而有几分无人理解的郁闷,"你想想看,袁傅大军围城,我要是不拼尽全力把这一亩三分地守下来,等烽火骑踏门而入,你还有命在吗?"

宛遥已经沿着来路在往回走,闻言拖长尾音"哦"了一声:"原来是为了我啊,我还以为你是想早点脱离苦海,回京当大将军呢。"

项桓被她呛了一句,自觉没趣地跟在后面:"你就不能想着我点好的?"

"可以啊。"她先是点头,继而慢条斯理地反问道,"那你敢说你自己没这个心思?"

抛出来的问题太过尖锐,项桓有些无从下手:"心思肯定是有,不过也是顺便嘛。第一要紧的事当然是确保你没事,至于官复原职,有机会自然最好,没有也就算了。"

言罢,他低首,嘴角向上勾起,近乎贴是在她的耳畔说道:"现在皆大欢喜,高兴了?"

宛遥被他轻喷过来的温热气息激出脖颈后一大块红色,像是能滴出血。

她飞快地抬眸看了他一眼,心里翻起一股复杂的情绪,然后不动声色地避开,疾步往前行。

项桓犹在原地,望着眼前越走越快的姑娘,不知为何心情很好,唇边的笑意渐渐荡开:"你慢点儿,我还受着伤呢。"

两人一路插科打诨地回到他们所住的那片民居，还没等走近，大老远就瞧见家门前站着两个熟悉的人，周遭还有几名季长川的亲卫。年轻英武的将军正在和手下说些什么，他旁边是个身形娇小的女孩儿，一副清爽利落的护卫打扮，此刻仰着头，认真地在听他讲话。

"宇文！"项桓脸上登时一喜，顾不得满身的伤痛，撒腿便跑过去。他之前一直没听到宇文钧的消息，快一年没见了，想不到他也在。

宇文钧刚把大将军交代的事情吩咐完，乍然闻得有人叫自己，还没来得及去找声音的源头，便被人握住双臂抱了个趔趄。

"小桓。"片刻的愣怔后，宇文钧欣喜地拉着项桓不住地上下打量，继而又恨铁不成钢地责备道，"你这小子，我还真以为就此见不到你了！南边的消息传回来，将军又一直瞒着，大家起初都以为你死了……"他说着，双目竟微微泛红，"现在怎么样？伤好些了吗？"

项桓笑了笑，轻描淡写地揭过这个话题："好多了。"

"你也真是，既然在会州落脚了，为何不传个信给我们，害大家担心好久……"言语间，瞥到宛遥从他的背后走来，宇文钧忙收敛举止，含笑行礼，"宛姑娘也在。"

她轻轻点头："宇文将军。"

淮生将视线从宇文钧身上扯开，走到宛遥的旁边，学着他的姿势打招呼："大小姐。"

项桓目光温柔地瞧了一眼走到自己身旁的女孩子，这才想起去问宇文钧："对了，你来找我，是有什么事吗？"

他笑着回答道："将军让我来的，他说你负伤在家，需要一个好点的环境休养，而且宛遥姑娘一个人照顾你也确实太累了，所以让我接你们去城东府衙住一阵。"

"府衙？"

宇文钧一边示意亲卫进屋收拾东西，一边说道："我们现在暂时在府衙落脚，原本是打算住太守府的，不过听闻彭太守在与袁军对敌时受了重伤，将军觉得不方便打搅，所以只去了当地的府衙。"

"哦，这样。"他想起彭永明被射伤了一只眼睛，想不到他还活着。

"而且……"宇文钧忽然冲他意味不明地一笑，"那里还有几个你特别想

见的人。"

项桓听着奇怪:"我特别想见的?"

特殊时期,府衙停了日常的公事,腾出来的地方全留给了这群当兵的,而知府则每天跟着季长川鞍前马后地处理大小事务。

宛遥二人刚一进门,只见对面穿堂有人没轻没重地往这边滚过来,边跑边哭着喊着:"哥!"

项圆圆张开手臂拦腰把项桓抱了个满怀,胸膛、胳膊、后背,所有的伤全被她摸了一遍。

项桓那一口气差点没提上来,险些当场窒息。

这丫头跟着季长川好吃好喝的,从来不知艰辛为何物,人是没怎么着,反倒胖了一整圈,一点也看不出刚经历过一场家破人亡。

"哥你还活着太好了,腿也没少,胳膊也还在。"她从上摸到下,"你都不知道,我这些日子时常做噩梦,每天都提心吊胆的……"项圆圆将鼻涕眼泪一股脑蹭在他的衣衫上。

阔别已久,对于项圆圆的聒噪,项桓竟然生出一丝怀念,也就没计较她莽撞的行为,只是颦眉喝道:"项圆圆,不想挨揍就松手!"

后者被他凶惯了也没在意,一把鼻涕一把泪,扬起小脸,哭得稀里哗啦时还不忘心疼他:"哥,你都瘦了,腰上全是骨头了!"

她摸到伤口,项桓骤然打了个激灵,极力忍耐才没把这败家玩意儿丢出去:"滚!"

然而,项圆圆的胆子顶在脑门儿上,她没惦记着滚,倒是泪眼迷蒙地去看宛遥:"宛遥姐姐,你也在……"她边哭边问,"你们俩生孩子了没啊?"

宇文钧终于看不下去,握拳在唇边轻咳一声,算是打破这场尴尬:"将军不放心把小圆独自留在京城,此前一直是将人安置在曲州的,得知你在这儿,她非得过来。还有,项老先生……"

他话音一顿,项桓像是有所感似的抬头,之前一直跟在项圆圆身后的老者这才不紧不慢地从穿堂的阴影中露出脸来。

项南天瞧着好像比从前沧桑了许多。他确实是位真正的老父亲了,须发白了近一半,面容苍老,神色安然,眉眼间竟是一种难以言喻的平和。

392

宇文钧在旁边解释："北境乃苦寒之地，项伯父到边疆时就身体欠佳，好几次重病在床。大将军恐伯父熬不过去，十一月便上书请命，暂且将项家人放到南边来了。"

项桓朝他投去一个感激的眼神："多谢。"

对方笑了笑："谢我什么，还不是将军帮的忙。"

项桓将怀中的项圆圆轻轻推开，冲项南天略一领首，叫了声："爹。"

说不清为什么，经过那么多波折，再见项南天，他心里却出奇地平静，没有面对季长川时的无措，也没有从前父子对峙时的烦躁，似乎有很多事突然之间无师自通了一样。

年迈的武将缓然行至少年跟前，浑浊的双眼与他静静对视，居然没有开口斥责，而是难得给他了一个肯定的表情，伸手轻拍了拍他的胳膊："这许多日子不见，长大了。"

项桓只是沉默地一笑，却并未言语。

"好了好了，不管怎样，总算是一家团聚。"宇文钧照旧打了个圆场，"恭喜你们。"

项圆圆擦干眼泪，去握他的手："哥，大姑姑他们也没事，现在都在曲州落脚呢，回头我带你过去看看。"

项桓："嗯。"

这老老少少仅一家三口却也营造出令人艳羡的其乐融融来，宛遥并没跟上去，只站在身后安静地注视着。她看着项圆圆有说有笑的样子，心里便不可抑制地想起了远在他方的爹娘。

她从未离开家那么久，也从未做过这样忤逆不孝之事，会不会她的父亲和母亲，此刻也因为思念，而鬓发斑白了呢？

项桓是走进正厅时才发现宛遥不在的。

府衙随行的仆役同他解释道："那位姑娘说是太累，先回房休息去了。"

项南天闻言坐在桌前长叹了一声："宛遥是个好姑娘，我们项家确实欠她良多啊。"到底没忍住，他冲项桓骂道："还不都是为了你这个混账东西！"

项桓听了竟也没回嘴，反而垂眸思索片刻，绕到他的对面去坐下，一副像是考虑了很久，或者说是等了很久的表情，并不心急也不心忧："爹，我正有事要跟你商量。"

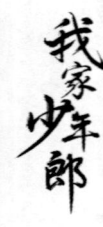

项南天微微嫌弃地拧眉看他。

少年微不可闻地吐出一口气来，郑重其事道："我想向宛遥提亲。"

这句话一出口，在场的氛围便有刹那的凝滞。

宇文钧略感惊讶，项圆圆挑了挑眉，淮生不明所以，反倒是项南天颇以为然地颔首："早在长安我就有促成这门亲事的打算了，如今人家姑娘千里迢迢跟你到这儿，你对人家负责是应该的。"说完，却又发愁地摇头，"可眼下咱们这般情况，也不知人家还愿不愿意嫁。"

"所以，我这不是来问你的意见了吗。"项桓说起此事忽然莫名地局促起来，无意识地舔舔嘴唇，"这提亲应该怎么做？我是不是要去筹点聘礼？"

项圆圆鄙视地看了他一眼，总算找到一点自己的用武之处，伸出五指给他比画："哥，娶媳妇讲究的是'三媒六聘'，得先找个媒人，两家交换生辰八字，然后是'父母之命，媒妁之言'，双方长辈谈妥了，再是过小定、大定，你八字还没一撇呢，就想着下聘了？"

项桓心道，他又没娶过，也没人跟他说啊。

他只好道："双方长辈……宛文渊在长安的吧，那岂不是我还得跑一趟？"

项南天若有所思："这生辰八字和媒人倒是不必了，按理是应该由我出面向宛遥的父母提这门亲的，既然文渊远在京城，不如便先由我这个长辈去问问她的意思。倘若她同意，咱们再捎信也不迟。"

宇文钧觉得可行，点了点头，又想到了什么，十分怀疑地去看项桓："你有钱吗？怎么给人家准备财礼？"

项桓冲着她他露出了一个只可意会不可言传的笑："我是没有。"他挑眉，"但大将军有啊。"

此时，远在城楼上巡视布防的季长川突然打了几个喷嚏。

一旁的校尉不禁关切道："可是城头风沙太大？将军要保重身体啊。"

后者忙摆摆手："不碍事，不碍事。"

宛遥正在屋中整理换洗的衣裳，项南天便略有些拘束地在门板上轻叩了几下。

她抬头看了一眼，感到意外地放下行李："项伯伯。"

有了上次的尴尬，项南天再提这件事其实是十分局促的："宛遥啊，忙着呢？"

"我不忙。"她遂起身走出来，"项伯伯，有什么事吗？"

"哦，其实也没什么特别要紧的……"

宛遥去屋内沏了壶茶，两人在院外的石桌边相对落座，项老爷子并没急着喝，只手捧茶碗不自在地捂着。他眉眼间少了些身在庙堂时的官威，反而有些和蔼可亲。

项南天兀自斟酌了一阵，到底还是开门见山："伯伯其实是想来与你谈谈桓儿和你的婚事。"

宛遥喝茶的手一顿，眸中的神情微妙地沉淀下来，只将一口茶水抿在嘴里，习惯性地垂了垂眼睑。

"我这个儿子打小脾气就怪，不像我，也不像他娘，三兄妹里，我最放心不下的就是他了。"项南天叹了口气，"这孩子急躁易怒，一向目中无人，起初我想着若能有一个治得了他的姑娘便好了，多少也可以磨一磨性子。同龄人当中，唯有你的话他还能勉强听进去几句。谁承想，此事才刚有个谱，后来就……"

他欲言又止地摇摇头，宛遥不知想到了什么，也跟着一同沉默。

项南天露了个平易近人的笑："不过如今经此一番变故，他为人沉稳不少，在会州击退袁傅的事，我听大将军说了一些，临敌能知轻重缓急，遇事不逞强热血上头，项桓与从前相比是长大许多。实话讲，他若再早些同我提，我只怕还没这么放心……"

宛遥不着痕迹地打断他的话："这是您的意思，还是他的意思？"

项南天委实没能揣测到小姑娘这句问话背后的含义，答得很快："是小桓的意思。"他笑了笑，"他原本是想自己来的，我觉得不太妥当，婚姻大事总不能由着你们两个小辈来商量，所以再三思索，还是让我这个做长辈的出面比较好。"

宛遥两手拢着茶碗，长睫如羽，垂眸时轻轻扇了两下，并未抬眼看他。隔了许久，她却出乎意料地开口："项伯伯，这门亲事，我想还是算了。"

她的声音很低，语气出奇得平静，一点也不像是女孩儿家因为害羞而说的反话。

项南天不由得愣了一下。这个回复的确使他感到意外，哪怕是在大半年

前，项家尚未没落时，宛遥出口拒绝他都不会觉得奇怪，然而知道她千里迢迢一路跟项桓来到南境，又衣不解带地照顾他，总以为她至少是有那份心的。

"这……这是为何？"想了一想，他又道，"可是因为那小子当初说的混账话？不用怕，伯父替你出这口气。"

"不是的。"对面的女孩子连忙摇头，"和他没关系。"

"那到底是……"

"项伯伯，我曾经是喜欢过他，也想过要嫁到项家，但我并不希望项桓喜欢我是因为我这段时间帮了他。"不知怎么，话一旦开了头，宛遥便有种难得的轻松，也说得愈发流畅，"离开京城到会州，是为了小时候一起长大的情谊，但我不想用这份雪中送炭去束缚他的感情。"说到这里，她舒了口气，似是而非地一笑，"所以，我帮他其实也并非一定要嫁给他的。大家各过各的生活，没什么不好。"

这番理由仿佛铜墙铁壁，一时间竟让项南天找不到可以突破的说辞，他才发现这两个孩子真是极难撮合的一对，没一个省油的灯。

项南天将宛遥的话原原本本地告诉了项桓，他坐在原处愣怔好久未能回过神，似乎根本没料到会是如此结果。半晌之后，才无措地颦起眉："为什么？"

"你别管是为什么。"项南天负手在门边，"总而言之，人家姑娘既然已经这样说了，从今以后就别再去缠着她。咱们眼下的情况本就不好，你拿什么娶人家？你凭什么娶人家？"

项桓觉得自己像是被兜头浇了盆冷水，然后重锤猛击在心口。昔年跪在项府门外听那道圣旨时的感觉久违地又回来了。

他的脸上露出几分少年人的落寞，眉峰紧皱："我不明白，难道就因为她救了我，我就不能喜欢她了吗？"

"不是不能喜欢。"宇文钧在旁轻叹，"宛遥姑娘大概是不想让这份感情成为一对一的交换吧。你是不明白，而她是太明白了。"一颗玲珑心，奈何碰到个牛嚼牡丹的缺心眼，老天爷的心思真是难以捉摸啊。

"所以呢？"项桓转过头，不解地追问，"是不是现在哪怕我没有那种想法，她也不信我了？"

信与不信，宇文钧确实没办法替宛遥回答，只好朝自己的好兄弟遗憾地一笑。

"要我说，还是我哥当时那些话讲得不对，"项圆圆发愁地托腮苦思，"宛遥姐姐肯定记心上了，否则怎么会这样想呢。"

项桓闻言缄默下来。

宇文钧疑惑地同淮生相视了一眼："什么话？"

旁边的项圆圆并没发现，他哥的头竟在此时不自在地往下垂，眉宇间写着一种名为理亏的情绪。

"还能有什么话……"她嗓门大，又素来酷爱听书，什么事到了口中都能添油加醋成为一出精彩的话本演义，更别提当日项桓与项南天赌气时，她正好在场，几乎绘声绘色地还原了每一个字。

宇文钧还没听完就已经开始摇头了，到最后连淮生都破天荒地给出评价："负心汉。"

对方冷着眼望过来。

她知道项桓这种人，不是随便哪个姑娘都能给好脸色的，宇文钧忙悄悄在袖下拉了拉她，示意淮生别火上浇油。

"从现在来看，多半是她认为你从一开始便没对她上心，只是觉得自己亏欠她，才提出要成亲的。"宇文钧无奈地耸耸肩，"你当着项老先生的面都那般说了，也难怪宛姑娘会多想。"

得知了前因后果，他才真心有些佩服这个看似弱不禁风的女孩儿究竟得有何等的勇气，何等的坚定，何等的毅力，才能在那样的情况下，毅然决然地告别双亲，孤注一掷。

"不过，"项圆圆突然问道，"哥，在咱们家出事之前，你到底有没有喜欢宛遥姐姐啊？"

项桓却并未回答，他不知在想什么，只是一言不发，然后又毫无征兆地站起身，大步往外走。

宛遥收拾好床铺从自己的房间出来，几乎是刚上回廊的台阶，就看见一道颀长矫健的身影站在对面，神色定定的，像是等了她很久。

如今两人正处于十分尴尬的状态。

宛遥下意识地避开对方的视线，只将头往旁偏了一下，脚步未停，仍向着正院的方向而行。

项桓就这么笔直地站在那里。

从他跟前经过时,宛遥还是低头略欠了下身,一迈步,他似有所感,猛地出手用力扣住她的手腕,比以往的力道都要大,手的温度是滚烫的,但很快,他又好似回过神一样,小心翼翼地松开:"你去哪儿?"

宛遥停在他的旁边,平静道:"我打算去向大司马辞行。"言罢,她的目光轻轻地扫过,"青龙城转危为安,你和圆圆、项伯伯一家团聚,互相能有照应,我也是时候回京城了。"

项桓脱口而出:"那我送你。"

她轻声拒绝:"不用,我寄信给舅舅,应该很快就会来人接我。"

是了,很久之前她就提过的。

项桓忽然不知道该怎样继续往下说,喉头来回地滚动,放在身侧的手不自觉地握紧,而宛遥居然也就如此安静地等着他。

萧索的北风带起脚边的一片枯叶清晰地在石板地上刮过。

少年用微微嘶哑的嗓音低低问道:"怎么就不想嫁了呢?"

他们俩各自面朝着相反的方向,哪怕转头也不一定能看清对方脸上的表情。

很奇怪,那一刻宛遥心中竟是什么也没想,她沉默了一会儿,唇角向着他瞧不见的正前方扬起一个温和的弧度。

"大司马能保住你不容易,今后便跟他好好建功立业吧,圆圆和伯父对你的期望都很高,愿你可以早日功成名就,心想事成,当上大将军。"她行了一礼,举止间带着淡淡的疏离,依旧沿回廊缓缓前行。

这一次,项桓没再拦她,直到身后的脚步声渐远,他才回过头。他对于童年模糊的记忆,被宛遥那一句话不经意地打开。他想起在很久很久之前,她还非常爱哭的时候,一边流眼泪一边坐在项家后门那块逼仄的空地上给他涂药,哭得稀里哗啦地控诉:"当大将军有什么好的,你当了大将军,就没有人陪我玩了!"然后现在她对自己说,"愿你可以早日功成名就,心想事成,当上大将军。"

"我曾经是喜欢过他,也想过要嫁到项家。"

项桓想起这句话便蓦地生出一丝时过境迁、稍纵即逝的苍凉来。原来陪着自己长大的女孩儿也曾一心一意打算要和他白头到老的,只可惜他错过了。

项桓没有再追上去,也并未回到前厅,只独自一人在花园的台阶下枯坐了一日。

　　当天,他整宿都没睡着。直到朝阳升起时,项桓突然做了一个决定,他掀开被子翻身而起,火速冲向隔壁,踹开了宇文钧的房门。

　　彼时宇文钧睡得正香甜,冷不防被人破门而入,第一反应就是遭遇敌军突袭,他眼疾手快去提床头的剑,还没碰到便让人一脚踹开了。

　　"宇文!"项桓冲口而出,"帮我个忙!"

　　宇文钧睡得稀里糊涂,靠在窗边一头雾水地跟对面的少年大眼瞪小眼,只听他用振奋的语气说道:"我要留下宛遥!"

　　项桓想了一整夜没有合眼,起初他把宛遥的话,包括她对项南天说的那些细细地琢磨了一遍,觉得既然她还喜欢自己,那就并非没有机会,只要好好把误会讲清楚,未必不能将人留住。然而到了后半夜,他便满心绝望地自我否定了。项桓发现自己根本就找不到突破口,宛遥现在已经怀着"他对她求娶是一种责任"的想法先入为主,无论怎么说,说什么,只怕都没什么用,他似乎陷入了死局。

　　项桓想,也许他爹说得对,宛遥已经做得够多了,要不要嫁是她的自由,他应该尊重她的选择。人家出手相助是情分,难道还非得把一辈子交给自己不可吗?凭什么呢?思来想去,这的确是个对双方都好的结局。

　　他做出决定后,便努力让自己平静下来,打算认真地睡上一觉。但不知道为什么,心中总有一口气堵在那里,十分难受,很久之后他才隐约明白,那约莫是一种叫作"不甘心"的情绪。

　　等到府衙院墙外的梆子声沉沉地敲过了五下,项桓在朦胧的黑夜猛然睁开了眼。

　　与生俱来的反骨在这一刻骤然回归并主导了他整个身躯。

　　我为什么要放弃?他在心里反问。他明明是个喜欢什么就一定要抢过来的人,纵然披荆斩棘,纵然头破血流,也从来无怨无悔。

　　既然宛遥已经承认了喜欢他,那么即便赌上性命去争,去抢,也要试一试。

　　他要试一试!

　　项桓此时正如在一片漆黑里前行,哪怕半点星光,都能点燃他燎原般的斗志。

399

宇文钧望着好友这打鸡血一般的神情，先替自己叫了个苦，只好披衣下床，暂且将灯点上。

有道是"三个臭皮匠顶个诸葛亮"，紧接着，昨晚才回来的余飞也让他拎到了屋内，然后是项圆圆和淮生。

等晨曦初绽之际，房中已然凑成了一桌麻将的人数。

项桓深吸了口气，郑重其事道："你们有没有什么行得通的办法？"

宇文钧给众人满上茶水，闻言问他："你就只是想把她留下，那之后呢？想过要怎么缓和你们之间的关系了吗？"

项桓摇头说没有，倒也诚实："一步一步来吧，我如今是戴罪之身，圣旨大赦前出不了会州。她如果回了京城，恐怕就真的不会再来了。"

余飞昨日不在场，听项圆圆讲诉了来龙去脉，闻之惊奇道："什么？你们俩都同住一个屋檐下快一年了，居然都没发生点什么吗？"

项圆圆没像他一样发言，却默默地跟着腹诽：你们俩都孤男寡女这么久了，居然没生孩子！

同为单身汉，余大头沉痛不已："你说说你，若当时生米煮成熟饭了，现在用得着多操这份心吗？"

项桓翻了个白眼，不悦道："那种情况之下，还想着这些事的是禽兽吧？"

"你啥都不做才是禽兽呢！"

"好了好了，如今翻旧账还有何意义？"宇文钧不着痕迹地和了一把稀泥，"当务之急是想一想怎么让宛遥姑娘晚些时候返京。"

几位谋士倒是十分热衷于出主意。

余飞一拍大腿："简单，把人捆起来！"

淮生提议道："半路劫车。"

项圆圆："再英雄救美！"

项桓忽然觉得这帮人和自己相比也不见得有多靠谱。

项圆圆在将军府住了大半年，季长川不会带孩子，基本上是任由她疯，她把能搜罗到的话本志怪看了不下千本，脑子转得飞快。此时，她心里突然冒出个缺德的想法："哥，当初宛遥姐姐跟着你到青龙城，是由于你身受重伤无人照顾，对不对？"

项桓迟疑地看着她，拿不准这丫头在打什么歪主意，半晌才缓缓颔首。

"那很简单嘛。"对方灵机一动,"咱们可以用苦肉计啊,你再受一次重伤,她岂不是就没法走了?"

"这提议不错!"余飞几乎是同项圆圆一拍即合,认为此计十分可行。

项桓愣了一阵,兀自沉吟:"你的意思是让我装病?"

宇文钧听完便觉不妥:"宛遥姑娘是大夫,她一眼能看出来是真病还是假病。"

"宇文,这你就不懂了。既然是苦肉计,演戏肯定得做全套的啊。"言罢,余飞抽出腰间的刀,刀光明晃晃地闪着项桓的眼,"想娶老婆,不流点血怎么成?"

项桓被他那刀刃逼得往后扬了扬头,一脸不可置信地看着他。

余飞一抖武器,宽慰道:"别这么看着我呀,反正你打一场仗下来也没少流血,咱们皮糙肉厚惯了,随便放点不要紧。"

淮生在边上适时插话:"那柄太小了。"她顺手抄起一把金背大砍刀递过去,"用这个。"

项桓:这群人是在公报私仇吧。

宛遥刚去邮驿寄了封信,还在路上,便被余飞和项圆圆一边一个架起胳膊往回赶。

她不知所措,来回张望:"你们……"

项圆圆:"宛姐姐出事了,要命啊,我哥快死了!"

她被这没头没脑的一句话吓到,愣了一下:"什么?"

余飞立刻解释:"是这样的,今早项桓让大将军派去城外巡视,偏不巧就遇到了袁狗的几支探路军,对方来势汹汹,他寡不敌众,宇文把人抬回来的时候只剩一口气了。"

"有这么严重?"宛遥惊讶,随后又担忧道,"不是说袁傅已撤军折返南燕了吗,他又打回来了?"

余飞没料到她会问这么有难度的问题,只好敷衍:"谁知道呢?战场上的事很难说的。"继而颇刻意地强调,"不过项桓是真伤得厉害,你赶紧去瞧瞧他吧。"

宛遥进门时,房内一缕熟悉的血腥味便袭面而来。

宇文钧正坐在床边替他清洗伤口，见状忙起身给她让位。

项桓的脸色极其惨白，周身的衣衫几乎被血染透，看样子的确是受了刀伤。宛遥颦眉迅速给他把了脉，再解下外袍去检查胸膛和腰部的伤势。

少年的伤处血肉模糊，显然经过了一场恶战。

宛遥忙紧急做了些处理，片刻后，她展开眉头轻轻地松口气，朝众人道："刀口虽深，好在都没伤至要害，不要紧的。"

余飞在旁边喜滋滋的，心想，那当然，他技术素来熟练。于是冲着床上已面无血色的项桓打了个胸有成竹的手势，后者趁宛遥不注意，有气无力地回以一笑。

然而，他很快就听见女孩子不紧不慢地继续道："我走之后，记得每天给他换伤药，一日两次，不可碰水，若出现发烧要及时找军医来。"

项桓在那一瞬微微愕然，侧头望着她，唇边最后一点笑渐渐凝滞，好似没料到她会是这般反应。此时此刻连余飞和宇文钧都有些意外。

项圆圆张了半天嘴，最后磕巴道："宛、宛姐姐，你不用看着我哥吗……"

宛遥剪了一节布条，抖开药膏细细地涂上去，朝她扬起嘴角："他的伤势还好，不必那么担心。眼下你们也都在，城里医馆很多，找个靠谱的大夫一样能治的。"

余飞登时哑口无言。他才知道这个姑娘真下定决心起来是一种无招胜有招的狠厉，简直令人无从抵挡，没法招架。

项桓只觉心口好似被极尖锐的利器划开，跟着伤口一并往外渗血。

他突然强撑着支起身，不顾身上的刀伤，青着嘴唇，问道："即便是这样，你也不管了？"

宛遥抬眸对上他那双清澈的眼睛，有片刻的愣怔。

少年勉力吞咽了一口唾沫，嗓子低哑："如果我不是只剩一口气，你就不会管我了，对不对？"

她让这句话的分量重重敲击了一下，看着眼前满布伤痕的人，像是明白了什么，竟莫名生出一点酸涩来，只伸手扶住他的肩膀："你还在流血，先别说话了，躺下吧。"

项桓定定地注视着她，脸色近乎发青地躺回原处。

身后的一干人等见状，皆对视一眼，十分识相地退了出去。

不过片刻，屋内便只留下了他们两个人。可一时半会儿，没人先出声打破僵局。

宛遥坐在床边，用金创药暂且止住再度崩开的伤口，听他用嘶哑的嗓音低声说："不能等我好一点再走吗？"

带着凉意的布条一圈一圈缠在他的身上，宛遥心中五味杂陈："我想家了，想见我娘。"

项桓努力撑起头："我可以陪你。"

"陛下尚未赦免你的罪，你跟我回去太冒险了。"她伸手将他的头摁下去，推拒道，"况且现在又受了伤。"

这伤简直受亏了。

宛遥利落地包扎好："还是在城里好好养病吧。"她把被衾一拉，仔细地替他盖严实。

膏药的清凉和刀口的火辣一阵冷一阵热地在四肢百骸里轮转。

她是真的不管他了。

项桓默然地看宛遥在床边整理药箱，就算他满身是伤，也没办法留住她。

因为她所在意的人里面，大概已经没有自己了。

第十二章 定情

书信一旦寄出，曲州来人也就这两天的事。

宛遥说要走便真的要走，去意已决，每日里只偶尔抽空来瞧项桓的伤势有无恶化。

此次的苦肉计可谓失败得非常彻底。

余飞尤其懊恼，他觉得对大夫使这种手段简直是最大的错误，或者当初该下点狠手，真把项桓折腾出个好歹来也许还奏效一点。

虽说计划是失败了，可刀伤是实打实的，纵然没伤筋动骨，但为了做戏逼真，好让他能够博得美人同情，余飞捅得都是深可见骨的口子，半点没含糊。

项桓一时半刻连动也动不了，只能躺在床上发愁地继续想对策。

而作为罪魁祸首的项圆圆眼见把亲哥坑成这样，也实在于心不安，想尽办法地给他拖延时间。她借过年看走马灯的由头缠着宛遥，嘴皮子都快磨破了，终于争取到了一个机会，宛遥同意年后再启程。

小年这天，项圆圆同淮生拉宛遥出门去逛夜市。

项桓则百无聊赖地守着一碗苦药出神，汤水都快凉透了，他正端碗要喝，项圆圆叽叽喳喳地蹦进来："哥，哥，不好了！"

项圆圆的吵闹的性格是刻在骨子里的，纵然家中经历一场动荡也不影响她的嗓门。

项桓被她吵得瞬间激出额头的两条青筋，忽然觉得自己的暴脾气也并非与生俱来，恐怕有大半都是后天让人给逼出来的。

"哥，你快别躺着了！"她连蹦带跳地窜进来，没一点女孩儿的样子，颇豪放地一把掀开他被子。

一股寒风呼啸而至，好在项桓里衣穿得结实，不至于被看个精光。但尽管如此他也不禁打了个寒噤。

"干吗?"他龇牙咧嘴。

项圆圆半拉半拖地将人拽起,抄过床头的衣服给他稀里糊涂地乱套一通:"快别问了,你先跟我来。"

"去哪儿啊?你慢点!"

战祸后的青龙城还是一片百废待兴的样子,街道已经收拾得井然有序了,倒塌的房屋正在重建。边城的夜晚没有宵禁,明月当空照,市集人如海。

立春之后,年味变得浓厚起来,即便残垣断壁尚未修复,也并不耽误百姓们过节,家家户户都在门前挂上了红灯笼,连车马也装饰彩花,站在高处临下而望,是满目喜气洋洋的景色。

项桓身上的伤还没好,走了小半炷香光景,居然隐隐有点吃力。

项圆圆颇为神秘地将他拉到一间酒肆二楼的露台上,只见余飞早已等在那儿了,背靠着栏杆动作谨慎地往下窥视。项圆圆引着他上前,做贼似的一并躲在木栏后面。

项桓不耐烦:"你们到底干什么?"

"嘘——"她打了个手势,示意其去看街对面的馄饨摊子。

如今大的酒楼未能开张,反而是街上这些小店面生意旺盛。通明的灯火里,项桓极轻易地就找到了那道月白色的倩影,他提了点精神。

宛遥和准生同坐一桌,各要了碗馄饨,而旁边正站着两个少年模样的人,看上去好像是旧识,不时说起话来还会难为情地挠挠头。

项桓对这俩人有印象,是当初宛遥支摊卖药时雇的伙计。

"怎么样?"项圆圆在旁邀功似的开口道,"我同宛遥姐姐刚逛街呢,这两个家伙就找上来了,零嘴我才吃一半,惦记着来告诉你,连香菇面筋都放弃了,够仗义吧!"

有了上次被她坑得血本无归的经历,项桓多少学聪明了,回头倚栏而坐,说道:"那就是俩普通的路人甲,宛遥眼光不会这么差的。"

"说不准有万一呢?你难道不怕她被别人抢走吗?"

"我就是怕,所以才千方百计要把她留在青龙城。"项桓无奈地望向她,"宛遥又不是你,成日里受一堆话本子荼毒,她怎么可能瞧得上这种小地方的人,反倒是京城人才济济,宛文渊夫妻俩又看我不顺眼,只怕回去就得给

她安排人说亲了。"

意识到自己辛苦献的宝这般不受重视，项圆圆沉默了一阵，终于不甘心："你怎么能这么心大啊，还想不想把她追回来了？看我这次好不容易约她出去逛夜市，你都不跟着来，说不准遇到一两个见色起意的傻蛋，你不就正好能大显身手，一展风采了吗！"

项桓暗道：你都把淮生叫上了，还怎么让我大显身手？

项桓将胳膊搭在膝头，颇为无力道："早些时候让我装病骗她留下，倘若我说跟你们一块儿去，那不是明摆着咱们做戏吗？"不过有一点不同的是，他的伤是真的，而且是真疼啊。

"别那么不知变通好不好，你带伤陪她逛街，人家才会更感动呀。"

"什么歪理，哥跟你有仇是吧？非得把我玩死你才安心？"

"喂，他们结账走了。"旁边的余飞尚在认真刺探敌情。

兄妹俩齐齐回头，趴在栏杆上，动作整齐地望过去。那两个伙计果然跟着一路随行，有说有笑，看样子是打算领着她们逛一圈了。

项桓将两手穿过木栏的缝隙，在外交叠围成个圈。他发现宛遥的容貌其实是很惹眼的，至少周遭人群熙攘，自己却能一眼找到。

举世星火阑珊，而她在其中眉目温暖，含笑的唇边浅淡地挂着两个梨涡。

记得小的时候，他也曾在这样的夜色里混迹于京城坊间的十字街，两个人招猫逗狗地恶作剧，一旦被长辈发现便满巷子乱窜。

项桓隐约有些羡慕与低落，轻轻地把头抵在微凉的护栏间，傻子似的看得出神。

项圆圆悄悄地瞥了他一眼，开始煽动："哥，你不想跟上去听听他们说些什么吗？"

"想啊。"他倒也老实，然后又有气无力地皱眉摇头，"可这地方人声吵杂，离得远听不见，离得近了，让她发现又要不高兴。"

项桓说着把手边的一支枯草扔到了楼下。

三个人一同沉默。

正在此时，隔间一队舞狮子的杂耍艺人陆续走上楼来，为首的是个中年人，他摘下金光闪闪的狮子头，晃着脑袋正活动筋骨："快累死了，谁知道今天外面的人比往年都还多。小二，上好酒。"

一干人把舞狮行头都搁在旁边，余飞却单单盯着那黄灿灿的狮子脑袋，忽然有了个想法。

"前面不远有卖油炸豌豆粉的，这家店原本还做烤鸭，可惜姑娘你来得不是时候，再早几天没打仗，我们哥俩还能请你吃一顿。"其中一个伙计对淮生说。

两人是亲兄弟，土生土长的会州人，对城里的大街小巷，特产零嘴如数家珍，乍然听说宛遥过完年就要离开，委实觉得有点遗憾。

"油炸豌豆粉？"淮生问道，"好吃吗？"

"好吃呀。豌豆粉是凉食，夏天吃解暑，不过这油炸过的就不一样了，又香又脆，最适合你们这样的小姑娘。"

宛遥见她喜欢，不由提醒："咱们方才已经吃了很多了，晚上要忌口，还是买回去，等饿了当宵夜吧。"

"嗯。"淮生一向听话，顺从地点点头。

闲谈间，几人行至城内最热闹的所在，迎面敲锣打鼓，唢呐喧天，紧跟着蹦来几头十分活泼的金头狮子。

伙计中的弟弟尽职尽责地介绍说："我们这儿的舞狮也不少，都是练家子的师傅，脚下的功夫尤其扎实。"

宛遥素来是个肯给面子的人，哪怕在她看来不算新鲜，也佯作认真地去欣赏。

杂耍的狮子摇头晃脑地冲着她们这边眨眼睛，上蹿下跳很是精神。

淮生捏着一串糖葫芦舔上两口，忽然"咦"了一声，自言自语道："这不是刚刚来过的……"

宛遥的目光随之转过去，那脚下功夫扎实的师傅突然打了个趔趄。

余飞顶着狮子尾巴和项桓撞了个正着，他在里头低声骂道："喂，你到底会不会玩啊！？"

后者怒："我怎么可能会玩这个！"

项桓一头热地被他怂恿上街，等套好了这身装扮才隐约有种上当的感觉："你这招到底行不行得通？这么一趟走完能听见几个字啊？"

"那也不错了。反正过年热闹，你要是没听够，咱们还可以掉个头再走一躺嘛。"余飞催着他赶紧动。

伙计正站到一旁给舞狮让道,语气里甚是惋惜:"姑娘,您真的要走吗?那往后是不是也不会再来城里开店了?"

毕竟所结识的老板中数她最好说话,他们俩一开始还打算跟着她发家致富的。

宛遥模棱两可地笑笑:"不知道,也许有机会。"

对方感慨地叹了一声,突然问:"常跟着你的那位公子呢,他也一起走吗?"

她闻言却不解地愣了下,并没发现身侧的舞狮已悄然停住,不动声色地面向着这一边。

宛遥记得当初因为害怕项桓惹事,从一开始便没带他去市集摆摊子,而后者抗议了几天也没怎么坚持,顶多会在回家的路上等着。

宛遥带了些好奇地反问:"你们知道他?"

"知道啊。"对方挺有活力地呼呼比画两下,笑嘻嘻的,"身手特别好,要不是他在摊子前守了三个月,咱们也没那么容易这么快在市集立住脚。"

一番话听得宛遥有些糊涂,在宛遥的记忆中,自己似乎从没把项桓介绍给他们认识过。

许是见她神色茫然,伙计中的哥哥便挤上来解释:"姑娘你可能不太清楚,城里鱼龙混杂,每条街巷都归不同的帮派分管。市集有个规矩,但凡新来的,不交上三个月的月钱是别想安安稳稳做生意。"

她卖药从一开始便一直风平浪静,全然不知背后有这些隐情。

宛遥微愣:"月钱?"

弟弟笑着接话:"我们那会儿都已经做好了要硬抗三个月的准备,结果你家小郎君第一天就把沿途的地痞全揍趴下了。"

她终于眨了下眼睛,若有所思地侧头。

"我还是第一次瞧见一个人能打十几个的。"哥哥想起来仍觉得又佩服又自豪,"附近的地头蛇吃过亏,连路上见了我们俩都是绕道走,可真解气啊。"

宛遥讷讷地走了一会儿神,恍惚想起某些日子里,项桓吃饭时脸上曾带着轻重不一的伤。

她出声问:"他每天都在吗?"

"在啊。"弟弟一咧嘴,露出满口白牙,"清早你前脚刚到,他差不多后脚便在对街的巷子里头坐了,一坐一整天。等要收摊了,才抱起剑离开。"

哥哥在旁琢磨:"大概也就提前半时辰走吧。"

"对,小半个时辰。"

项桓罩在密不透风的舞狮头内,闷得心口发慌。他沉默地盯着脚边的碎石发呆,连自己也说不清自己在想什么。

周遭的人流忽然涌动起来,像条湍急的河。

似乎是哪户显贵人家花大手笔置办了烟花庆祝,夜空中漫天星火交织成一张巨大的光网,人们争相前去凑热闹。莽撞的看客挨挨挤挤,有人的手肘不经意狠狠地撞到了项桓腰上的伤,他猛地一咬牙,疼得满背都是冷汗。

烟花其实离此处并不远。宛遥随着炮仗声一仰头,能看到大片绚烂的光芒。

一战告捷,难得捡回性命,那位显贵估摸着也是想求个新年的好彩头。

奈何城中历经一场浩劫,物资极为有限,这烟花也不知是从何处买来的次品,不过才放了两三个,便开始横向打转。火花天雷般四处飞溅,起先还凑在前面瞧稀奇的路人纷纷抱头鼠窜。

"着火了,着火了!"

"别挤,别挤!"

"你们推什么……"

以往宽阔的长街忽然不够用了。

宛遥被人海迅速冲到数丈之外,也正是在此时,那倒霉的烟花还没消停,居然原地炸了。

爆开的火星窜到她旁边的酒馆内,一坛打碎的烧刀子以一股不可抵挡之势燃起熊熊大火,满街皆是恐慌之声。火势蔓延得极快,头顶的幌子被烧得"噼里啪啦"作响,木质的旗杆从底部开始崩塌,然后"砰"的一声,砸了下来。

宛遥听到上方有动静时已经迟了,一片耀眼的火光带着滚烫的热气轰然坠下。

她心里一声"咯噔",这会儿想着要躲显然来不及,而淮生不在旁边,如此短的时间内根本赶不上救她。眼见热浪逼近,手脚却远远没有脑子反应快。

电光石火的一瞬,身后突然投下一道阴影,宛遥好似意识到有谁不着痕

迹地替她挡了一下，长杆砸在背脊上，发出沉闷的响动。

很奇怪，明明未曾看见对方的脸，却总有一股极其熟悉的感觉。像是曾经，同样的场景就这么发生过许多次一般。背后忽然一股大力袭来，迅速用力将她推出几丈之外。

伴随着人群的喧哗声，烧断了的窗户和旗杆"噼里啪啦"落得遍地都是。

宛遥有那么一刻是想回头的，但对方这一把推得太用力了，根本没法站稳，几个趔趄之后她便摔在了地上。

周遭满是受惊瞎跑的百姓，宛遥刚抬起头，淮生已经挤开人群跑到了面前，伸出手来搀扶她。

伙计兄弟俩紧随在后，慌里慌张地将她围住："姑娘，要不要紧啊？我刚看到杆子倒了，你没伤着哪儿吧？"

宛遥握着淮生的手起来："我没事。"

引起满街骚乱的烟花可算消停了，而小酒馆却惨遭无妄之灾，平白惹来一场大难。

店家一边捶胸顿足，一边不忘招呼小二提水救火。

项桓两手撑着地，吃力地将压在后背的长杆掀开。

这一下砸得不轻，他觉得身上的伤口全裂了，每一处都在流血。

"小哥。"一旁围观的路人见他方才挨了那一记，忙赶上来帮着拍去其衣衫上的火星，"你可真够能的，也不怕把自己砸死，怎么样啊？用不用去看大夫？"

项桓摁住腰间的创口，摆了摆手示意自己无妨，他用手背轻轻拭去唇边的冷汗，抬头时正瞧见宛遥在和随行的几人说话。她看上去应该并未受伤，甚至冲着周围的人含笑摇头，眼中映着火光，大概是在说自己没事。

项桓就那么望了一眼，忽然有些疲惫地收回视线。他也说不清此刻心里是个什么感觉，只是捡起散落在地的狮头，拖着步子慢吞吞地往回走。

宛遥的目光从人群中找过来时，瞧见的便只有这样一道背影，而她尚未看清，少年已转瞬隐没在了人潮里。

边城的热闹被突如其来的火势扰乱，归途中的灯烛无端有些阑珊。

项桓行至石桥边时已然感到撑不住了，捂着伤口的掌心黏稠温热，他扶着石栏杆定神站了片刻，再抽手离开时，上面清晰地留下一抹带血的指印。

项桓停在湖岸边，费力地坐下。他的伤口崩开了，须得尽快处理，这一阵子没有好好休息，旧伤新伤全都反反复复的，一直没痊愈。

他把那一套可笑的行头丢在身侧，解开被血染透了的外袍，微凉的湖风徐徐吹来，夹带着淡淡的腥味。如果天色没那么暗的话，旁人会很清楚地瞧见面前的小片水域被血染上了极浅的红，涟漪万千地朝四周扩散。

项桓本在专心清洗伤口，突然间，长年征战的习惯让他觉察到背后的风声中夹杂了一些别的什么动静。他愣了下，好似有种说不出的预感，胸腔内的跳动没来由地加快，迟疑了片刻还是讷讷地回头。

弦月半隐入云层里，女孩子正站在几步开外的树下，像朵悄无声息绽放的花，一双明眸在黑夜中辨不出神色。

真的是他。

当亲眼看见项桓的伤，宛遥还是有些吃惊的。

起初在街上瞧舞狮的时候她就有所怀疑，后来项桓挡那一棍子便愈发加深了她的猜想。她循着地上的血迹一路找过来，看到的就是这样一幅画面。

大概是光线太暗的缘故，他瞧着像是从血水里捞出来的一样，宛如深红色的厉鬼。

纵然只是皮肉伤，久久不愈合也会引发炎症。宛遥终于皱紧眉大步走过去，在少年遍体鳞伤的胸膛前手足无措地站了一阵，才摸出帕子和药瓶俯身去给他止血，忍不住薄责道："你就不能安分一点，老老实实在家养病吗？"

但项桓却一直不言语，只是垂眸看着她，看着那张涂满了药的手帕被血浸透，深红与白皙的指尖互相映衬。他忽然毫无征兆地出手，紧紧抓住宛遥的手腕！

她显然怔住，只听见项桓压抑着声音问道："也不是全然不在乎，不是吗？"他每说一个字，好像就更用力一分，"明明还是喜欢的，一定要这么决绝吗？"

宛遥往后抽了抽手，垂下头："先把伤口……"

项桓打断她："不要管伤口了！"他把她拉到自己跟前，好似感觉不到伤痛，只握住她双肩认真说，"你知道的，一直以来，我对你的感情是不一样的，一直都不一样！"

他这番话说得并不算直白，可是少年已经很努力在解释了，他脸色发青，

411

眼睛却像是燃烧着的火那样明亮，看着面前的姑娘。

宛遥望进那双黑而深的眼瞳里，思绪却有半刻空白。

冷月清风，岸上的长街是万家灯火。隔着衣料，他掌心的温度一寸寸传过来。

她想起在京城小巷中度过的青涩岁月，想起爬墙偷摘果子时的胆战心惊与春天在草丛里捉的各种蝴蝶蜻蜓，想起那一年，龚掌柜拎着柴刀将他们逼到角落，少年抄起长杆把她挡在自己的身后，眉目间露出无所畏惧神色。

遥远的长安坊间，少年和少女曾牵着手在那些曲折的小巷中奔跑穿梭。

项桓的声音渐渐低下来，嘴唇轻轻嗫嚅了一会儿："那天，那天在家里说那番话是我不对。"他皱眉挣扎半晌，想了想，自己也觉得有点冤，"可我不过是想反驳我爹，也没料到你会在。不能再给一次机会吗？你连一次机会都还没给过我，就这么判我死刑了……"

宛遥沉默着垂眸，一直不曾说话。

正在项桓还要再争取时，她忽然没头没脑地开口："记得腊月二十七是什么日子吗？"

她问得有些突然，少年不由愣了下，直觉告诉他这话里有话，他缓缓松开手，把这个时间翻来覆去地琢磨，醍醐灌顶似的一震："是、是你的生辰？"完了，他是不是思考得太久了……

宛遥倒也没计较这些，只将他的伤包扎好，继续说道："十岁那年，除夕之前，王府曾给小世子点了一盏极大的长寿走马灯，因为稀罕，回家之后我们也一起做过一个，你还想得起来吗？"

项桓披上外袍，闻言略微一顿，思索道："记得，当时是我上王府去问的图纸，之后刘翰林家的女儿看见了还向你讨要过。"

她点点头，收拾起药瓶问："那后来灯呢？"

"后来，灯被我不小心烧坏了……"说到此处，他才恍然大悟，眸子像是被什么点燃了。项桓怔怔地盯着她，从宛遥不经意转过来的目光里，恍惚明白了什么。

他脸上逐渐露出狂喜的情绪，甚至连衣服也不好好穿，撑着地便爬起身。

"是不是我做到，你就不生气了？"他唇边隐约带着点欣喜，揽住她的胳膊，不等对方回答又急忙抢着道，"你不说话，我就当是这个意思了！那你等我！"

言罢，项桓甚至没给宛遥出声的机会，一转身便风风火火地往府衙方向跑。

宛遥想劝他慢点跑的，可是人早已不在视线之中，她在原地无奈且好笑地叹出口气，余光瞥见脚边狮子头还在，于是蹲下去轻轻摸了摸。

金脸、白毛、大眼睛，还挺可爱的。

项桓急匆匆地冲回府衙时，项圆圆和余飞已经在家了，貌似还寻了他许久。

"喂，你跑哪儿去了？"两人跟在他的身后，从一个屋走到另一个屋，就见项桓沿途一路翻箱倒柜地找东西。

余大头不解："不是陪着宛遥吗？你不要媳妇啦？"

他动作不停："我就是从她那儿过来的。"

听项桓简明扼要地陈诉完经过，对方蒙了许久："什么意思？她这话有什么玄机，我怎么不太明白。"

项桓在仓库翻出一把量尺，拿在手里试了试，飞快道："小时候我和宛遥做过一盏走马灯，结果有一回我跟人打架，正好把灯弄坏了。"他拉开抽屉，取出了一叠白纸，"她那会儿哭得厉害，我只好说改天再做一个赔给她，之后许是事情太多，我一时半会儿忘了，她也没提。"

余飞心想，你这缺德事还是从小干起的啊。转念又回过味儿来，你们俩居然小时候都那么腻歪！

项圆圆歪头在边上看他忙："哥，你在写什么啊？"

"写清单。"项桓笔走龙蛇地写了满满一张纸，出门时叫住一个自廊下路过的仆役，"这上面的东西要一个不漏地替我买来。"

见对方接了钱，项圆圆奇道："你自己做？那个走马灯什么样儿啊？"

"我不自己做，这地方也没得卖。"说完，他皱眉在腰伤上轻按了下，把面前的小女孩儿往旁边一搡，"别碍事，滚去厨房熬碗药来，你哥快死了。"

后者顺势往前蹦跶两步，颇乖巧地"哦"了一声。

余飞却在旁边扳着指头数道："腊月二十七，那不是还有三天了，你行不行啊？"

"我现在又没事干,三天肯定够。"他胸有成竹地说。

走马灯是从民间传入宫廷的,但因其制作过程十分复杂,到后来反而是宫中用得最多。每逢年节或是皇子公主的生辰,便会做成走马灯讨个好彩头。

项桓休息了一夜,翌日,下人将买好的皮革、木板、铁丝等物打包交给他,沉甸甸的一大箱子。

项圆圆蹲在地上翻看,不由道:"这玩意儿看上去挺麻烦的,哥,你会做吗?"

他刚喝完稀粥,挽起袖子把白纸铺开:"不会也得试试。"

七八年前的东西,说实话的确忘得差不多了。

项桓只能先找工匠借来普通走马灯的图纸,寻着记忆在上面修改。

宛遥在府上,而项桓居然没蹦出来死缠烂打地跟着,这着实是件稀罕事。

第一天,宇文钧忙完了自己的活儿,便领着准生上门看热闹。

彼时,项桓正缩在屋里画图纸,用量尺上下左右地比画,乍一看很能唬人。

宇文钧是实实在在的世家子弟、名门之后,又不似项桓那般不服教养,自小礼、乐、射、御、书、数,样样都学,一眼瞧见他画的那布局,眼皮子就忍不住地颤抖。

"这儿应该往旁边挪一寸,不对不对,是挪到这里……不是左,是右,唉,你什么眼神啊?"

最后实在是看不下去了,宇文钧索性接过笔和量尺来帮他勾。

旧时做的走马灯大概直径有一尺来长,项桓将木板铺了一地,照图纸标好尺寸,拎了把锯子均匀地锯成条。

等项圆圆送晚饭进来,房间里的人已经准备得有模有样了。

她颇新奇地放下食盒,绕开那一堆木板子走到桌前,纸上以白描勾勒车马人物,有弯弓骑射的,有纵马奔驰的,也有马背上厮杀的,倒是画得惟妙惟肖。

"哥!"她简直要尖叫,"你画的?"

项桓用小刀刻剪影,被她这么一喊,险些割到自己的手,于是不耐烦地停下刀:"干什么?"

项圆圆举着画抗议道:"你都没告诉过我你会画画!"他哥不是只会打架吗,几时学会了这么高雅的技能!

"大惊小怪。"后者不以为意地低头继续刻,"画这个又不难。"

"很难啊,我都不会。"你也从来没给我画过!

"行了,别嚷嚷,你哥我会的多着呢。"项桓示意她一边儿去,"要是没事儿干就帮我描图。"

项圆圆坐到桌边,取了支笔在手:"你不吃饭啦?"

"过会儿吃。"

厢房里很快热闹起来,敲敲打打的声音此起彼伏,隔着大老远都能听见声响。

从第二天开始,项桓就专心把自己圈在屋内,削木杆、雕花纹、给走马灯搭架子,紧锣密鼓地忙碌着。偶尔余飞几人也会跑来给他添点乱,原本是在各自锯木头,锯着锯着,互相看对方不太顺眼,两个人隔着一张桌子开始你来我往地交手,把余下的木板丢得满天飞。

许是动静闹得有点大了,连季长川和项南天也跟着过来,探头瞧了一两回。

下午的时候,宛遥不敢走得太近,在廊上远远地望过一眼。

满屋子杂物凌乱,项桓埋头在桌前,把钉子钉入两块木条之中。夕阳不偏不倚刚好洒了他半身,像是有一层灿烂的金粉,眉眼的线条疏朗而柔和。虽然也是废寝忘食的样子,但好歹不会再出去上蹿下跳地折腾自己了。

宛遥安静地看了一阵,然后悄无声息地离开。

等她夜里想起来,再偷偷地摸到门边时,厢房的灯火居然还亮着,而住在里面的少年已趴在桌前睡着了。

她愣了下,悄悄提起裙子进去。

宛遥举目打量四周,铜锤、锯子零散地摆在各处,废掉的纸成团成团地滚在角落里。没走两步,她便碰到满地尚未收拾的木板,那轻微的响声险些让她误以为会将项桓吵醒。

宛遥捂住嘴,战战兢兢地观察许久,见对方并无动静,这才小心翼翼地从上面跨过去。

项桓将脸搁在臂弯间,大概真的是困极了,竟也没觉察到她,只微动了动脑袋,将双目埋进胳膊肘里。

宛遥确定他未醒,便大着胆子去瞧桌上摆着的东西。那盏走马灯已经基

本成型，底座黏着六个惟妙惟肖的人像，只差灯纸没糊。

她稍稍摆弄了一番，余光看到项桓手肘下压着的图纸，于是一点一点地抽出来。

纸上结构分明，画得十分工整，每一部分还附着小字："此处留心裁剪；此处先以薄板固定，再用铆钉钉实，切记，切记；此处只做参考，略微修缮即可。"

宛遥轻轻擎眉，垂目瞪了项桓一眼，自己的事还让宇文将军帮忙。

不行，不能作数。怎么着也只能算半个。

她回头还想瞧瞧他垫在最底下的那一张，正要去拿，项桓忽然就动了，看那样子隐约是有要抬头的迹象。宛遥当即吓了个半死，急忙松手把图纸扔开，连连往后退了好几步，左顾右盼，最后慌不择路地踩着一地狼藉往外跑。

项桓睁开眼时，睡眼蒙眬地打了个呵欠，转头活动了一番筋骨，正准备再战，忽然瞥见散落在脚边的图。

"咦，什么时候掉的？"他捡起来，拍了拍上面的灰。

等到二十七日凌晨子时，项桓终于靠在椅子上伸了个懒腰。

总算是完成一大半，眼下给木材表面刷了层漆，就等着干了。

余飞凑过来用手拨弄，此刻里面的蜡烛未点上，暂且看不到车马竞逐的样子："你行啊，虽说是不如宫里的漂亮，倒也是像模像样。"

项圆圆无比艳羡地托腮感慨道："哥，你得空也给我做一个吧，我想要一模一样的。"

项桓朝僵硬的脖颈上捶了两下，简短地道："你想要就自己去买。"

这东西再做一个，非要他命不可。

"不行了，快饿死了。"他起身把手里的活儿搁下，一胳膊揽住余飞，"走，吃饭吃饭。"

"这会儿想着和兄弟去吃饭了？"后者酸溜溜道，"往后有了媳妇，还会惦记兄弟吗。"

"废话。"他俩勾肩搭背地走出去，"就是现在没才想着你的，有了媳妇谁跟你吃饭啊？"

项圆圆被留在了原地，有些百无聊赖，她是个不肯闲着的性子，心里装不下事，只想等着漆快些干，然后点了灯看看这玩意儿究竟怎么样。

早已是夜深人静时分,窗外的风掀起一阵枝摇叶晃。她趴在桌上无所事事地晃荡着双腿,夜风顺着缝隙灌进来,终于惹得她打了个激灵。

项圆圆回头瞧了一眼大开的支摘窗,当即跳下椅子打算去关上。也就是在这个时候,一只黑色的物体趁机往里飞。

如今正值隆冬最寒冷的日子,按理说大部分的动物皆已不再活动,但南方和北方稍有不同,此地由于冬季暖和,气候潮湿,故而蜚蠊的生命力十分旺盛,不仅照常出没,反倒非常猖狂,每只足有拇指大小,展开双翼还能飞!

项圆圆自小长在北方,从未见过如此硕大的蜚蠊,一声足以刺破云霄的惊叫如烟花上天。

"啊——"

偏偏那畜生不长眼,专冲着有光的地方来。她动作过激,第一个打翻的就是手边的烛台。

一桌子铺满了纸和木屑,几乎一点就着,项圆圆连抽凉气的时间都没有,这会儿顾不得怕虫了,一边尖叫一边用手去扑,然而火借风势越燃越快,顷刻如星火燎原般蔓延开。等她后知后觉想起去救那盏走马灯时,整个桌面已经满布熊熊烈焰。

黑烟朝着门窗外涌动。

闻声赶来的宇文钧和淮生在门口着实愣了下,好在他们俩反应迅速,抄起床头的棉被就往下盖,不过片刻便将火势扑灭。

"怎么了怎么了?我怎么刚听到有人说走水了啊……"余飞一句话未完,刚至房外,尾声登时戛然而止。

室内弥漫着一股浓重的焦糊味,几个人相互对望着不说话,周遭的气氛呈现出一种大劫将至前的宁静。

项桓拨开余飞猛地跑进来。

项圆圆见到他时便不由自主地哆嗦了一下,本能地想将那只走马灯往自己身后藏。

她这个动作太明显了,愈发让怀里的东西变得无比扎眼。

项桓眸中好似乍然被针刺一般,冒出细细密密的疼痛,他箭步冲过去,把走马灯从她手里夺回来。毕竟是纸糊的灯罩,饶是火势并不大,却也已然烧成了半个架子。

那一瞬间，他竟有半响的失神，目光愣怔地盯着手中的残灯，好久都没说出一个字。

项圆圆忽然挺害怕他这样的表情，内心五味杂陈，自责到无以复加，她带了些许哭腔地唤道："哥……"

项桓蓦地狠狠抬起眼，眼底里的凛冽直逼过来，项圆圆吓得周身打战，立马躲到了宇文钧背后。

宇文钧只得伸手将她护了护，有些苍白地宽慰道："小桓，你先别着急，还没全然烧坏，也许能试着补一补。"

余飞见状也回过神来，跟着附和："对、对，我们帮你一块儿补，指不定几个时辰就好了呢。再说宛遥姑娘也不是不通情理的人，大不了同她讲明情况，让她再宽限几日……"

只剩下三个时辰，天便要亮了。

他知道来不及了，自己已经没有时间再做一个完好走马灯送给她。

项桓握着灯架子的手用力紧了紧，说不清为什么，有那么一刻，他生出一种"或许老天爷也不想我们在一起"的悲凉来。

项圆圆见他这神情，也急切地想要将功赎罪，作势往外走："我这就去找宛遥姐姐……"

项桓突然一声厉喝："不准去，滚回来！"

她当即愣在原地，委屈道："哥，为什么啊……"

"你哪儿也不许去。"他冷声说，"就在房里给我好好待着。"

夜已经很深了，年节热闹的集市也收了摊，长街尽头有忽明忽暗的光，空气里弥漫着淡淡的、爆竹燃烧后的气味。

项桓独自走在空寂的石板道上，脚下的影子被模糊的灯火逐渐拉长。冷风迎面打来，不知道是不是一直撑着自己的那股精气神消散了，他开始感觉到周身的伤在隐隐作痛。

项桓行至斑驳残缺的城墙下，就近在一棵古树边席地而坐，仰起头，朝着好似永远也亮不起来的天轻轻吐了口气。他手里还拿着那盏烧得面目全非的走马灯，支架焦黑，底座上的几个小人摇摇欲坠。项桓垂头静静地摆弄了一阵，目光空虚地盯着掌心纵横交错的伤口。

再过不久就是腊月二十七了,他拿什么给宛遥过生辰?

其实迟钝如项桓也能明白,这个机会对他而言已经是留情了,仅仅只是做个灯并不算为难,可如今大话放了出去,却连这样的小事也没做好。

风吹的时候,满树"沙沙"的枝叶声里夹杂着一串清脆的鸟叫。

树洞内的雏鸟竟大难不死地在战火中存活下来,不知靠吃什么长大的,居然也能勉强飞出窝蹦跶了。

有两三只羽翼渐丰的鸟,便十分胆大包天,大概是还记得许久前的一饭之恩,便不识时务地朝他撒丫子跑来,伸脑袋往他掌心里拱。

项桓没什么心情地将它们推开。

几只鸟讨了个没趣,因天寒地冻,索性绕到他后面,一头扎进其衣摆间全当取暖了。

那盏只剩下几根残骸的走马灯被他拿在手上翻来覆去地转动。

不知过了多久,伴随着一阵脚步声,前方一道浅淡的影子投到他视线中。

项桓蓦地抬头。对面的项圆圆被他这举止吓得瞬间缩在了原处,她不敢直视兄长的眼睛,有些胆怯地耸起肩膀,先前想好的话这会儿递到唇边,居然也语无伦次起来:"哥……"

项桓冷冷地看着她,只见这丫头颤巍巍把背在身后的手朝他伸出,夜色昏暗,灯火黯淡,隐约能瞧清一根发簪的轮廓,还略有几分眼熟。

项圆圆捧着那根点翠的簪子,支吾道:"一年前你和宛遥姐姐吵架了,我见你给她买了这个,就想着要帮你们俩缓和缓和关系,谁料到她没收。后来抄家,我便趁乱把簪子带在了身上……"她说到后面声音开始低了,"就是不小心被我弄坏了一点点,只有一点点,不知道还有没有用。"

项桓静默地垂眸望着,忽然一把抓起那支点翠簪,往街巷灯火明朗处狂奔。

项圆圆忙转身看去,哥哥的背影在酒肆前挂着的灯笼下一闪,很快融入了月色当中。

项桓跑了两条街,终于寻到一家首饰店,他气喘吁吁地拍门唤道:"掌柜的,掌柜的……"

少年清朗的声音在夜深人静的巷子里回荡。

店家大概是没想搭理他,怎奈此人颇有毅力,一直锲而不舍地叫门,整

整一炷香时间不停歇,大有不达目的誓不罢休的架势。老板终于无可奈何,卸下门闩,睡眼惺忪地拉开一条门缝:"谁啊,大半夜的,没见关着门吗……"

年轻人一身利落的劲装打扮,那双黑亮的眼睛竟闪闪发光:"掌柜的,我有要紧事,劳驾你帮帮忙,我会付你钱的!"说完,也不等人同意,径直推着他往里走。

"你怎么能这样呢……"店家实在没见过这么不讲道理的人,只好半推半就地先将桌上的灯点了。

项桓把那支点翠簪迅速地摆在他的面前,语气很急:"麻烦你瞧瞧看,能不能修好?"

掌柜是个两鬓花白的老人,上了点年纪晚上瞧东西就比较吃力,他举灯过去细细地瞧了一番,项桓急忙替他扶住烛台。翠羽在灯光下是明亮的蓝色,波澜壮阔的,像海水一样。

"雪青点翠啊,这品质只怕京都那种地方才买得到吧。"簪子小巧,花样倒也不复杂,项圆圆掰断的是其中一片花瓣。老工匠在灯下前后翻看。

项桓屏住呼吸,留意他的神情。

老人家慢条斯理:"保存得还算完整,要修好不难。"

他闻言松了口气,紧接着追问:"那天亮之前能给我吗?"

老工匠被扰了好梦,原本就不待见他,听这话更是不悦:"天亮之前?你怎么不上天呢?当点翠是那么好做的吗?"

项桓愣了愣,不禁蹙眉:"你刚不是说修好不难吗?"

"要修好是不难,可我这大半夜的上哪儿给你弄翠羽去啊?前些时日打仗打得如此厉害,别说鸟儿了,连只虫也不一定能碰见。"

少年脸上初时的喜悦显然渐渐冷却,眼中难免透着几丝失望,良久才问:"那没别的东西能代替吗?"

替代翠羽倒是能用颜色相近的丝线,但出于这年轻人先前的蛮横鲁莽,老工匠便有意要作弄他,于是掖手回答:"没了。"

"也就是说,除非找到翠鸟,否则修不好这簪子了,是吧?"

"不错。"

项桓狠狠地抿了一下唇,然后猛然转身,撂下话:"好,你等着。"

他如此干脆,反而让对方莫名紧张起来,忙在后面追问:"你上哪儿去?"

他头也不回："抓鸟。"

寒冬时节的天亮得极晚，城外的北望山因野兽冬眠，已好一阵子没人光顾了。

项桓抵达山脚时，远处高低起伏的古树梢头浅浅地铺着一抹晨光。

他翻身下马，将战马拴在附近的树桩上，自己则徒步跑上了山。

多亏数月前跟着猎户到深山中捕过野味，他对这地方颇为熟悉，知道翠鸟是栖息在水边的，倘若顺着水源找，没准儿会有蛛丝马迹。破晓前是一日之中气候最冷的时段，呵气成云，叶片上积满细细的寒霜，山地被露水打湿，行步甚是艰难。

项桓拨开碍眼的草丛，沿着水流，一棵树接着一棵树地找。

头顶参天的枝头不时飞过几只黑色的寒鸦，好奇地一路跟着他。

山间清澈的小溪潺潺流淌，少年涉水而过，扒开河岸的灌木，鹅卵石下被惊扰的蜥蜴慌不择路地往缝隙里钻，他凿开被风吹得光滑的巨石，将堤岸芦苇茂盛的地方全部挖了一通。

栖息于水畔的鸟类和爬虫因这不速之客，纷纷惊慌失措地自洞穴内出来。

项桓对照翠鸟的形貌一只一只地找，追着鸟群攀树而上，扒着几根树枝在高处张望。

正在此时，拂晓的阳光沿溪水渐次扩散，笔直地洒了他满身，项桓忍不住伸手挡了挡，山里的日出薄雾朦胧，如仙境一样漂亮。

临近傍晚，铺子终于清闲下来，首饰店里的掌柜拿着把鸡毛掸子在掸架子上的浮灰，甚有韵律地哼着首不知名的小调。这会儿没什么客人，等到戌时他差不多就能关门去吃饭了。

一首曲子刚哼到一半，门前的珠帘忽然"哗啦啦"响成一片。

掌柜头也不抬："贵客想要点什么首饰？金的、银的，还是玉的，小店百年手艺，做工绝对……"

话音还没落下，那个习武装扮的年轻人大步走了进来，他同今晨相比似乎更加狼狈了，衣袖手肘尽是泥土，头发凌乱，满脸都是汗渍。

显然没料到他竟会回来，掌柜几乎都快忘记这回事了，登时愣在当场。

项桓并不在意，只抹了抹唇边的汗，将手中攥着的东西递上前："你看

看能不能用?"

那是一只毛色青翠的鸟,大眼珠子来回转动,好像并不知道自己发生了什么。

腊月二十七的夜晚。

市集要比往日冷清许多,石桥下的湖水闪着远处灯火的微光,零碎得像头顶的星辰。

项桓回房换了身衣服就立刻马不停蹄地往此处赶。

这般时辰,这般天气,沿岸一个游湖的人也没有,冷清安静。

他刚转过桥栏,便看到那抹月白色的身影面向着流动的湖水,娉娉婷婷而立。

宛遥真的就在上次的湖边等他。

不知怎么地,沿途跑得火急火燎,到此刻,项桓竟莫名生出点局促来,他在石桥旁停下,调整微微急促的呼吸,像是怕惊扰了什么一样,步子逐渐放慢。

兴许是听得身后的动静,女孩子缓缓地转过身来,温婉清和的眉眼猝不及防地撞进眼中。

项桓看见她的那一刻,气息不由自主地一滞,掌心修补过的发簪突然变得烫手了。他低了一下头,目光朝别处避了一下,方才慢慢地向她走去。

周围有灯火的人家都离得太远,昏暗的光线遮盖了他面颊上那些不太明显的伤。

宛遥若有所思地垂目想了一下,开口问道:"这么晚?"

她轻轻歪头:"我的走马灯呢?"

项桓唇边的筋肉犹豫般地动了动,好一会儿,才低声说:"走马灯昨天被烧坏了,我也没时间再做一个一模一样的给你了。"他喉头微微一滚,"对不起,答应你的事没能办成。"

宛遥愣了一下,这时,临街的一户人家忽然将屋门的灯笼点上了,暗黄色的烛火蓦地把面前的少年照亮。她才发现他的额角有块结痂的血痕,下巴横过一条口子,眼底一圈的青黑。

即便面容写满疲惫之色,年轻人还是一如既往眸如星辰般看着她,带着些许期待，和些许不安。

"但我把圆圆弄坏的发簪修好了。"项桓终于迟疑着将紧握在手里的点翠摊开，垂首解释，"那天说好要赔你一支的，一早就买了，原本是打算等我受封当上将军之后再送你，没想到后来出了那些事……"

宛遥一言不发，只是瞧着他掌心里静静躺着的簪子。这并不是她第一次见到这支簪子，但总觉得好像与之前看过的样子不太相同，几朵素雅的小花映衬着一张伤痕累累的手，翠羽碧波荡漾。

她不说话，项桓便更感到无所适从，他舔了舔微干的嘴唇："我也不知道，这个能不能作数……"他用力地揉了一下鼻子，"不管怎么说，今天是你生日，我没有做好走马灯，也还是要送东西给你的，至于收与不收，你高兴就行。"

过了很久很久，宛遥都未曾答复。

夜风拂面，他摊开的手掌中，那根簪子却迟迟没被拿走，项桓的心绪在这段流逝的时光里逐渐变成一块微凉的石头，就在他已经不抱什么希望的时候，粗粝的手腕忽被人轻柔地摁住，一缕带有女孩子的温香和药草淡淡苦味的气息靠了过来，身侧的姑娘借力踮起脚，柔软微热的唇瓣在他的脸颊上极轻地亲了亲，随后又稍纵即逝地落回原地。

项桓稳如磐石的胳膊不经意地一颤，呆呆地望着前方。

湖面的水波声忽然变清晰了，底下的鱼虾在平静的水面上吐出泡泡来，涟漪荡开。

项桓的目光仍旧是呆滞的，好一会儿没动静，像个傻子。脸颊边，原本尚且微凉的皮肤此时烧得滚烫，那抹余温似乎犹在，带着轻飘飘的暖意。他好似后知后觉地意识到了什么，眼中如星辰闪耀，猛然转头看向宛遥。

湖畔的姑娘正埋着脑袋，漫不经心地用手指去卷腰间的丝绦，浅蓝色的衣带在纤细的食指上缠了一圈又一圈。因为背对光亮，她的表情显得模糊，瞧不清是喜是忧。

项桓将她望着，唇边扬起的弧度越来越大，起初的愣怔渐渐被狂喜所代替，他蓦地伸出手，竟猝不及防地将宛遥拦腰抱了起来，后者全然没料到他会疯得这样突然，双脚毫无征兆地腾了个空，当下惊呼出声："项桓，你干吗啊，快放我下来！"

然而少年却只是笑并不说话，脸上的喜出望外的神情几乎能顷刻溢满整

个湖面,就那么抱着她在原地来回转了好几个圈。

附近难得没人,宛遥垂眸时和那双清澈明朗的眼睛对上,漆黑的瞳孔里仿佛有破碎的月光,似乎这一瞬,整个边城都因他而繁花盛放。

毕竟折腾了三天,饶是项桓心情好,也难免四肢乏力,到后来竟揽住宛遥"扑通"一声跌在了湖中。镜湖波光粼粼,围着两个人散出一圈圈的波纹。

"项桓!"宛遥完全想不到他会有这么大的反应,她狼狈地坐在水里,用手捋了捋微湿的发梢,愤愤然道,"你看你,都弄成什么样儿了……"

纵然衣摆湿了大半,项桓也浑不在意,坐在对面傻呵呵地冲她笑了半天。漫天星光斑斓,水上的倒影隐约只能看清一个轮廓。

"宛遥。"少年噙着一抹不那么鲜明热烈的弧度,眉眼间的神情却有着和先前截然不同的认真,他微微歪头,凑过去,"你是不是肯留下来了?"

面前的女孩子捏着胸前的青丝,一缕一缕地拂去上面的水花。宛遥片刻没有出声,项桓便颇有耐心地静静等待答复。

她还是习惯性地垂首低眉,微微赧然,嘴角却有掩饰不住的浅笑,过去许久,才微不可见地点了点头。也就是在此时,宛遥感觉到他粗粝而温热的手掌轻轻将自己的双颊捧起,滚烫的唇忽地贴了上来,有些莽撞地吻住了她的嘴唇。

柔软的触感突如其来,宛遥愕然睁大了眼,有一瞬脑子里空白,背脊后生出的触电感一路冲到头顶,连指尖都流窜着细细密密的酥麻。

少年并不怎么会亲吻,只能反复辗转地抿着,吮吸着,用唇舌去尝着她微甜的味道。

隔得那么近,宛遥甚至能听到项桓狂躁不安的心跳声,他的唇在笨拙地轻颤,喷在鼻翼的呼吸灼热又凌乱,紧贴着衣料的胸膛、脉搏以及干净的皂角味一并将她包围住。

宛遥全然不知要如何是好,由于惊讶而微微启唇,于是他加重了一些力道,顺势而为地探入她唇缝之间。舌尖相触的刹那,心潮如水,再难控制,她恍惚中似乎看到了眩目的光芒。

宛遥的脑子骤然一热,飞到九霄云外的思绪顷刻归位,她回过神来,一把将项桓推开,没推动对面的人,倒是先把自己推得往后挪了一步。

她张皇失措地坐在水里,眼中又是错愕又是尴尬,整张脸估计已经熟透了，亏得天色漆黑，不大容易看出来："你……"

项桓笑得十分无赖："是你自己答应的。现在盖了我的印，就是我的人了，你再想反悔可没那么容易。"说完，他抬手用掌心将她嘴唇上湿漉漉的水渍抹掉。

宛遥的面颊红得愈发厉害了，低头拿手臂紧跟着擦了擦。她的脖颈以上烧成了炭火，小腿以下冻成冰窖，上下冰火两重天，等冷静之后，才转念瞪他一眼，捞了把水就朝他身上浇："你又戏弄我，给点颜色就开染坊！衣服全都湿了，还怎么回去啊，你真是……"

项桓坐在那边，任由她泼得自己满头是水，抬手挡了几下，还是挂着一副欠扁的笑容。

等宛遥差不多发够了火，他才拦住她。

"好了好了，这天凉水寒，再泡下去该生病了。"项桓起身去拉她，见宛遥在拧衣裙上的水，也跟着帮忙拍了拍，"走吧，先回府衙。"

时辰已经很晚了，后宅的走廊上零星挂着几盏昏黄的灯，前些天玩得太疯，这会儿尚未到除夕，众人兴致寥寥，都歇得早，四周都很清静。

项桓正坐在床边换干净衣服，房门便被人叩响了，他边系腰带边道："进来。"

"嘎吱"一声，宛遥端着碗汤药推开门。

"你怎么来了？"项桓急忙将鞋子穿好，看着她把托盘搁在床头。

"我去厨房煮了点姜汤。"宛遥信手拉过凳子坐在他的对面，拿勺子搅拌汤水，一股暖洋洋的热气顺势往外冒，"毕竟泡了冷水，这大冬天可不是闹着玩的。"

他顺从地"哦"了一声，朝汤水里望一眼："那你喝没有？"

宛遥轻轻吹去热流："我喝过了。"

项桓闻言若有所思地抿唇颔首，正专心致志盯着她手里的姜汤，冷不防却瞧见门外塞塞窣窣挤着几道非常可疑的影子。他蹙眉，偏着头看过去，尽管什么也未瞧见，但不用想也知道那是谁在搞鬼。项桓趁着宛遥不注意，悄悄地冲着那边露了个警告的眼神。

躲在门后的人显然被他的眼神吓得不轻，猛一抬头先在窗下磕到了脑袋，好不容易才把痛呼艰难地咽回嘴里，退后时又踩了旁边同伴的脚，两人一起

无声喊疼。

余大头一向识时务,见势不对立马就收,急忙拽着项圆圆开溜。

后者压低声音:"我哥是不是发现我们啦?"

余飞:"知道你还不走!"

听见脚步声渐行渐远,正巧宛遥把头抬了起来,项桓忙收敛表情:"应该不烫了,你趁热喝吧。"

汤碗递至面前,他盯着那姜汤顿了一会儿,剑眉轻扬,毫不刻意地缓缓开口:"我受着伤呢,周身都疼,胳膊又没力气……"

猜得出这话是打的什么心思,宛遥鄙夷且好笑地睨他,不过让他如此一提醒,倒也真的有几分担心,于是将碗一搁:"衣裳脱了我看看。"

项桓闻言像是计划得逞似的扬起嘴角,利落地开始解衣带。

他这身板简直了,上回和袁傅火拼的伤还没好,又给自己找罪受。

宛遥实在没眼看:"是不是我上次给你包扎之后,你压根就没动过啊?"

项桓躺在软枕上,由着她给自己上药,散漫道:"我那不是为了给你做走马灯吗,七八年前的事了,要想起来多不容易,花了整整两天,我都没怎么合眼。你是不知道,项圆圆那个败家玩意儿……"

宛遥听他碎碎念着把这几日的事端出来挨个数落,忍不住也有些想笑:"活该。"她把药膏敷在已结痂的伤口处,轻轻骂道,"谁让你自作聪明想玩苦肉计的。"

"我哪儿知道你这么能狠下心……"后者埋在枕头里抱怨。

宛遥轻笑着给他重新缠上干净的布条,余光瞥到那碗姜汤,恍然想起来,忙说:"这汤只怕快凉了,你赶紧……"她抬眼,才发现仅仅眨眼工夫,项桓已靠在那儿睡着了,呼吸均匀。

折腾了这几日,想必他也是累到极致,连她在旁说话也未醒。

宛遥收住后半句话,转而吐出一口若有似无的叹息。少年的睡颜眉目疏朗,透着几分难得放松的稚气。她垂眸,唇角抿出一个浅而小的梨涡,修长纤细的五指在他的眉眼上虚虚拂过,最后合拢在掌心,方才起身去吹熄了桌上的蜡烛。

转眼间,热闹的年节过去了,几场雨落下之后,城中的气氛才终于萧索起来。

这一仗为了抵挡袁傅的大军,死伤的将士实在太多了,军士们花了十日的时间才将堆积于城下的尸骨尽数掩埋。东城门外一条僻静的小道直通杨树林,那里有大片翻新的土,葬着死难者的尸骨。

袁傅损失惨重,季长川自己也没好到哪里去。光是伤兵的数量就已过万,城中的药草有限,派往附近征集的补给又迟迟没送来,袁军退兵至今已半月有余,眼下这情况,竟是一日比一日严峻了。除了军医,药堂、医馆能用的大夫全被调到临时辟出的营房内治疗伤患,后来大概是实在缺人手,连宛遥也不得不受季长川之托抽空去帮忙。

项桓只能勉为其难地被项圆圆没轻没重地照顾了三日——吃药用灌的,换药用金创药粉补洞似的往伤口上堵,包扎的布条简直能把他勒出一条小蛮腰来。

项桓躺在床上那些天,怀疑这个丫头到底是不是来他们家讨债的。等到第四日,他实在忍无可忍,索性提前宣布自己"痊愈"了,避灾一样跑出官衙。

街上三两行人,远远地能瞧见巡逻的官差。

宇文钧和余飞要负责巡视城墙的防守,宛遥也有事要忙,反倒他成了个无聊的闲人,无所事事地瞎逛。不知不觉便走到了城墙边的营房,此地原来是给他们新兵入伍训练用的,眼下将就着改了改,成了安置伤兵的地方。

营地外的古树上,当初的雏鸟们已大半能飞了,叽叽喳喳地落在他的肩头到处啄,大概是想讨点吃的。但项桓出门着急,翻了一遍身上,只摸出一块压扁了的糕点。

鸟雀们见状颇嫌弃地将屁股对着他,抖抖翅膀飞走了。

路上有运送草药的士兵,此刻那些请来诊治的大夫应该也在里面。

于是项桓特地探头朝营门内望了一下,像是想到了什么,眉峰一扬,眼底忽然浮起一抹深深的笑意来。

营内特地设了几处宽敞的空地用来晒药草,周遭人来人往的,甚是忙碌。

宛遥正在架子前翻检鹤草芽,项桓找着门路混进来,便不动声色地跟在她的旁边,背手在后,看她伸手在一堆干草间拨弄,十指纤纤,在阳光下白得晃眼。

"宛遥。"他抿了抿唇,颇有点刻意地没话找话,"这些天怎么总找不见

你人，我在家都快闷死了。"

她从簸箕中抓了一把晾晒的桂枝放进篮子，解释说："大将军让我跟着治疗伤兵，实在走不开。"

项桓不悦地掀了掀眼皮："我不也是伤兵吗？他这事儿做得也太不厚道了，还没问过我的意思呢。"

宛遥闻言驻足，抬头斜眼看他："问你干吗？你这一身铁骨，自己躺几天就好了，哪里用得着人照顾？"

"喂，话不能这么说吧，再铁的骨头也要流血流汗啊，一刀砍下去都会疼的好吧？"

她对着方子抓完药，将篮子抖了两下，正准备去桌边捣成末，项桓却忽然飞快朝两边一打量。

"你跟我来。"说着，他迅速将宛遥手上的东西全放下了，拽着她一路绕到药架后面，正好能遮挡住身形的地方。

宛遥不解地跟着他走："怎么了？"

少年的眼中有掩饰不住的狡黠，两手握住她的脸颊："趁现在没人。"项桓垂眸，唇角眉梢皆是笑意，"再让我亲一下。"

被他掌心拖住的肌肤骤然发烫起来，宛遥瞬间就红了脸，在他往下靠时便慌忙别过头，伸手抵在他胸膛："不行……"

项桓只好停了动作："干吗不行？我就亲了一次，再亲一回也不过分吧？"

听见他这句话，宛遥好似回想起什么来，唇边微不可见地牵出一缕笑，又飞快忍住："谁说只亲了一次的。"她转过身，有意背对他，"明明已经亲过两回了。"

"两回？"项桓被她说得有点糊涂，倒是定在原处狐疑地开始思索，"我什么时候还亲过一次，没有吧？"

宛遥已然忍不住垂头偷偷地笑了一下。

他皱着眉苦思，脑海里的某些画面忽似昙花一现般闪过，项桓如梦初醒地一怔，猛然转眼去看她。他的唇角牵了下，然后又觉得不可思议，表情反反复复的，最后啼笑皆非地开口："原来……原来那个不是幻觉？"

宛遥低着头笑而不答，分明有些许戏弄的意味。

少年蓦地把她拉了回去，忿然地抱怨道："这么重要的事，你居然敢不告诉我?"

"我有不告诉你吗?"宛遥却噙着弧度挑眉,两颊梨涡浅浅,"谁让你自己不记得的。"说完扭头便要走。

少年扬起嘴角,使坏地扣紧她手腕,将人又拽到跟前:"要了我就想跑了?"

宛遥让他轻巧一推抵在墙上,秀眉不禁微微皱起来:"什么时候要你了?强词夺理。"

项桓星眸里笑意深邃,箍着她两手不让动弹:"我不管,反正那个不能算数。"说着,神色间带了几分的无赖,"我要重新补上。"

见他真要动手,宛遥急忙低头想躲,却被项桓捏住了下巴,少年人的身体温热阳刚,灼热的气息作势便要覆上来。唇瓣将将碰到她圆润的唇峰,尚未深吻下去,正在此时,猝不及防地听得外面有人唤,那声音居然还是项南天的。

宛遥当即被吓出一身的冷汗,猛地挣开他的手,像做错了事的孩子,无措地转头张望,然后瞪项桓。

后者倒是意兴阑珊:"要不别管他了。"

"那怎么可以!"

项南天正在院子里四处环顾,就见得他二人神色各异地从繁杂的木架子后面走出来,一个表情如常,另一个满脸通红。他毕竟年长,多少能猜出这俩年轻人之间发生了些什么事。

项南天面色渐沉,自然而然把矛头对准自己儿子,语气不善:"你来这儿干什么?"

项桓张口胡诌:"我当然是帮宛遥干活儿了。"

老父亲毫不留情地拆穿他:"你能干什么活儿?毛手毛脚的,不给人家添乱就不错了。"

后者却也没反驳,倒是笑着问他:"爹,那你又来做什么?这可是军营重地。"

项南天略一颔首:"方才与大将军闲谈了几句,听闻宛遥在这儿,我顺道拐过来同她商量些事情。"

见他提到自己,宛遥不禁好奇:"我?"

429

对方的脸色终于好了一点,颇为慈祥地点头,刚想说话,瞥见项桓在边上站着,眉头不自觉地微微一拧,到底还是嫌弃:"你若没事可做,上别处帮着照顾伤患去。"

少年不太乐意地嘀咕:"有什么是我不能听的……"

"让你去你就去,哪儿那么多问题?"

项桓不愉地朝宛遥看了一眼,又不便多问,只好拖着步子先行离开。

等这臭小子走远,项南天才收回目光,浅浅地叹了口气,面向宛遥时唇边已露出微笑:"你们俩的事,圆圆都告诉我了。我那闺女嘴上没个讲究,伯父左思右想觉得不踏实,还是想来问一问你。"他语气极其小心,"这个是真的吗?"

宛遥闻言垂着眸,似笑非笑地抿唇,毕竟有些赧然,兀自沉默了许久,才极安静地点了点头。项南天松了口气,心中一块吊着的巨石落地,知道姑娘家脸皮薄,并不去深究其中缘由,只连连颔首:"好,属实就好,属实就好。那你今后是怎么打算的?你父母远在京城,可需要回去一趟?"

宛遥抬起眼:"我前几日已修书一封送往家中,爹娘不太喜欢他,而且近来还有这么多的伤兵缺人医治,我预备过一阵再同项桓一起返京。"

"不错,你考虑得很周到。"项南天一边认真听一边若有所思地点头。

她接着道:"当然,如果他能尽早恢复自由之身更好。成亲是大事情,我还是希望能有长辈在身边,不那么仓促。"说到此处,宛遥又顿了顿,"但是,倘若爹娘执意不肯,也没有办法,就只好……瞒着他们悄悄办喜事了。"

项南天闻之微愕,她的话语顿了一下,原以为后半句会说"也只好作罢",想不到这个看似文静顺从的姑娘竟能有如此勇气,做出这样离经叛道的决定。

大约是见他讶然许久,宛遥反而不好意思地笑了下,补充道:"我答应过项桓不能反悔的。"

过了半晌,项南天才感慨地一叹,摇头说:"这小子,真是何德何能啊……"

人一生到头,过客无数,有人陪伴终老,也有人中途分离,然而却极少有谁会一直留在原地,心甘情愿等着对方回眸的,所谓矢志不渝,大约便是这个意思吧。

咸安三年的春天。

一场雷雨的降临加快了营中疾病的蔓延，他们眼下面临的最大麻烦就是物资不够，且不提驻扎在附近的将士们，单就那一万多的伤患，城内的医馆便已经倾其所有药材，但仍旧杯水车薪。第一批征调药材的使者依然未归，于是季长川只得再次派人前往各州县求援，他奏请撤军回京的奏章送到长安亦犹如石沉大海。

快一个月了，这支远在边陲的虎豹骑好像被人遗忘似的，什么消息也没送回来。

项桓身体大好之后，便领了季长川的军令协同余飞几人巡视城防，偶尔换完班也会来营地帮忙。

由于药材与人手都短缺，宛遥几乎忙得脚不沾地，他们自己晾晒烹制药材的速度完全赶不上消耗速度，很快库存就渐了底。实在无米难为炊，等这天天气放晴，她便带着人上山去采药。

才下过雨的山林里道路湿滑，春草却都悄无声息地冒了出来。

大战结束，袁傅又回了南燕，城防便显得不那么要紧了，此时但凡能用得上的兵皆已全数出动，加入了满山遍野采药的队伍。

需要的药材太多，要同这群连人参和萝卜都不太能分清的汉子讲明草药的形状委实有些困难，最后索性让他们将一切草木全采了，等回去再慢慢挑选。

宛遥背着个小竹篓，借了项桓的雪牙枪当登山杖，爬山没爬累，手倒是先软了。

项桓从她的旁边把银枪接过去："都说了你拿不动，非得逞强，有我在你还怕什么摔？"

项桓走在宛遥的前面，回头握住她的手，将人拽上陡坡。

宛遥好容易站稳，垂首整理衣衫小声抱怨："你十岁就用枪了，我还以为没多重呢。"

少年闻言以一副很骄傲的样子摊开手掌，一边翻看一边牵起嘴角："我生来力气就大，是你能比的吗？别看我上回摔了，其实只是单手抱你的。"

宛遥把竹篓搂在怀中，赏了个白眼给他这份得意："啊，是吗？"

项桓："你还别不信，下回让你'试一试'。"

刚挑完眉,便被她隔着衣袖拧了一把,他倒也不怕疼,仍旧死乞白赖地笑笑,厚脸皮地跟在后面。

宛遥从竹篓后取出把小锄头,蹲在草丛间挖白茅,项桓便帮着给她翻土,没话找话地开口:"你说,咱们仗都打完快一个月了,也算是大获全胜,可别说封赏,现如今药草还得自己挖,这是对待有功之臣的态度吗?"

她动作顿了顿,忽然问道:"京师没有诏令下来?"

"有。"项桓专心挖着他的草,"昨日长安的钦差到了军营,一个弱不禁风的老头子,鼻子都快朝天长了。"

宛遥好奇:"谕旨说什么了?"

"那皇帝就不疼不痒地夸赞了几句,赐了点没什么屁用的金银玉器便完了,粮草与抚恤一概不提,只命大司马继续留在城内待命,以防袁军卷土重来——这和当初敷衍我的那套简直一模一样,连诏书内容都不带换样儿的。"

宛遥沉默了一刻:"我以前听人说,自古勇略震主者身危,功盖天下者不赏。大将军如今居于人臣之位而有震主之威,名高天下,受万民爱戴,这对刚继位不久的陛下而言并非好事。"

"所以就白给他卖命吗?"项桓大约是想起了什么不太愉悦的往事,有些愤愤的,"反正,我对那个皇帝没什么好感。"

她轻笑了下,把白茅草根上的泥土拍干净:"认真采药吧,看这天儿明日估计还要下雨。"

虽说能靠山吃山,但药草毕竟有限,而且由于附近州县不愿接济的缘故,逼得城内的百姓也不得不跟着跑来挖药材了,偌大的一面山,竟无处不是人。

宛遥瞧见身侧经过好几个手腕上戴有铁环的人,她悄悄靠到项桓的耳边:"是彭家的家奴。"

少年瞥去目光,揪着草冷哼一声:"那废物伤到眼睛了,想必也急需药草,真没想到,他居然还活着。"

越到下午,山头就越热闹。茯苓、芍药、甘草,但凡长得和普通草不一样的皆被洗劫一空,连好些冬眠初醒的兔子都给吓得缩回了窝。

南方温暖,不少杏花树已开始冒骨朵儿,项桓坐在一块光滑的大石上偷闲,一仰头瞧见顶上斜生出来的一枝杏,花开得正好。他忍不住摘了半截,信手往宛遥的脑袋上插,一扎下去却又觉戴得不正,看着别扭,于是想取下重新插，然而花枝粗糙，牵扯出不少青丝，直接把她盘好的发髻给打乱了，后者终于气急败坏地捂着脑袋，抬脚去踢他。

不远处的余飞起身抹了把汗，迎面便被两人秀了一脸恩爱，他阴恻恻地咧嘴鄙夷地"啧"了声："伤风败俗。"

临近傍晚时，雨忽然说下就下，方才还是晴空万里，转眼满山便是"哗啦啦"的一片响。

众人被浇成了落汤鸡，只得提前收工走人，分外狼狈地回了府衙。

由于客房紧张，余飞三人挤在一个小院中，他们是一起从军一块儿操练的，从一开始就同吃同住。余飞和项桓素来闲不住，刚进军营那会儿两个人窝里斗，互相切磋打了大半年的架，后来相看生厌，终于腻味了，于是跑出去找别人打架，两人犹如脱缰野马，久而久之才名声四起。

天已经黑了，眼下宇文钧不在，他们俩沐浴更衣完，各自坐在院内小憩。

晚上大雨初歇，余飞斜靠栏杆，饮一壶清酒对月享受人生。但喝着喝着，视线却不由自主落于项桓的身上，他正漫不经心地在擦头发，雪牙战枪如影随形地立在一旁。

自打上回单枪匹马和袁傅对阵以后，军中之人把他的事迹越传越玄乎。比如，卧薪尝胆蛰伏数年的隐忍小辈，如今神兵附身将星转世，一枪把袁傅打回了老家，简直是天降之才！

余飞忍不住心痒痒，久违的跃跃欲试引得满身的血液都沸腾起来："喂，小桓。"他把酒放下，"听说你在袁傅刀下走了上百招，还能和他打平手？你这功夫几时精进到这种地步的？"

项桓连头也没抬，还在擦脖颈："假的，我哪儿能和他打成平手？"

"这么说，走上百招是真的了？"他准确地挑出了重点，当即跳过栏杆，"我们俩比试比试吧？可有些日子没跟你过招了。"

"我没空。"后者把一脑袋的头发抹得甚是凌乱，"一会儿还要去帮宛遥碾药的，你找宇文吧。"

余飞翻了翻眼皮，白天被秀恩爱秀了一脸，居然晚上还来！

"宛遥、宛遥、宛遥，你也太重色轻友了。平时都围着她转，分我一个晚上能怎么样？"

项桓："我才不要，谁要跟你一个糙老爷们儿过一晚上？"

余飞暗自龇牙，眼珠子一转，干脆打鸭子上架，抄起自己的刀就往上砍。

项桓听到耳边的风声，急忙避开，长刀刮过他的巾子，登时将其一分为二。

他不禁恼道："姓余的，你是不是没事找揍？"

对方显然比他还不要脸，笑嘻嘻地承认："既然知道，还不跟我打一场？"

"做梦！滚一边儿去！"项桓不接这个激将法，说着抽身便要跑。

"想跑？"

府衙后院原本一片安静，回廊檐下的灯却被两道疾如闪电的风吹得左摇右晃，瞬间灭了。

一个在后面追，死活要和人痛痛快快地打一场；一个在前面跑，怎么都不肯停下来好好干架。

此时，宛遥房内。

浴桶热气腾腾地摆在屏风后，满室弥漫着清新的水汽。宛遥这些天都没能好好沐浴，她舒服地缩在热水桶里，四肢百骸好似脱胎换骨般地舒服。

直等水快凉了，宛遥才慢吞吞起身，在原地里转了一圈却没看见更换的衣裳。

约莫是将外衫搁在了床边，宛遥迅速穿上里衣从屏风后走出来，窗户是关着的，她捡起裙子刚刚系好，忽然听见屋外似有什么动静。

"站住！"

"吃我一刀'龙腾虎跃'！"

她正转头朝那声音来源处望去一眼，猛然间传来巨响，面前锁好的窗户连窗带支架一起破开，像是谁一脚踩得过重而落空，而那人没收住势，从外面蓦地往里一扑，径直倒在了她的身上。

冬日的寒气和对方温热的呼吸一并朝她袭来，猝不及防。

宛遥那一刻几乎是蒙的，她上衣还未穿，裸露的肌肤让五感骤然放大，能将来者的衣衫、衣带，甚至于指尖的薄茧都感受得一清二楚。偏偏那人还下意识地抱住了她的臂膀，冰凉的地面将后背瞬间激出一片鸡皮疙瘩。

此刻，被窗户残骸砸到后脑勺的项桓也在发愣，为了不撞伤屋内之人，他在落地时勉力用手肘支撑，但还是无可避免地压到了对方。小臂因重击而隐隐钝痛，项桓尚未来得及去查看伤势，只觉面颊碰到一丝湿意，鼻间弥漫着沁人心脾的皂角余香，目之所及是一把乌黑的青丝，还在滴水，而指腹下的触感却细腻软滑,有些湿润。

他不由得来回摩挲了两下,缎子似的光滑。

少年怔怔地抬起头,正对上宛遥一双茫然又惊惶的眸子,眼底写满了错愕。

项桓才发现她只穿了件小衣,海棠红中绣着三朵白梅,衬得肌肤奶白,羊脂一样,在烛光下又浅浅地透着粉。对方沐浴后泛起红霞的脸颊随着呼吸起伏,胸膛处有什么圆润温软之物正轻轻地贴着他的衣衫,脑子里好似有一把烟花炸开。

他忽然莫名地心跳如雷,回过神刚要解释:"我……"

宛遥的动作很快,仿佛是本能反应,她扬手就扇了一巴掌上去,"啪"的一声脆响。

她打完之后自己就愣了,两手蜷在胸前一动不动,而项桓竟也这么讷讷地把她望着,显然是被扇得有点蒙。

"项桓!"院内的余飞还在不依不饶,"你们没事吧?这房子怎么搞的,这么不禁碰……"

眼见着正朝这边走,项桓猛地回过神,飞快从她身上起来,抓起床头的衣服稀里糊涂地把人裹住,随后箭步冲出去,迎面冲着余飞便是一脚。后者刚要开口骂,却被他微微肿起的半边脸惊住,一时半会儿没想到发生了什么:"你、你这脸怎么……"

项桓摁住他的脑袋给转了个圈,朝前推道:"看什么看,还不走!"

"不是,那里面……"

"什么里面外面的,再往后瞧我捅你眼睛!"

少年们的言语声逐渐远了。

宛遥吃力地从乱七八糟的衣袍中将头挣扎出来,她在原地呆愣地坐了片刻,旋即打了个激灵,迅速跳上床,将被子一抖迅速蒙头盖住。全身上下的每一寸肌肤好像都在陪她集体咆哮。

天哪!

项桓在回房的这一路上都在发愣。

余飞就见他时不时地看着自己的手,好像若有所思。

"大头。"项桓忽然问道,"你摸过女孩子吗?"

后者被他问出一缕心酸来:"你这不是废话吗?我上哪儿摸女孩子去?"

项桓语意不明地感慨一声,便没再说话了。

客房小院里是一种不可思议的安静,宇文钧忙完进门就只见得余飞百无聊赖地坐在台阶上耍刀,气氛和谐得令人惊奇。

屋内点着一盏灯,项桓难得肯这般老实地坐着。摇曳不定的烛火照清他掌心的纹路,上面有薄茧和粗糙的划伤。项桓歪头托腮,目光出神。

他同宛遥一起长大,拉过手也抱过人,还是头一次这样触碰到她,想不到女孩子的身上居然是这种感觉,真是……项桓不知该怎样形容,换了只手撑头,摊开五指前后翻了翻,莫名觉得很美好。

如果打他一巴掌,能再让他摸一次就好了。

脑中才冒出这个念头,奇经八脉中便似有洪流涌向四周,胳膊上的筋迅速麻至指尖,没缘由地开始燥热。他自己愣了一下,忙将窗推开,试图放点凉气进来。

此时,离厢房不远的书斋内。季长川正挑灯翻看参军递来的账目,听到动静,抬眸朝外面瞅了几眼,这才无奈地摇头:"几个孩子都那么闹腾,什么时候才能长大啊?"

参军笑着打圆场:"年轻人总是闲不住的。"

两人相视一笑,季长川把手中的账本掀去几页,其中冷峻的文字到底让他散去了脸上最后的一点轻松写意:"现如今,军营里就只剩这些粮食和药材了吗?"

参军露了抹苦笑:"军医与将士们日日上山采药,但还是不够用。药草毕竟有采完的那一天,军粮更是入不敷出,朝廷再不派发粮草,怕是要撑不住了。"

"钦差赐来不少金银,可曾向城中征购?"

"征购啦,不过大战烧毁许多房屋,这又是冬天,百姓们自己的储备都不够吃,肯卖的少之又少。"

"我们派去调粮的军士呢,还没回来?"

参军犹豫且低沉地奏报:"没有。"

"再这么下去，断粮只怕就是这几日的事了。"季长川合上书册，闭目沉思片刻，忽又睁开，问道，"离青龙城最近的是哪个州县？"

参军急忙回答："禀将军，是嵩州。"

与此同时，嵩州还是一派太平盛世的景象。

百姓们并不知晓上面那些权谋诡斗的弯弯绕绕，仍旧过着祥和的小日子，祈盼新年风调雨顺，合家安康。

通判陈朔的府邸之中。

连着数日下雨，难得有轮月亮也还是纸糊的一样模糊。趁雨后空气干净，陈文君搁下练字的纸笔，走出门在小园子里散步。自从发配至嵩州，家里的日子与从前相比拮据不少，老父亲经不起家道中落的打击，终日缠绵病榻，弟弟又急功近利，成天在外结交权贵。

陈家明明已经四面漏风了，但母亲好面子，无论如何不肯落人下风，愣是花了大价钱买下这座宅院，东拼西凑也建起花园来。

她带着丫鬟，走在空荡荡的回廊上。日常的花销有限，廊子总共也就几盏灯笼，夜晚降临后便显得尤为森然。

"今天晚膳怎么不见少爷？"

丫鬟毕恭毕敬地开口："小姐，少爷在外忙事情呢，只怕不回来了。"

陈文君闻言也唯有一声叹息，自己这个弟弟在品行才干上不思进取，反而总醉心于钻谋弄权，歪门邪道。她将将经过曲径通幽的垂花门，隐约四周有异样的响声，声音不大，细细的，又极有节奏，好似铁器在地面上摩擦。

陈文君不禁驻足侧耳凝听："小慧，这是什么动静？"

丫鬟也跟着她听了一会儿，茫然地摇头。

于是，陈文君提裙下了石阶，沿着鹅卵石道，小心翼翼地循声过去。

那声音像是在小径的深处，绕开茂密的花枝，井边坐着一道高大修长的人影，他的袖子卷到手肘上方，正躬身在光滑的石头间打磨刀锋，小臂的肌肉线条分明，随着他的动作时松时紧。汗水顺着青年轮廓分明的俊脸滑下，明亮的刀光一晃，白刃里倒影出熟悉的眉眼。

陈文君有些诧异："秦征？"

水井边的人立刻抬起了头，他的眼睛里明显闪过惊愕，旋即丢下手中

刀，起身给她行礼："大小姐。"

陈文君颔首示意他不必多礼："这么晚了，你在做什么？"

"我……在帮少爷磨刀剑。"他的身侧有一大箱子的武器，见陈文君蹲身去看，秦征也不由自主地坐回原处。

仅仅只是翻了两下，她就感觉到何处不太对，秀眉轻蹙："这么多？"

陈文君转头去看秦征的时候，他把头低下了，仍捡起长刀搁在石头上，用力地磨着锋刃，一句解释的话也没有。

"天冷水凉，你坐多久了？什么刀剑非得这时候来磨。"她紧接着又质问，"阿朔呢？你平时不是跟着他吗？"

秦征轻描淡写地继续磨刀："少爷今天心情不好，我不要紧，磨完剩下的就可以去休息了。"

借着月光，陈文君瞥到他红肿的手心，不由得一怔，蓦地抓住其尚在打磨的手腕，转过来摊开他的手掌。那里冻得布满创口，红一块紫一块，不知为什么，她竟在此刻微微发抖。

秦征好似全然没料到她会有如此举动，会因触碰的地方产生满心惶恐。

陈文君只看一眼就猜到是弟弟故意为难，她的神情含有愠色，望向秦征："他是不是又拿你出气了？"说完便去掀他的领子，一道鞭痕赫然在上面，也不知身上还有多少。

陈文君不禁又是气又是恼："你替他在西南战场出生入死，好不容易保住一条命，他什么赏都不给你就算了，还变本加厉！"言罢，她忍不住恨铁不成钢，"你也真是的，他这样的人，你就是死了也不会心疼，既然有机会离开陈家，天大地大，去哪里不好？还回来做什么？"

她话音落下，一直垂首的秦征却终于转过头，神色安静地将她望着，过了很久才缓缓开口："我也不知道……可就是想回来。"

兴许是他的声音太温柔了，那一瞬，陈文君好像能读懂那双清澈的星眸里隐藏着的话语，拉着他手腕的指尖竟滚滚发烫，仿佛才意识到此举不妥，她松开手撤回胸前。

一时间，谁都没再开口，静谧的夜将气氛铺得愈发柔和也愈发尴尬，就在她正想着要如何收场时，身后不远处忽传来一阵骚乱。

"少爷、少爷您怎么了……"

陈文君和秦征不约而同地往回廊方向望，花枝后的灯火突然通明，脚步零碎繁杂，像有事发生。她忙起身，飞快地走出去。

几个仆从在前面提着灯疾行，只见陈朔被两名侍卫搀着，满脸是血不省人事。

她吃惊道："公子在外面出了什么事？为何会伤得这般严重？"

随行的小厮也是鼻青脸肿，龇牙咧嘴，连开口都十分费劲，但好歹把前因后果道了出来："大小姐，咱们少爷今晚在长春酒楼同巡抚大人、知府大人还有总督的公子吃酒。那巡抚刘大人家的公子讲话不留情面，处处针对少爷，说我们家与反贼同流合污，沆瀣一气，陛下留我等性命不过是想作为今后与侯爷谈判的筹码，如今侯爷事败，我们必然也再无用处，少爷一气之下就……"

言至于此，陈文君不想再往下听了，头疼地抬手："先把公子安置好，赶紧派人去请大夫。"

"是。"

第十三章 攻城

正月初六，青龙城的物资依然遥遥无期。

营房内，伤兵的叫声低哑而凄惨，不大的屋子里却弥漫着有气无力的呻吟，四处愁云惨淡。

宛遥打开药箱——其实已不能称之为药箱了，因为里面除了一点止疼药和医针之外实在再无其他。

躺在病榻上的将士白着嘴唇问她："宛遥姑娘，我们的伤到底还要多久才能痊愈？此前听人讲，朝廷迟迟不派粮草补给，军中的药材已经捉襟见肘了，是真的吗？"

宛遥也只能努力安抚人心："没有的事，你别听他们胡说。"

旁边的人强撑着坐起来："可这都要一个月了，圣旨还不让大将军回京，以往战事结束，将军总是十日之内便撤军复命的……"

她解释说："也许因为这一次的对手与以往不同呢？袁傅用兵奇诡，陛下大约是怕他还有后招，所以才命将军继续驻守。"于是她又岔开话题，"你们别多想了，忧思太重不利于养病，先喝药吧。"

给几位伤患施了针勉强让人睡下，那沉闷的痛呼声才逐渐平息。

宛遥掩上门，吐气时尽量很轻，直等回了药房的小院，她才把箱子放下，索性席地而坐，靠在木柱边疲惫地发愁。这地方，每隔不远便有伤者的哭喊声传来，那种氛围是来自死亡的压抑，隐约使她想起当年在京城疫区时的情景了。

久违的无力感漫上心头，宛遥便将脑袋轻轻抵着柱子，看向前方出神，肩膀忽地被人轻轻一打。

她正茫然地回神，手里就多了块热乎的油纸包，等抬头时，身侧多了一道熟悉的影子。

项桓利落地挨在她的旁边坐下，扬眉示意："吃吧，特地给你买的梅菜扣肉饼，看你都快一天没吃东西了。"

宛遥礼貌地道了声谢，拆开油纸小口小口地咬。她吃得慢，少年倒也有闲心，就那么侧目一直看着，看见她的嘴角沾上一块碎屑，才忍不住用拇指给她擦擦，问道："今天情况怎么样？我刚瞧，抬出去埋掉的伤兵好像没昨日那么多了。"

宛遥闻言并不觉得欣慰，反而愈发忧虑，因为这不是代表他们救活了多少人，而是意味着病患的数量已然大幅度减少，死去的伤员太多了。

她垂眸拿着烧饼在手里摩挲："还是老样子，物资缺东少西，伤口都愈合得很慢，病人又反反复复的发烧，日子一长，就不太容易保住性命。"

宛遥叹了口气，这段时间见惯生死，她心情极为低落。项桓抿唇思索了下，想着让她高兴一点，忽然伸手往怀里摸："给你看个好东西。"

宛遥怏怏地抬眼："什么啊？"

少年眉宇飞扬地将一只精致的香囊往她的视线里一晃："知道这是什么吗？"

"香囊啊。"她觉得莫名其妙。

项桓把上头的穗子朝手上一打，耐着性子解释："这个呢，是一姑娘送我的，就搁在我床头，她还写了封情书，说倾慕我。"

宛遥第一反应居然有些怀疑："竟会有姑娘倾慕你？"

后者听她这语气，项桓骤然不乐意了："喂，我好歹也是少年才俊，有人倾慕我很正常的好不好？"

宛遥一副等着下文的表情，挑眉问道："所以呢？是要炫耀吗？"

项桓睇她："你怎么老喜欢把我往坏处想，我这特地给你拿来的。"说着轻翻了个白眼，把宛遥的腕子拽过来，将香囊一拍。锦缎面做工精致，针脚讲究，的确像出自姑娘家之手。

"怎么样……"身边的少年将双臂拢在腿间，等她的反应，"我这么及时地上缴充公，满意吧？"

宛遥并不着急回答，慢条斯理地将香囊在两手间来回把玩，轻抿着的唇线若有似无地带了点不易察觉的弧度："是你自己从外面买来的吧？"她拿

上面的穗子往他下巴上一扫而过，"你怎么可能会有姑娘喜欢，若是宇文大人还可信一点。"

项桓听完便有些不高兴地拉下脸来："凭什么他就可信？我比他差很多吗？"

"不仅仅是差很多……"宛遥瞄一眼他的表情，扬眉笑道，"想当初还在长安的时候，几个有名的年轻将军里面，就属宇文大人最招名门淑女的青睐，上至权贵公卿，下至青楼市井，没有一个不把他当作梦中情郎的。至于你和余将军嘛……"说着还刻意顿一下。

项桓听她这口气就知道没好话，但还是忍不住问："我和大头怎么了？"

"余将军因为头大不讨人喜欢，你呢，相貌上是过得去，但眉眼太凶，还爱打人，二十岁以下尚未成亲的姑娘基本是第一个把你排除在外的，据说京城媒婆手上有本'最不能嫁的未婚男子'名录。"女孩子笑得十分狡黠，"项大将军，你可是荣登榜首啊。"

项桓都不知道自己这么不受待见，先是一愣，随即脱口而出："我怎么没听人提过……"

"这些都是闺房里姑娘家的话题。"宛遥顺手把香囊丢还给他，"我自然比你清楚得多了。"

平白又遭了一回嫌弃，项桓坐在原地捏着那香包自己玩了会儿，悄悄朝旁边一瞥，故意把嗓音往上提了提："我是不如宇文，可谁让某些人就喜欢我这样的呢，打小就跟在我屁股后面追，听说要上战场打仗去了，还一把鼻涕一把泪地拽我的衣袖不放。"

他的话还没说完，宛遥的脸颊便红了起来，在他的胳膊上一拧，皱眉道："我什么时候一把鼻涕一把泪了？"

"那可多了去了，你难道不知道自己小时候有多爱哭？"

宛遥正准备再打他一下，转念不知想到了什么，故意侧过身去："爱哭也比某人偷亲好啊。说是大将军呢，胆子那么小，亲了人还不敢承认……"

"喂……"项桓环顾左右。

她却自顾自地接着道："回头问起来居然忘了，怎么会有人把这种事情当成是幻觉啊？"

项桓像是有点急了，似笑非笑地冲她挤眉弄眼："不准说了。"

宛遥得逞似的笑起来，偏偏要气他："堵得住我的嘴你也堵不住别人，当时余将军也在，你一路唤着我的名字走过来的样子，他可全看见了。"她不依不饶，"嘴唇上挂着血呢，糊了我一脸……"

"你还说？"少年扬起手里的香囊作势要吓唬她，趁宛遥往后退，伸手一把将人拽到怀里，两条胳膊牢牢圈住，使坏地去挠她的痒痒肉，"还说不说了？还说不说，说不说……"

宛遥笑成一团，险些岔气："行了，行了行了。别闹了！"

项桓却没放手，有意想逗她，女孩子边笑边缩着低头挣扎。

她本就生得娇小，他这样把她揽在怀中时真就像是熊抱一样。宛遥被他困着坐在腿间，因为怕痒而不住扭动，背后的触感十分明显。

宛遥意识到发生了什么，脑中好似埋了雷火弹轰然炸开，她本能地回头反手便扇了项桓一巴掌，"啪"的一声脆响。

项桓再次给她扇蒙了，不自觉松手去捂脸，瞪大了眼睛怔怔地盯着她看。

宛遥心慌气短，迅速站起身，一时间语无伦次："我……"

项桓跟着迅速爬起来，很是冤枉地质问道："喂，你怎么又打我？"

宛遥被他这么一问，根本不知道要怎么解释，顷刻涨得整张脸通红："谁、谁让你刚刚……"

项桓憋屈得不行："这又不关我的事，这是正常反应好不好，又不是我能控制的……"

对面的女孩子却更加说不出话来，面颊烫得像是被烧熟了一般，最后一埋头，慌不择路地往外跑。

"宛遥！"他正准备追上去，蓦然想起药箱还在原地搁着，只得飞快折返，先把箱子背在肩头。

项桓在后面叫她："宛遥，你能不能讲点道理啊。"怎么又生气了。

咸安三年的正月。

一匹携带八百里加急军报的快马连夜冲入帝都，风驰电掣地驶进皇宫。很快，皇城内外的宫女太监便议论纷纷起来。

床榻上的皇帝隔帘听完羽林卫的禀报，细长的双眸竟少见地睁大些许："你说袁傅病逝了，消息可靠吗？"

跪在外的侍卫领首:"燕王亲自吊唁,辍朝三日以示哀思,错不了的。"

沈煜闻言仿佛如梦初醒,意味不明地轻笑了声,掌心拍在膝盖上,缓然领首:"好。"他重复,"好啊。朕知道了,你下去吧。"

羽林卫遂领命告退。

门扉"嘎吱"一声合拢,寝殿内随之沉淀下来,宫灯的光透过纱帘显得朦胧,那张挂在墙边的太后画像如笼于轻梦之中。

沈煜独自坐了一阵,他像是把这个消息含在嘴里,仔仔细细地品味许久,然后才开始笑,起初是几声轻笑,渐渐地放肆癫狂,近乎用尽平生力气。沈煜撩开纱帐,大步走向那幅端庄清冷的画像,他伸手过去,却在将要碰到之际又缓缓收回,只带着些许苦尽甘来的笑容,冲着并无生气的画像,道:"娘,儿子替你报仇了,您在天上看见了吗?儿子替你报仇了……"

满殿的宫人鸦雀无声,习以为常地低眉垂首,视而不见。

唯有老宫女拢手站在门边,远远地望着那幅画像,好似隔了数十年的光阴后与旧主相见,连她这样与世无争的人竟也生出一丝欣慰与感慨来。

年轻的帝王坐在案几前用亲切的语气说着话,好像他对着的不是一幅丹青,而是真实存在的大魏国敬德皇太后。

寝宫外有人叩了两下门,伺候的内侍把耳朵贴上去,静听半晌才恭敬地出声打扰:"陛下,杨将军求见。"

沈煜脸上的情绪转换得极快,从一个乖巧听话的孝子形象瞬间变作了不苟言笑的一国之君。他回身,冷冷地抛下话来:"让他候着,朕要更衣。"

"是。"随侍的太监与老宫女一左一右捧着龙袍上前来替他穿戴。

沈煜将两手摊开,任由他们披衣系带,声音冷而缓慢:"季长川在青龙城待了快有大半月了吧?"

伺候的侍从警惕地应了一声。

"想必他此时已经在缺粮的边缘徘徊数日了。"沈煜慢条斯理地勾起笑,"看着自己亲手养大的虎豹骑一点一点减少是件很煎熬的事吧。朕还真是好奇,他最后会做出怎样的抉择。"

帝王的神色阴鸷而冷毒,老宫女本想说些什么,然而终究沉默下来。

南方的春天来得早,刚至正月中旬,气候已逐渐回暖,山花浪漫成锦绣,成群的野味也开始在林中活动，天降甘露，万物苏醒，然而这样的季节来临，对于病患而言却并不是什么好事。

温暖加重了伤口的溃烂，到如今，别说是伤药，连基本包扎用的细布都快没有余存了。

兵舍里的喊声撕心裂肺，痛苦的伤兵在布条一层层拆开的过程中，煎熬般发出惨叫。

他失了一条胳膊，由于没有止血草，伤口渐渐恶化。宛遥正在给他清理流脓之处，但麻沸散早已用完，难忍的剧痛使得对方近乎没了理智，拳头不住地砸床："为何没有麻沸散，为何没有麻沸散！"年轻的将士面容扭曲，一把用力扣住她的手，"你杀了我吧，你杀了我！"

宛遥只好安慰："再忍一忍，马上便结束了，再忍忍……"

"我不要忍了，我不要忍了！"对方冲她含泪摇头，"一个月了，整整一个月了！在这里每天都有人被抬出去，纵然硬撑也不过是今日死和明日死的分别，你在骗我，你们都在骗我……军中已无药可用了，是不是，是不是？"

"不是的……"宛遥试着抽手，却没能抽开。

对方捏着她的力道大得似能将她的骨头捏碎。

就在此时，伤兵的胳膊忽被旁边的人出掌挡开，他一个趔趄撞上了墙，来者便趁机拉住了宛遥的手腕。

"没事吧？"项桓才刚问一句，还没来得及去看她的伤处，谁承想那士兵借着这个空隙，突然拔出一柄不知从何处得来的匕首，又快又狠地往自己的脖颈处一抹！

项桓的目光一凛，反应迅速地捂住宛遥的眼睛，侧身挡在她面前。可惜还是迟了，四溅的鲜血洒出几滴，恰巧从她的脸颊划过去。一刹那，周围有片刻凝固的死寂。

宛遥在他隐约透光的指缝中似乎瞧见对面的人影直挺挺地往下倒，伴随着不轻不重的响声。

旁边躺着的伤兵陆续惊呼："文涛！"

她原想拉开项桓的手，不料却让他死死摁住，耳畔的嗓音低沉而温柔："别看了，你一会儿看了又要难过，走吧……""他瞧了一眼，也有些无奈，向赶来的士兵吩咐，"把这儿处理一下。"

近来这种事每日都有发生，已有些见怪不怪了。

项桓一路捂着宛遥的双目出了院门，她还是担心，想回望一眼，刚一扭头，便让项桓扳着脑袋又转了回来："不要老想得那么多，也不是你的错。"他扶着宛遥朝药房的方向而行。

远离了压抑之地，走在营地中，宛遥长长吐出一口闷气，眉头却依旧紧拧："我总觉得事情有点奇怪。"

宛遥神色怀疑地沉吟道："就算陛下担心大将军居功自傲，不给赏赐，可不至于连附近的州县也不肯卖给我们物资吧？"

眼下整个青龙城更像是一座孤岛，城外没有人肯进来，反倒是城内不断有百姓离开。

怕她忧思过重，项桓只好安慰说："大将军已遣人去东南几个州郡征购了，也许是此处近来战火连连，为了以防万一，大家都不愿意减少自己的储备，毕竟咱们所求的数量的确不少。"

宛遥将信将疑地点头："如今我们剩下的药材勉强只能保证不让营地里蔓延瘟疫，这个时节疫病增多，很难控制的。"

项桓正要说话，余光冷不防瞥到她发红的手背，于是伸手捞了起来。

白皙的肌肤上赫然几道深色的五指印，他的眉眼一沉："还疼不疼？"

宛遥顺口便回应："不疼了。"

项桓先看了她一眼，没急着戳穿，用指腹轻柔地按了两回之后，又看了她一眼，后者似有心虚地绷着嘴角与他对视。

少年冷哼道："你就逞能吧，刚刚若非我来得及时，有你哭的！"

额头被他轻轻一弹，宛遥不由拿手去摸了摸。

"行了，今天不要再治了。"项桓牵住她的手，"陪我到城内医馆转转，看能不能买到药。"

青龙城四通八达的街市上，各类店铺还是照常经营。年节结束之后，城内冷清了许多，起初那阵大战告捷的欢欣鼓舞冷却下来，萧索与残酷的气息便如云开雾散，逐渐显露。宛遥和项桓走在其中，就像是不久前，他们还未曾遇见余飞时那样，心无挂碍地在街上信步闲逛。

由于药材粮食入不敷出，物价或多或少地涨起来，除了刚开始季长川带兵入城时引起震耳欲聋的欢呼，百姓们这些时日大多过得有些愁云惨淡。

宛遥踏进药堂的大门，迎面就看见一道挺熟悉的背影："青花？"

小姑娘先是一愣，旋即回过头，笑得满脸灿烂，从柜台前开开心心地跑来："宛遥姐姐！"

自打搬去府衙后，宛遥他们的旧居就闲置了，因为租期未满，索性便留给她住。小姑娘平日里帮着隔壁婶婶操持家务混口饭吃，偶尔也会跟着淮生打转，大概是十分稀奇俘虏还能有这样的身份。

宛遥："你怎么在这里？"

青花拉着她的手晃了两下，冷不防瞧见项桓在后面，脑袋又不自觉缩了缩，老实道："我来帮人抓药的，你们也是来买药吗？"

宛遥颔首："军中的药品不够了，我想店里或许还有剩余。"

青花见状，朝掌柜处投去一眼，低声说："不用去了，都被人买光了。"

宛遥不禁奇怪："被人买完了？什么人会比我们还缺药？"

青花点点头，紧接着讳莫如深道："听说是彭太守，他伤了眼睛，正花大价钱收购城内草药治病呢。"

项桓听完就冲天翻了个白眼："这废物居然还没死。"

宛遥深深蹙眉："他就一个人，即便病了也不至于用那么多的药材，太过铺张浪费了。"

"没办法啊。"后者冷着脸撇嘴，"谁让他有权有势，他开口要，店主也不可能不给。"

项桓闻言狠狠地磨了磨牙，猛然转身便要往外走。正是在此刻，手腕忽然被一只纤细的手及时拉住，他脚下一停，侧过头来。宛遥那双眼带着提醒的意味望向他，微微摆首。

"我们先去别的地方问一问吧，这件事等季将军得空了再说与他知晓也不迟。"

仔细一想，彭永明无论如何是个朝廷命官，他贸然去闹事的确欠妥，倒不如等季长川来收拾他。项桓虽感不痛快，到底还是不情不愿地动了动嘴角，听话地"嗯"了一声，随她出去。

而另一边，太守府的卧房内，摔碗的声音接连不断，下人路过门口时，几块碎片正好飞溅到脚下，吓得众人原地打了个哆嗦。

彭永明的右眼缠着半截布条，丫鬟跪在一旁抖成筛糠。

"滚！全都给我滚！"他抓起手边残存的茶杯往地上砸，愤怒又激动，"一个没用，两个也没用！这么久了，为什么我的眼睛还是那么疼？大夫呢？以往给太守府瞧病的大夫上哪儿去了！"

说话间，伤处便有浑浊的液体浸透布条流淌下来，颜色淡黄，混着药膏和伤口的脓水。

小厮战战兢兢地回答："老、老爷……您忘了？城内有名的大夫全被调到军营帮忙了，是大将军下的令。"

彭永明坐在床边似乎迷惘地静默了一阵，突然抬脚踹倒床头的花架子，吼道："他军营要大夫，难道我就不要了吗？伤兵要治，其他人便不用治了不成！他季长川这样一手遮天，不怕我上京城告御状吗！"

他将身边能拨动的东西全掀了个底朝天，发完好大一通脾气才终于平息，大口大口地喘气，约莫是没力了。

小厮一直等他发完脾气，方小心翼翼地窥着他表情开口："老爷，也不是一个没留，好几家医馆还剩一两个年轻大夫呢……"话没说完，便让他瞪得不敢再言语。

满屋子的丫鬟仆从识相地保持沉默，安静许久，这位太守又暴怒："那还愣着做什么？去请啊！"

小厮臀部挨了他一脚，跌跌撞撞地往前栽几步，赶紧站稳应声："是、是……"

初春的南疆一片繁花似锦，原野一望无际，水清如玉，蓝天白云。

燕国的帝都坐落在南边山林之中，城外除了树林便是草原，满目青绿。

袁傅由手下搀扶着站于城头眺望北方，东风烈烈，吹得城楼的旗帜如浪涛翻滚。

身边的亲信悄悄地看他，但这位武将并不说什么，锐利的双目中似藏星河。

"将军！"城楼下一位锦衣贵人甚是紧张地提起衣袍，拾级而上。

南燕的帝王是在宣宗初年复兴建国的，等到这一位登基也不过才第二任而已。

"高处风大,将军身体还未康复,何必再加重病情呢?"燕王十分担忧地从随从手中接过袁傅,亲自扶他,作势想请人回去。但对方却很固执,只一摆手,仍旧伫立在城头。

燕王不好强求,于是偕同袁傅沿城墙信步。

"将军。"他问道,"那道死讯传入魏地究竟有何用意?西南一战,我军仅余两万伤残之兵,倘若魏国国君知晓我大燕已无阁下相助,岂不是要挥师南下,趁机一举吞并吗?"

袁傅的脸色不算好,嘴唇明显的苍白,他闻之不冷不热地一笑:"你太不了解魏国的形势了。宣宗时的那场叛变耗尽了国运。沈煜并非昏庸荒淫之人,相反他有野心,极想做出点成绩来,想以大刀阔斧的手段将腐朽连根拔起。但可惜他生错了时辰,偌大的江山社稷,一旦烂到骨子里,是扶不起来的。"

燕王搀着他走下台阶,认真地侧耳静听。

"我,包括季长川,都不会讨他的喜欢。他需要的是一批新鲜的血液,一批真正效忠于他的人。"袁傅捂住心口,咳嗽了一阵,在燕王想要说话时又抬手挡开,继续道,"若我尚且健在,纵然苟延残喘,于沈煜而言亦是一大隐患。一日不知我身死,他一日不得心安,迟早有让季长川整兵再战的那天,届时南燕与烽火骑才是真的大祸临头,穷途末路。而为今之计,唯有我病逝榻前,他方能安枕无忧。外患已平,鸟尽弓藏。沈煜定然会将锋芒对准季长川,双方战火交锋,我等才可借此得片刻喘息之机。"

燕王听到此处松了口气,可仍不解:"沈煜真会那样做吗?就算他要除掉功高盖主之臣,将军又焉知季长川不会起兵与之抗衡呢?"

"是啊。"没想到袁傅竟给了个模棱两可的回答,他将手搭在城墙的石栏上,神色间带了点说不出的兴味,"我也十分期待季长川的反应。他现在大概已经焦头烂额了吧。"

夜幕降临时,奔波在外的几名虎豹骑陆续风尘仆仆地回到青龙城,尚未饮一口热水,便马不停蹄地赶来向季长川汇报。

"将军,嵩州巡抚、知府闭门不出,四川总督以洪涝为由,拒不允我等征购粮草。"

"将军，附近郡县待我军自报家门后皆寻理由搪塞，城中百姓奉命不卖虎豹骑一粮一药。"

"将军，东南也……"

倒是有个小个子的军士满头大汗地行礼："将军，曲州几位谢氏富商慷慨解囊，勉强筹得五车军粮，七车药材。"

季长川此前面无表情地坐在椅子上，直到这一刻他的眉峰才略微一动，好似在自己的世界沉沦许久，终于渐渐回神。

士兵听见他低哑地出了声，第一次大概沉默太长时间，话语未能顺畅地说出来，等清了清嗓子，才缓缓道："先运去营地，暂解燃眉之急吧。"

年轻的将士按规矩行礼告退。

房中就此诡异地安静下来，诡异到连宇文钧都忍不住侧目看了看。

季长川还是保持着静坐的那个姿势，手用力撑着脸，有那么一瞬，他看上去无比地疲惫。

原来大将军也并非无所不能，他和寻常人一样是肉眼凡胎，也有许多无可奈何的事情。

宇文钧与参军分立在两侧，参军比他年长十岁，是舅舅的得力助手，自己虽也时常被叫到跟前商议军情，但毕竟资历尚浅，大多数时候舅舅只让他旁听。

"舅舅……"半天等不到季长川说话，他终于开口，"凭祥关那边传来消息，领兵的虎豹骑统领已被解除武装软禁在营房，如今执掌兵权的是威武军的主将，咱们的兄弟眼下还不知是生是死。朝廷显然是想把我们困死在这里，既然如此，我们索性……"

没能让他讲完，参军便隐晦地拦住了宇文钧，以一种长辈的口气轻声规劝："粮草才送到，你且去营中帮忙主持大局，将军自有他的打算。"

宇文钧还想再问的，可朝季长川看去时，对方却依旧不动如山，但明明他所视之处空无一物，谁也不明白，大司马所认真注视的究竟是什么。

年轻将军犹豫片刻，到底不甘心地抱拳离开了。

烛火因少年人鲁莽的关门之举闪动得忽明忽暗，季长川刚毅的面容却未因这温暖的灯光显出些许柔和，他的脸还是紧绷着，五官深如刀刻。

参军语气极缓地，循循而问："虎狼环伺，箭在弦上，将军以为如何呢？"

季长川的神情因此话稍有动容,略有些薄情的丹凤眼似是而非地朝旁边一瞥,不答反问:"先生怎么看?"

"将军是有所顾虑吧?以我对您的了解,早在半月之前,您恐怕就猜到了魏主的意图,至于迟迟不动,大概还是因为进退两难,投鼠忌器。"

季长川露出他惯常有的熟悉笑容,然而笑意却一点点渐冷:"你错了。我从来都不是什么忠志之士,不会等刀架在脖子上还觍着脸当一条忠犬,心甘情愿去送命。"

参军的眸中露出几分讶然与迷茫。

只见这位将军站了起来,负手踱步至窗边,声音沉稳而有力:"我无所作为,并不是怕担上所谓'反贼'的恶名,那两个字能值几个钱?史书真假可信几分,你我都清楚,我季长川从不在乎'流芳百世'或是'遗臭万年'的那点虚名。驰骋疆场固然痛快,但我也并非不想天下太平,永无战乱。"他背后的手紧紧一握,"他们不过是想引我入绝境,想看我不得不起兵。起兵有何难?只是这一子若落下去,便再无回头路可走,满军将士便得随我出生入死,大魏百姓注定要生灵涂炭,哪一个不是无妄之灾?"

天下江山,太平盛世。

古往今来的王朝都是用人命填出来的——那是成千上万的人命。

这大概正是所谓的,一将功成万骨枯吧。

府衙厢房的后院,今夜是个少月的夜晚,星辰比平时都要灿烂。

"你说那皇帝把我们困在这儿到底图什么?"余飞趴在栏杆上,两条胳膊悬空晃悠,"他要是真觉得咱们将军碍着他收买人心了,直接一道诏令撤了他的职不是更简单吗?"

宇文钧双手抱胸,背对着他倚靠木柱:"陛下没你想的那么蠢,真要这么做了,就是谋害有功之臣,他自己岂不是得担一世骂名?舅舅在百姓中声望日重,要想撼动他多年征战打下的根基,比起找那些冠冕堂皇的拙劣借口掩耳盗铃,还不如让我们自乱阵脚,给他一个名正言顺的理由。"

余飞转过头来,盯着大柱子后面隐约露出的身影:"什么意思?"

"还能是什么意思?"一直坐在台阶上的项桓忽然开口,他嘴里叼着根枯草,看上去懒洋洋的,"如今我们缺粮少药,他又刻意命人避而远之,明

摆着是想耗死我们。现在无非两条路,要么派兵攻打州城,获取补给,如此一来,他便可昭告天下,说虎豹骑怀有二心,把大将军推到风口浪尖;要么就什么也不做乖乖等死,待军营里发生动乱,大家一起死。"

"你怎么说得这么轻松。"余飞站起身,"咱们白白给他们卖命,最后还要被灭口,这辈子就没打过这么窝囊的仗。项桓,你难道不生气?"

按照他以往的性格,早就眼红脖子粗,抄家伙快马杀回京去行刺圣驾了,为何眼下这么淡定?

"那不然呢?"他懒洋洋地把枯草吐出来,"逞一时之勇,抄家伙快马杀回京去行刺狗皇帝吗?"

余飞诧异自己居然被他鄙视了!

"小飞,你少安毋躁。"宇文钧劝道,"事关重大,将军不会坐视不理的。"

以前遇上这种事,好歹还有项桓和他一起做"人不轻狂枉少年"的冲动事,余飞此时此刻突然发现,自己竟不知几时成了他们之中最不"稳重"的那一个。

他瞅瞅宇文钧这个万年和稀泥,又瞅瞅项桓那个半路倒戈的叛徒,萌生出一丝曲高和寡无人识的悲哀来,十分郁闷地掉头走了。

"小飞、小飞……"宇文钧叫了几声,见后者爱搭不理的,只好先追上去。

院中很快就只剩下项桓一人。他还是漫不经心地坐着,手中随意捡了条青枝,在扯上面抽出的嫩叶。

檐下挑出的灯笼伴随着春虫的声音静谧地随风摇晃。

项桓隐约感觉到身后站了人,还没来得及回眸,那人便轻轻摸了摸他的脸颊,指尖微凉,他抬头,一双清澈安静的眼睛正在看着他,神色间带着小心翼翼的试探和关心。

他不自觉荡出一抹笑:"怎么是你?"说话时便站了起来,顺势握住女孩的手。

少年生得高,这一年来好像又蹿了个头,宛遥只有微微仰头才可以与他视线相对。

"我之前听到一点有关大将军的风声……"她言语里有迟疑,秀眉已逐渐皱起,"怕你又因此生气,所以才想来看看。"

项桓闻言笑了笑:"我没有乱生气了。你看我这不是好好的?"他张开双臂展示给她瞧。

见宛遥的神情依旧带着不放心，项桓两手一伸，去捧她的脸："好了……"巴掌大的小脸，他这么一握，近乎给包在了掌心。

不知怎的，宛遥忽然感觉到项桓似乎对封侯拜相与功名利禄没有以往那么热衷了，反而显得超然物外。

他松开手一低头，将她整个抱在怀里，下巴垫在少女脖颈后大把的青丝上："如果你与圆圆他们平安待在青龙城，那我就守在这儿，哪怕袁傅来了也誓死不退，但倘若有什么事会威胁到你们，就算是京师帝都，"项桓顿了一下，"我也去打下来。"

宛遥在他的肩膀后露出一双杏眼，静静听着，直等听到后半截话，才咂摸出一点久违的狂妄不羁，她把头埋在项桓的胸膛间，抿着唇笑。片刻之后，她才用掌心推他想要挣开。

后者却不满道："又怎么了？我才抱一会儿。"

宛遥在他的后背上打了两下："院子里人来人往的，一会儿宇文将军回来撞见了不大好。"

项桓不以为意："怕什么，他不会那么没眼力见儿的。"

话音刚落，院门外的宇文钧便急匆匆往里跑，不仅不识相，还边跑还边喊："小桓，小桓，小……"

习武之人脚下生风，他才进门便意识到不妙，双脚一个急刹，几乎在地上划出一道痕迹来，勉强停住。

对面两个人在同一时间手忙脚乱地分开。宛遥已经尴尬地将身子背过去了，项桓站在一旁抓了抓脖子，显然有些无奈，只好去瞪对面那个没眼力见儿的人。

宇文钧尴尬地站在原处，也不知道该不该打声招呼。

少年无奈地开口："什么事？"

"那个……"他说，"将军找你。"

此时，季长川的书房内，案几上铺了一张布防清晰的地图，右上角写着两个字——嵩州。

"这是离青龙城最近的地方了。"参军说道，"城防结构也是最稳固的，驻守的统领姓张，麾下有一千威武军，算是他的王牌。"

季长川端着碗馄饨,一边吃一边看着布防图点头。

参军小心翼翼地打量他的神情,提醒说:"后方补给永远是个无底洞,单凭一个嵩州城杯水车薪,恐会形成四面楚歌之势。将军,您真的想好了吗?"

"现在再问这些可就没意思了。"季长川舀了一勺放进嘴里,细嚼慢咽,"该来总要来,躲是躲不过的。项桓有句话说得对,若一度瞻前顾后,我们只怕连军营大门都出不了。让人去清点辎重吧。"他搁下碗,"虎豹骑也休息得够久了。"

陈府内。

自打陈家大少爷被揍得半死不活卧病在床之后,压抑的氛围已经在宅子上空笼罩许多日了。

陈文君正坐在铜镜前让侍女替她梳妆更衣。她今日要代替父亲和弟弟去与当地的同知谭大人商量店铺抵押债务的事情。

袁傅一经战败,他们家更有些墙倒众人推的意思,不过三天,便陆续有人上门讨债。陈文君被蒙在鼓里这么久,此时才知道弟弟为了买通权贵在外竟花光了所有积蓄。

父亲得知此事一病不起,陈朔又因重伤昏迷不醒,家中的天说塌就塌,不偏不倚正好落在她的头顶上。即便她对买卖之事毫无经验,事到如今,也只能硬着头皮应对。

最后一支簪子挽好青丝,陈文君深吸了口气,推开了房门。她带了侍女随行,为以防万一也同时叫上了秦征。

约好的商议之地在城内一家奢华的酒楼雅间,由店伙引着刚行至楼梯下,对方的随从似乎已等候多时,当即便抬手将秦征拦住:"慢着,这一位得留下。"

青年冷淡地侧目,扣在手中的佩剑被他的拇指拨开寸许,警告的意味很明显。

陈文君看在眼中,不动声色地伸手覆在秦征指上,把行将抽出的长剑又搦了回去,冷静地问:"不知主人家是何意?"

后者十分狗仗人势地开口:"我们大人的轿子前一阵曾遭歹人袭击,但凡带兵刃、会功夫的男子一律不许上楼!"他语气生硬,神情趾高气昂,显然是没有半点回旋的余地。

陈文君知道自己毕竟是要有求于人的，只能忍气吞声地抿抿唇，半晌，她朝秦征露了个安心的笑。

"那你便在这儿等我吧。"

他微微讶然："大小姐！"

陈文君："没事儿的，离得又不远。"

青年的脸上分明写满担忧，他的剑眉紧紧皱着，几次欲言又止，最后还是说："若发生了什么事，一定要立刻叫我。"

"嗯。"她提着裙子盈盈上楼。

陈文君这些时日瘦了许多，束腰的绫子衬得腰肢纤细羸弱，连面色也比以往要憔悴，若非擦了些胭脂，她连嘴唇都是微白的。倘若不是陈文君执意要来，秦征其实并不赞同她强撑着身体出门。许久，他才收回视线，垂头抱剑而立。

雅间的门推开，桌前坐着的是嵩州同知，与陈文君的弟弟同在府衙当差，算半个上下级的关系。

"陈姑娘。"谭同知早已不客气地喝了几杯，见她进来才草草地抬手招呼，"你请随意。"

地方官之间大多盘根错节，这位谭大人也是本地知府的侄子，三十出头的年纪，壮得像座山，那满脸堆积的肉与他叔叔有些神似。

陈文君在他对面坐下，谭同知一边打量她，一边将倒好的酒推了过来。

"抱歉谭大人，我不饮酒的。"

对方边喝边说："那姑娘你可就太不懂行里的规矩了，这生意不分大小，总是得在酒桌上才能谈得顺的。"

"小女子的确从未涉足农商，此次也是由于老父卧病在床，家中已无人主持大局，迫不得已顶门立户，还望大人见谅。"说完，陈文君朝身后示意，婢女心领神会，将一叠地契交到她手里，她继续道，"这是陈家在京城和嵩州购置的田产、商铺，请大人清点清点，够不够抵我那弟弟所欠的债务？"

谭同知仰头夸张地饮了一杯酒，粗略地扫过那几张薄薄的契纸，便不感兴趣地放在了一旁："陈姑娘，只有这些怕是还差得远吧？"

她清秀的眉不自觉拧起："差得远？大人您可看清了，京城的商铺比嵩

州的市价高出几倍，虽说盈利算不上极好，但贵在量少而精，长安寸土寸金，您拿着钱都不一定能买到。"

对面的女子五官精致，肤白如雪，略施粉黛。到底是富贵人家娇养出来的小姐，和边城的小门小户不能比，连生气的模样也别有一番风味。

谭同知忽然把酒杯放下了："陈姑娘，京城的铺子再值钱，离咱们这儿也是山高路远，我要换成银子还得花好大一番工夫。"

陈文君闻言有些沉默。

对方见状，似笑非笑道："我有个主意。不如，姑娘嫁到我谭家，令弟所欠的银子便权当是嫁妆了，我再备一份丰厚的聘礼，你看如何？"

她的脸色顷刻变得非常难看，但她仍强忍着不适："谭大人说笑了。"

"我可是带着诚意来的，怎么能是说笑呢？知道姑娘是嫁过一回人的了，不过本官可以按照娶妻的规格，八抬大轿迎你进门。"谭同知笑道。

陈文君当即站了起来："谭大人，我是真心诚意来和你谈生意的，如果大人只存着戏弄的心思，那我们也就不必谈了。"她作势便要去拿桌上的地契，手腕却冷不防被谭同知掐住。

谭同知站起，臃肿的身形活似一堵高大的肉墙，豆大的眼睛毫无征兆地冷下来，神情说变就变："给你脸，倒还真把自己当成官家小姐了？"

未知的恐惧漫上心头，陈文君急忙用力抽手。

而谭同知却纹丝不动，像是猎鹰擒住野兔般静静看她挣扎，笑得阴森："袁傅都死了，你们陈家已成了陛下的眼中钉，早晚会被斩草除根，我肯下聘娶你过门算是仁至义尽，城里多少人等着看你们的好戏。抄家发配，这笔钱十个你都买得起，你这贱人还不领情……"

陈文君："你放手！"

"谈生意？你弟弟那是欠债不还，你我之间算什么生意关系？现下我是债主，要如何还债由得了你选择？"谭同知的目光突然一凛，扬起胳膊一巴掌将她扇倒在地上。

"小姐！"一旁的侍女惊慌失措，正要上前护主，屋内的随从们已敏锐地一左一右将人拦住。

谭同知俯身跪在陈文君的腰间，手狠狠地攥住她的腕子，扭头朝随从道："把她给我拉出去。"他凑上来，大嘴里喷着酒气，"不过是个被人丢掉的破鞋，在我面前装什么清高？"

视线中天旋地转，闪着刺目的金星。陈文君望着头顶模糊的天花板，谭同知解开了她的腰带，把她的两臂狠狠撑在旁边。她慌乱地挣扎，伸出手奋力地想从周围摸到些什么，可是空无一物。

"秦征，秦征……"

侍女被拉出门的动静使得楼下的青年骤然回头，他抬脚就要上楼，两侧的随从却例行公事地把他拦住："干什么？我们大人说了，你不许上去。"

秦征不客气地掀开面前挡路的两条胳膊："闪开！"

他力道之大，直接将那二人甩在了身后。

谭家的侍卫没料到对方竟有这般身手，趔趄了几步才站稳，互相对视一眼，紧接着上前发难，擒住秦征的肩膀。

他被定在原地，想拔剑却又犹豫了一瞬，只回身用剑柄狠狠拍在来者的胸膛上。秦征本就担心陈文君，这一招近乎使了全力，两个随从吐出一口鲜血来。

他顾不得理会对方是死是活，飞速窜上二楼。

房门猛地踹开，屋内的情况暴露在眼前。这是一幅无比狰狞的画面。

男子满身横肉的躯体挡住了他大半的视线，地上一角水青色裙子尚在无力地扭动，青丝铺了一地，那条精致的束腰绫子已断作两截，室内充斥着女孩子压抑的哭泣声，而她的嘴里还叫着他的名字。

秦征觉得从那一刻起，周身的血液都涌上了大脑，耳鸣让整个世界忽然安静，心口跳得快要炸开的频率让他的四肢已经不听使唤。说不清究竟是怒火还是杀意，他握着剑将门边的侍从逼退，神情冷凝，剑锋笔直而锐利地朝下刺去。

只是在眨眼间，青锋的利刃便自对方的后背穿胸而过，鲜血顺着剑尖滚落，即将滴在陈文君的衣衫上，秦征已俯身把人推开。

谭同知的双目睁大，臃肿的四肢却僵硬地维持着原状，直挺挺地朝着一旁栽倒。

雅间外的随从们陆续从地上爬起，一瞧见眼前的情景全都惊呆了，手指颤抖地对准青年的后背："杀、杀人了……杀人了！"

秦征充耳不闻地脱下外袍盖住陈文君赤裸的半身，将她打横抱在怀里。

她此刻好似都不会说话了，手脚止不住地发抖，头缩在他的胸膛间，泪水却止不住地流了下来。

饶是自家主子尚尸骨未寒，秦征抱着人出来时，那群侍从却依旧忌惮地往后退了退，战战兢兢地打量，生怕此人突然发难。

青年的目光平静而清冷，他只扫了一眼，便一言不发地走下楼梯。

大祸已经酿成，出了这样的事，自然不敢再带陈文君回府邸，秦征寻到城内一间废旧的破屋把她放在木床上。

一路上，陈文君只字未语，如牵线木偶一般凭他摆弄，纵然此时已安全落脚，那双清亮亮的水眸却依然无神。她左脸上清晰的指印泛着红色，唇角隐约有血渍。

秦征站在那里，忍不住伸出了手想去碰一碰她的面颊，但指尖不过刚至陈文君的耳畔便刹住，合拢握成了拳。他知道自己这么做是欠妥的。

"小姐，你在这儿等我一会儿，我上街买件干净衣裳给你。"末了又补充，"很快回来。"

陈文君抱着膝盖半晌没说话。

他努力收回目光，转身往外走。

不知是陈文君的眼神总令他心有余悸，还是冥冥中萌生出的某种预感，秦征在步出房门时下意识地扭头，正见她不管不顾，狠命往墙上撞去。

"大小姐！"他面色大变，一个箭步抢上前，生生将她拦了下来。

饶是反应迅速，陈文君的额头还是已经被磕出了一道血痕。

秦征又是心疼又是不忍，拉着她的手试图安抚她狂乱的情绪："有什么过不去的，一定要寻死这么决绝吗！"

"你别再管我了，你不要管我了……"陈文君挣扎了片刻，奈何手腕被他摁着无法动弹，只能低头无助地啜泣，"我现在这个样子，哪怕活着也是个笑话，还不如一了百了……"

"我从来没这么想过，我从不觉得你哪里不好。"他蹲下身去，认真平视她的泪眼，"大小姐，秦征自出生至今，哪一日不是背着众人的耻笑度过的，不一样好端端地活着吗？"

陈文君流着泪水摇头，握紧他的小臂："你走吧，秦征。谭泰是嵩州巡抚的女婿，他如今被你所杀，这些人必然不会善罢甘休的，你走吧，走得越远越好,别再回来了!"

青年的语气却出奇平静:"我不能走。他们既然不放过我,也肯定不会放过你,我走了,你会很危险。"

"你还不明白吗?"她眼圈通红,几乎有些恨铁不成钢道,"陈家已经一败涂地,阿朔没法再限制你了,你还留下来舍生忘死,为了什么啊?"

对面的秦征波澜不惊地望向她,沉默良久才说道:"为了你。"

陈文君登时一愣,豆大的泪水顺着脸颊悄无声息地滑落。

青年大着胆子用指尖替她轻轻抹去,在心里默然道:因为你是唯一一个肯对我好的人。

正月的最后一日,青龙城内。

夜晚还未降临,府衙的后院却已不声不响地浮起一股肃杀的气息。

宛遥在树下静静地站了许久,早春的杏树抽出了嫩芽,枝繁叶茂的梢头隐约有几点如雪的杏花。她知道余飞和宇文钧已经披坚执锐,整装待发,也知道驻扎在城外的剩余两万虎豹骑此时皆修阵固列,等待一战。

得到明日突袭嵩州城的消息是在三天前,所有人对此似乎都摩拳擦掌,欢欣鼓舞,毕竟如今的时局不容乐观,他们要活下去的确只有这一条路可以走了。但宛遥却从那天开始,一直沉默寡言到现在。因为一旦对嵩州开战,也就意味着他们将自此站在大魏的对立面。

作为一个身在乱世中的小女子,她并非想妄议孰是孰非,论个黑白对错,可千里之外,繁花似锦的长安京都内,也有她在意的人,而这一战打下去,从今往后,大概就真的天各一方了。

项桓推门出来时,正看见宛遥一言不发地站在那里,目光显得很飘忽,一脸的心事重重。

他于是收好枪,缓步过去。

脚下的一道身影渐近,宛遥似乎才回神,转头,旁边的少年便朝她弯起了嘴角,明朗的眸中仿佛有星辰闪动。由于铠甲笨重坚硬,他到底没伸手去抱她。

项桓只微微抿唇:"我又要走了。"

宛遥跟着笑了一下,点点头:"早去早回。"

看得出她表情有些勉强,项桓终究还是探出掌心,在女孩子脸颊上揉了揉:"我知道你在忧虑什么。"

她闻言沉默地垂下眼睑。

"放心。"他眉峰一扬,"我不会让岳丈受委屈的。"

没来由的这么一句,反倒让宛遥生出一丝摸不着头脑的不祥预感:"什么?"

少年只是意味不明地一笑,转身走了。

眼见后者越走越远,她忙小跑几步跟上:"你要对我爹做什么啊?"

项桓背对着她,没回头,只抬手挥了两下,示意自己心中有数。

青龙城的城门在漆黑的夜里再次洞开,开门的声音却很小,像是害怕惊扰了什么似的。

轻微的响动过后,整肃的马蹄和士兵的脚步声井然有序,他们没有点火把,甚至以口衔枚,一路急行军。

宁静的树林被大军的推进带起了微风,所经之处不久前还是血腥的战场,那些掩埋在泥土下,数量庞大的尸体似乎因为夜色而散发出了腐臭的味道,偶尔能看见一两把倒插着的枪戟,像是死难者的墓碑。

领兵的年轻将军和他身后的士兵们却目不斜视,神色异常坚定,也异常冷静。

直到晨曦之光在天边浮现,这支军队方才抵达嵩州巍峨的城墙下。

暗色里的微光照过他们每一个人的脸上,一夜跋涉,脚踩着无数战友的白骨,衣衫吸饱了露水,所有站在此地的将士,内心都烧着一把难以扑灭的火。

一个月以来,他们眼睁睁看着最亲近的同袍一个接一个地死去,不辞辛劳地爬山涉水挖药草,采灵芝,双手冻得通红,即便如此,却也无法改变病死者与日俱增的事实。

凭祥关的功劳让人抢占了,虎豹骑是被天下遗弃的军队,四面楚歌,孤立无援。

骑兵在前,步兵在后,如果有人此刻仔细地观察,会发现这群年轻人的脸上,无一不是风尘仆仆的泥灰,然而上万双眼睛冷凝得让人不敢直视。他们望着前方,城池就在对面。

高官厚禄，乱臣贼子，在这些人心里已无关紧要，他们只知道，这座城里有粮草，有药品，有可以活下去的一切补给，杀进去，便是另一条阳关道。

项桓握着缰绳，季长川在他的身侧，师徒二人的神情有那么一瞬竟是一致的。

少年长锋所向之处是城楼上猎猎飘扬的旗帜。

嵩州城门戍卫的百夫长正打着呵欠慢条斯理地前来换班，天光亮起的一刻，他看到了不远处成千上万的军人。对方出现得无声无息，好似鬼魅般迅速蔓延到城楼下，明明是这样庞大的军队，夜袭的动作却能做到滴水不漏，毫无破绽。

铁蹄密集如雨，浪潮一样席卷了城墙。

百夫长此生没见过这样整齐有效的攻势，他惊在那里许久，半晌才回过神，一边后退一边语不成句地颤声喊："敌军，是敌军！快找总督大人和张都尉，快去啊！"

百夫长刚一转身，长箭如白虹贯日，势不可挡地冲上来，顷刻将他的身躯对穿，挽弓之人不知是有多大力气，箭径直从兵长胸口射出，尖端燃着火苗，最后落在了角落的辎重上。

微弱的火苗逐渐升腾，在微风的助燃下轻而易举地将木质军械卷入大火。

城下马背上的少年目光沉着地放下长弓。

传令兵们皆愣怔在当场，旋即慌不择路地拔腿跑，扯着嗓子喊："敌袭，是敌袭！有人带兵攻城了！"就在他们发愣的短短时间里，虎豹骑的士兵已趁着夜色登上了城墙，数不清的刀光剑影从天而降。

满城烽烟。

事发突然，嵩州的百姓并不似青龙城的居民提前得知战事，许多人是在睡梦中惊醒的，如无头苍蝇般没命地带着细软四处逃窜。

街上人仰马翻，几乎乱了套。

秦征和陈文君躲在破木屋内，原以为谭泰的人不久将会找上门，没想到半途被这场仗打乱，眼下人人自危，就算是城内的高官怕是也没那个闲心前来寻他们的麻烦了。

陈文君已换了件干净的衣衫，听着外面震耳的铜锣声和嘈杂的人群声，心生不祥的预感。

她坐在床上探头张望："出什么事了？"

秦征立于门边侧耳留意街巷的动静："不知道……"他回眸说，"我出去看看，你就在家待着，千万别到处走，等我回来。"

知晓事情的轻重，陈文君顺从地朝他点点头。

秦征跑上街，入目是四散奔跑的百姓，呼喊和哀号声遍地弥漫，这般乌烟瘴气的环境让他乍然想起当初在青龙城困守的那三天。

他飞快拦下一名过路的老人家："阿伯，城外到底发生什么了？"

"打仗了！"老者背着行囊满面焦虑，"季长川带着虎豹骑攻城，来势汹汹的。听闻总督大人已经领了三千威武军前去抵抗，可对方有千军万马，此战怕是势在必得。"

"你说怪不怪？"他狐疑不解，"好端端地，季大人怎会做如此大逆不道之事呢？"

"季长川？"秦征愣了愣，"你确定是他吗？"

"那还能有假？他本人亲自督师，据说就在城下站着的，好些人都瞧见了！"

老者言罢，见他已无话要问，便拎着大包小包朝北门方向逃奔而去。

秦征却还留在原地，他的目光怔怔地，似有所思，遥远的城墙上两军正在激烈地拼杀，猛地朝旁一望，仿佛还能看到天空里交错的箭矢。此时此刻，秦征的心中突然萌生出一个念头，某种想法极其强烈地占据了他所有的心神。他忽然握紧拳，像是下了什么决心，蓦地掉头往回跑。

陈文君在屋内等得惴惴不安，自打秦征离开她便一直提心吊胆，朝外面忐忑地看了无数次。

院门"嘎吱"一声打开，来者的身影闪得很快，上前一把拉住她："跟我走。"

陈文君还没从他平安归来的喜悦里回神，便被秦征的举动搞得一头雾水："要去哪里？"

他与生俱来的警惕令他习惯了狡兔三窟，正如在京城那时一样，刚至嵩州，秦征便摸清了附近的环境。眼下，他带着陈文君七拐八拐走到偏僻巷子的一间旧屋内——是平日以防不时之需准备的。

"大小姐。"他将清瘦的女孩儿摁在椅子上，握着她的手郑重其事地单膝跪下。

青年的眉目中透出些严肃的意味，使她莫名紧张："怎么了？"

"我可能要离开一段时间。"秦征的眼睛一直看着她，"现在外面很乱，这里相对安全，但稍显破旧，只怕得委屈小姐独自待上一阵。"

陈文君微微讶然："我……我待在此处是没什么问题，可你要去哪儿？"

他避重就轻地没有回答，只是深吸了一口气，大着胆子唤她："文君，不管怎么样，我会努力让我们都活下来，这一回，你能信我吗？"

陈文君今年也才十八岁，尽管她短短的人生里已有过那么多波折与经历，但到如今才隐约能感受到青年口中那两个字的重量。她揪紧衣摆，随后认真地点头："我信你。"

秦征再上街时，满街乱窜的百姓少了许多，反倒是全副武装的士兵有序地往南城门的方向小跑行进，约莫是去支援的。他避开这些人，谨慎地挑了小巷子绕路。

而这时候的嵩州城，权贵们在忧心战事，普通平民躲于家中，却有另有一群人藏在暗处，偷偷打量着整个战局。

小巷子冷清破败，秦征自小习武，很快便发现身后的跟踪者，这些人举止小心，动作窸窸窣窣，生硬而迟钝。他偏头看了一眼，前面忽而走出几道高挑人影。

秦征的视线由旁转至前方，不大的窄巷站着几个瘦削的年轻人，他们衣衫褴褛，面容憔悴，年龄与相貌各不相仿，但唯有手腕上沉重的铁环是如出一辙的。毫无疑问，这些都是当年西北部落战俘所生下的后代。

秦征不知对方深浅，带着迟疑的神色打量来者："你们……"

为首的大男孩迈前一步，嘴唇嗫嚅了好久，好似鼓起勇气似的开口质问："秦征，你是不是要去投奔季大将军？"

嵩州城里的大部分奴隶几乎都知晓他，毕竟这是为数不多从青龙城战场上活下来的男人，还是一个战俘。

秦征平静地注视着眼前一张张或熟悉或陌生的脸孔，并不否认："对。"

少年带着几分稚气和认真，近乎紧张地飞快道："我也要去，带上我！"

他有些意外地微微怔住。

"我也是！"

"带上我们吧!"

身侧的青年与男孩们纷纷应声,他们明明一贫如洗,一无所有,但脸上的朝气和灼灼有神的双目却一如晨光般充满希望。

秦征诧异地看着这群人,此时背后细碎的动静才开始大胆地逼近,一转身,巷中暗处的战俘们都走了出来。他们或许来自不同的豪门大户,但最终皆殊途同归地聚集在了这个普通的小巷,每个人的眼中透着刚毅坚定的神采。

"你们难道不怕死吗?"秦征颦眉问。

有人愤愤地回答:"我们怕死!"那个青年的言语悲戚,"可就是怕死才要出去。我的兄长不在了,爹、娘、妹妹也死了。我已经无路可走,若不为自己争取,战俘就永远没有翻身的那一天,左右都是死,这是唯一的独木桥!"

年轻人无比信任地望向他:"秦征,你既然可以平安地从战场上回来,也一定可以带着我们一起出去。"

说完,一个小男孩用力喊道:"一起出去!"

"一起出去!"紧接着,附和声此起彼伏地响起,像是被什么所感染,话语潮水似的扩散开,这些生命在此刻鲜活起来。

秦征愣怔地立在原地,好似让一团燃烧的火光包围了,明亮又炙热,那一刻连四肢百骸的血液也随之沸腾。起初他只是想,季长川既然在此,那么项桓说不定也会在,他可以凭着这层关系带上陈文君投入虎豹骑麾下。而如今,数十人将他们的性命交在了自己手上,肩头的重担顷刻便压了下来。

视线里是一双双期盼而炽烈的眼睛,秦征握紧拳,好似有什么东西占据了他的胸腔,他的喉头上下滚了滚,他毅然决然地抿唇,最后高高振臂:"好,那我们就一起出去!"

这支队伍穿过巷口,穿过长街,在逃难的人潮中逆向而行,低调又突兀。

无数躲在黑暗角落中偷窥的身影陆陆续续跟了上来,大家起初还有些畏怯,探头探脑,很快胆子逐渐变大,从一到十,从十到百,到难计其数,仿佛是一座无形的囚牢让人打开了,那些涓涓细流都汇集成了一条奔涌向前的大河,势不可挡。

项桓领兵在城门下厮杀,身边不断有人倒下,也不断有人紧随而上。

男人们在四溅的鲜血里咆哮着策马扬刀,震天的喊杀声如雷霆万钧。

他是第一次和传说中猛如厉鬼的"威武军"交锋,杨岂在城内留了一千精兵,数量不多,但威力不容小觑。戴着铁面的骑兵力大无穷,一刀便能将人体斩作两半,即便被三五人的刀枪刺入身躯,也似不知疼痛一样,仍旧神勇无比。

就在项桓所带的军队陷入苦战之时,左翼一支铁骑正试图冲破屏障,朝他们聚拢。

万军簇拥着一面熟悉的旗帜。

马背上的宇文钧长剑指天。

"大将军!"一名虎豹骑飞奔到季长川的面前,"宇文将军的一万兵马已灭敌军西城,正与项将军会师!"

传令兵刚下去,又有一人滚下马,满头大汗地跪地禀告:"大将军!余先锋成功从凭祥关带出两万虎豹骑,此刻已朝本队赶来。"

两支杀气腾腾的队伍将夹在其中的敌军尽数吞灭,领兵的主将带着各自的军队相向而行。

项桓的脸颊上已沾满血污,他的眸子却依旧清亮,是少年人的意气风发。

年轻的将军唇角上翘,冲着远处而来的兄弟伸出手去,后者亦随之一笑,抬掌与他相击。

阳光照耀下的两只手的掌心紧紧贴着。

攻城战一直持续了一个多时辰。

项桓和宇文钧纷纷策马回到季长川的身边,打了这么一会儿,双方都显得有几分狼狈。

"将军。"宇文钧擦去滑落在下巴上的汗,"城门前挡道的已经清理得差不多了,不过现在敌方坚守不出,要破城恐怕还得费点时间。"

季长川若有所思地颔首,去问左右的随从:"余先锋是几时从凭祥关出发的?"

随从说:"寅时,最快也要午时才能抵达。"

项桓朝后看了一眼,干脆道:"要不给我两千精兵,我带人杀上去。"

季长川正要表态,忽然听得队伍中的一声惊呼:"你们看城墙上!"

项桓随之一抬头。

不知从什么时候起,城楼间的魏军中突然混进了一群装束截然不同的

人，他们粗布麻衫，穿戴各异，周身透着穷苦的气息，手里不过持着一些破铜烂铁的武器，长棍、铁锹、柴刀——好多都还是在街边顺来的。他们把守城的士兵推下高墙，再被后来的士兵砍倒在地。

尸体渐渐堆积成山，但这些人仍然不知恐惧地前仆后继，像是在宣泄一场跨越了几十年的愤怒和冤屈。成百上千的战俘爬上了城墙，年轻的男人杀了高高在上、曾将自己踩在脚下的守军，然后他站在尸首上面，弯腰，痛哭般咆哮出声。

很快，四周越来越多的人跟着他一起喊，一起吼。那一片吼叫声仿若空中降下的闷雷，让本就喧嚣的战场愈发声嘶力竭。

大地倏忽震动了。

远处，马背上的淮生伸出五指紧扣在自己心脏的位置。她说不明白那是什么感觉，好像体内最深的地方在这一瞬发出了共鸣。

"是城门，城门开了！"

雄伟壮阔的城门从里面缓缓露出白光，如晨曦破晓，万物生辉。

季长川想要攻下一座城，若守城的不是袁傅，那么等同于探囊取物，轻而易举。

嵩州城很快被虎豹骑占领，与此同时还有西南数十个郡县和规模较小的城镇，短短数日，四川往南一带几乎插满了"季"字的大旗。

季长川以嵩州城为据点，将青龙城的伤兵或转移或就地安置，分拨药草、粮食，派出大量医者前去诊治。

都说铁打的百姓，流水的官，夹缝中生存的普通人倒是无所谓城池易主，只要上位者不凌虐压榨，那么姓沈还是姓季于他们而言是没多大分别的，日子照常得过。反而是从前作威作福的官吏权贵们人人自危，高楼红墙内乱作一团。

青龙城从嵩州被攻破起，不少官员的府邸便开始动荡不安，尤其听闻季长川麾下有位神秘的部将，乃是西北战俘出身，手中聚集了上千奴隶，专为当年的俘虏提供庇护之所。

得到这个消息，各地的战俘们接连出逃，纷纷涌向西南边境，许多大户人家里隔三岔五地发生暴乱，四处人心惶惶。

太守府内。

彭永明瞎掉的那只眼还缠着厚厚的布条，伤势虽已痊愈，但他的脾气却并没有因此好转。听着门外渐次凌乱的脚步声，他从床上爬起，扯着嗓子唤道："张欲，张欲！"

很快，贴身的小厮推门进来，可依旧心有余悸地往门外看了几眼："老爷。"

彭永明坐在床沿上，面色阴沉地问："出什么事了？吵闹成这样，还有没有一点规矩？"

小厮赔着一脸苦笑，小声提醒："老爷，季大将军破了嵩州城……"

"那又如何？"他目光冷冷的，很是不屑，"是人家破了城，又不是他们，上赶着要去捧臭脚吗？本官可还没失势呢！"

"老爷，您不知道，季将军眼下放了军令，要优待二十年前的俘虏……"

府邸后院里住着的彭家买来的战俘，有男有女，数量众多，狭小拥挤的院门被这些人愤怒地踹开了。他们所有人的眼睛里都带着泄愤般的神情，闻讯而来的家丁和侍卫作势要阻拦，然而一接触到对方的目光，连侍卫们也觉得身上一寒。

不多时，彭永明所住的卧房被人从外面踹开了门。奴隶们愤慨的眸中冒着通红的火气，鱼贯而入。

"你们干什么？"彭太守仍坐在锦床之上，理直气壮地伸手质问，"反了你们？敢这样进来！"

"张欲，张欲！"他喊了几声，又嚷道，"来人，把这群反贼拖走，来人！"

令人毛骨悚然的惨叫回荡在屋内。躲在门后的小厮周身发抖，透过缝隙，被眼前的画面吓得冷汗直流，险些尿了裤子。

留在青龙城的剩余伤兵正准备送到嵩州。

宛遥收拾完行装，刚将包袱放上马背，项桓便从旁边跑了过来。他穿着深蓝的战袍，一身轻甲，饶是忙了好几日依旧那么神采奕奕的："找了半天，原来你在这儿啊。"

宛遥转过头来："怎么了？"

少年笑着拉住她的手，眼中透着神秘："走，带你去看个好东西。"

她一边随他朝前小跑，一边好奇："什么好东西？"

"去了你就知道了。"

城内满是运送粮米的车马,项桓带她七拐八拐地穿了两条街,最后停在太守府大门前。此处已站着两名驻守的士兵,周围一片繁杂凌乱,偏门角门不住有许多彭家的下人匆忙出来,各自手上拎着行李。

一见到自己的下属,项桓神色倒是正经起来,有模有样地问:"里面情况如何?"

"启禀将军。"士兵拱手道,"就府中下人交代,彭太守还在卧房之中。"

项桓一副公事公办的样子点头:"知道了,继续守着。"

"是。"

刚一说完,项桓便拉着宛遥兴冲冲地进了府邸。

"你找彭永明做什么?"她在后面不解地问。

少年捡起地上散落的砍刀,在手中掂了掂,嘴角习惯性地往上扬:"还能做什么,当然是帮你报仇啊。"

宛遥闻言愣了一下。

他凑到女孩子跟前,剑眉挑了挑:"早些时候把你惹得那么伤心,还害我挨你一顿骂,我得连本带利讨回来,你不也瞧他不顺眼很久了吗?"

他这话说得,带了些特地给她出气的意思,言语间满是少年人的乖戾偏执。宛遥忍不住微微垂头,双颊露出两个梨涡。

项桓深知她此前的顾虑,笑道:"那会儿怕动了他惹人非议,如今咱们反都反了,也不必瞻前顾后。"

她瞪了个白眼过去:"我没那么记仇?"

项桓一脸无奈地看着,伸出手在宛遥的脑门儿上轻戳:"所以说你这过得才没意思。"最后又妥协道,"那总得出出气。"他继续拽着她的手腕疾步朝前走。

两人凭着记忆寻到了彭永明的住处,偌大的府邸内,仆婢、随从四散逃避,好些人顺手牵羊,拿了金银器皿,也无人去管。

院门尚在风中转动,发出"嘎吱"的声响。看上去里面并没有人,项桓在前面开路,还没进入屋内,只见得一个小厮瘫坐在地,神色空洞茫然,倚着墙止不住地轻轻发抖。

宛遥狐疑道:"他这是怎么了?"

项桓看到房中的景象，眼疾手快地捂住了宛遥的双目。

"项桓？"饶是什么没瞧见，她却能清楚地嗅到空气中那股令人作呕的腥味。

"没事了。"他低声说，"别去看，走吧。"

紫檀木雕成的架子床，鲜血浸透锦被，躺在其中的人血肉模糊，似乎尚在微弱地抽搐着。有那么一刻，项桓竟没能认出对方来。他搂着宛遥一路走出后院，身侧来来往往的人把原本奢靡的太守府搅得一团乱，名贵的盆景与茶花被弃如敝屣地摔在地上。

项桓："落得这个下场，也算他咎由自取。"

宛遥点点头："大概就是报应吧。"她深吸了口气，"但愿青玉姑娘在天有灵，可以就此安息了。"

青龙城留了其他将领驻守，余下的皆前往嵩州与季长川会合。

宛遥回到官驿，这边已经打算启程，她正要抬脚上车，项桓在一边牵着马，忽然过来拦住："今天不坐车了吧？"他不由分说地将人推到自己那匹新养的战马下。

宛遥不解地左右回头："又干吗？"

不知道是不是上一场仗让他纾解了心中郁气，少年今日似乎心情很不错："坐车多闷啊，你就陪我骑骑马呗。"

"嵩州那么远，怎么也要一两个时辰，马背上颠着太难受了，我不要骑。"她才抗议完，便被项桓拦腰一抱给递了上去，后者旋即踩着镫子纵身一跃，两手握着缰绳，稳稳当当地把她圈在怀中。

"项桓！"她朝他手背狠拍了两下以示愤怒。

对方倒是一脸无赖的样子在笑："别动别动，我这马烈着呢，一会儿把你甩下去可别怪我没提醒过你。"项桓在后面吓唬她。

宛遥侧头翻了个白眼："知道危险还叫我骑？"

他觍着脸："那不是让你和它熟悉熟悉，反正你以后也是要骑我的马的。"

"谁说的？"她很是鄙夷，"最不喜欢的就是跟着你骑马了，每次都疯跑……"

"你要不喜欢，大不了我骑慢点……来摸摸。"项桓引着她的手压到马鬃上去，"这匹白马毛色最纯，我找大将军足足要了一个月。"

胯下的骏马不耐烦地喷出个响鼻,晃了晃脑袋将他的手抖开。

洞开的城门,车与人往来如流水,到处能看见巡逻的虎豹骑士兵。

项桓带着宛遥甩下了后面装着行李的马车,不紧不慢地顺着官道一路北上。

一路上他竟扯些有的没的,却感觉怀里的姑娘有点心不在焉。项桓偷偷睇了她一眼,却好像知道她在想什么,也不很着急,无聊地拿下巴在她的脑袋上碰了碰,又碰了碰,最后挨了一下打才消停。他将头轻轻搁在她的颈窝:"你要觉得累,就靠我身上睡一会儿。"

宛遥偏头看了看他,倒也顺从地颔首,缩进他的怀里寻了个舒服的姿势窝着。

临近正午的时候,他们一行人才抵达嵩州城。

现如今总督、巡抚、知府,但凡五品以上的官员已全数被羁押,有见风使舵,肯投诚的。季长川没说留下重用,也没为难,只放任不管,而稍微倔强一点的硬骨头,基本都关入了大牢。

几处豪宅空了出来,正好给他们安置伤员。

距离攻城一战已过去了四五日,众人都有忙不完的事情,每日来嵩州的战俘也愈益增多,宛遥刚到大门外,便看到三五成群的奴隶拖家带口地堵在那里,台阶下站着的是一个面容英俊的青年,正好脾气地同前来的战俘们交代事情。据说攻城的当天,秦征带了三千人大开城门,投奔季长川麾下,现在随着各地的奴隶纷纷暴乱,队伍逐渐壮大,他也顺理成章地成了半个主将。

宛遥由项桓抱着下了马,路过秦征的身边时,也不便打扰,只略一施礼,秦征亦冲她感激地点点头。

总督的府宅是整个嵩州最大的建筑,进门绕过影壁,便有东西两个院落,陈文君提着裙子急匆匆向她跑来。

宛遥唤道:"陈姑娘。"

陈文君见到她跟见到亲人一样,欣喜不已,拉着她的手不肯放:"宛遥,他们说你也要来,我一开始还不信,想不到京城一别竟能在这里碰面,真是太好了。"

宛遥直到看见她才后知后觉地想起,之前秦征是曾经提过他们住在嵩州。

"你和秦大哥都住在这儿?"

陈文君十分开心地点头："原本我家在此地是有宅子的，不过季大将军说大家分散了不好照料，所以让我们搬过来了，其实我也才刚到不久。"

难得有个能说话的人，她黏在宛遥的身边不肯走，讲道："管事安排你住东院还是西院了？南边的宅子和北边的布局不大相同，夜里很容迷路，我带你过去吧，一会儿咱们出来逛一逛，熟悉一下。"

项桓在后面瞧着这两个姑娘久别重逢地絮叨了一串家长里短，他笑了笑，趁宛遥没留意，悄无声息地先离开了。

等放好包袱吃完午饭，天已经开始变黑。

陈文君和宛遥并肩走在总督府宽敞明朗的宅院内。

"事情发展到现在，其实也很出乎我的意料。"陈文君垂首，深深地吐出口气来，"秦征杀了人之后，我真觉得天要塌了。家中的男人伤的伤，病的病，因为舅舅我们又成了众矢之的，陛下的眼中钉。说实话，我做过最坏的打算……你知道的，像我们这样的人。"

陈文君看向宛遥："家道中落，无非是被嫁去做小妾，或者卖了充官妓，所以现在这样的结果对我而言虽然是前途未卜了些，但总好过坐以待毙。"

宛遥笑着一语道破："秦大哥待你很好。"

陈文君闻言沉默了一瞬，脸颊清晰地浮起淡淡的红色："是我们家对不起他。"

"我倒觉得未必。"宛遥慢条斯理道，"他那样狡猾的人，真想走早就走了，留住他的人其实是你，秦大哥是心甘愿受那些苦的。"

陈文君不置可否地轻轻抿唇："眼下父亲和弟弟都在病床之上，真希望他们也能借着养病的时间，放下对秦征的偏见。"

听她提起至亲，宛遥心中忽有一阵钝痛，隐约生出些羡慕来。

陈家尽管不复当初，但好歹她的父母兄弟都在身边，即便心上人反了当今皇帝，也不用担心会连累到家中亲人。

宛遥在内心深处叹了口气，她想，这场仗如今已经是开弓再无回头箭，自己只怕今生是没办法和爹娘再相认了，也不知将来的局势会怎样发展。

"对了。"陈文君没留意到她在走神，笑问，"你的那位小将军呢？"

宛遥好像现在才反应过来，项桓自从进了府邸，便凭空不见了。

陈文君声音轻轻柔柔的，说话却很直接："你们俩现在是有情人终成眷

属了吗？我看他很黏你啊。"

对项桓用上"黏"这个字，使宛遥倍感不适，她搓了搓小臂上的鸡皮疙瘩："没有那回事，还是老样子。"

言语之间，一个士兵模样的人飞快走上前向她二人问好。

"宛遥姑娘，我们项将军请您往大门口去一趟，说是有要紧之事。"

"找我？"她狐疑地与陈文君对视一眼。

此刻申时已过，长街上是一层蒙蒙的夜色，只零碎地有一两个过路人。宛遥刚走到灯笼下，耳边便听得车辚辘"嘎吱嘎吱"转动的动静，她一抬眼见项桓正驾着辆貌不惊人的马车慢悠悠而来。

"吁——"少年平稳地勒马停下车。

纵然夜色正浓，宛遥还是依稀看到他唇角扬起一抹笑，问道："你去哪里了？"

项桓朝她跑过来，身上带着寒风的冷气，却神采奕奕，有几分得意的意味："当然是去帮你办正事。"说完，眉峰一挑，让她往马车看，"瞧瞧我把谁给你带来了。"

宛遥迷惘地转头，车帘从里面被人掀开，一旁的随从扶着两个身形熟悉的人接连走出来。

上了年纪的长者约莫是怕冷，还披着件厚实的大氅，梳得整整齐齐的发髻间，几股银丝显而易见。在他抬起头的瞬间，宛遥的眼睛骤然就亮了："爹！"

算起来，她离开京城的日子其实还不到一年，但好像过去了有一生那么长。

她跑到马车边时，宛夫人的眼泪已经掉了下来："遥遥……"

宛遥拉着母亲的胳膊上下打量，心情五味杂陈，一时间竟说不清是喜是忧："娘。"

她瘦了，也苍老了，长久未面见的人更能清楚地看出容貌上的变化。

宛夫人顾不得擦眼角的泪水，伸手捧起女儿的脸，替她抹去满面湿意，浑浊的双目间雾蒙蒙的，噙着水汽。

"你这孩子，跑来这么远的地方也不和家里说一声，就留了封不清不楚的信！"饶是重逢欣喜，她仍旧含泪薄责，"每回寄来的平安信，还将地址捂得那样紧，是要让我和你爹急死吗？"

两位老人比之从前明显憔悴了许多，眉宇夹杂沧桑。

宛遥不得不内疚心酸地低下头："对不起，是我不孝，是我不好。我该早点回家的，害你们担心那么久。"

宛夫人毕竟心疼女儿，抱怨两三句后，还是关心她的情况："在外面吃了很多苦吧？受委屈没有？听说南边打了好几次仗呢，没伤着你吧？"

宛遥只能老老实实地摇头。

母女俩在叙旧，而宛延一直冷着脸未发一语，站在旁边充当一块铁青的人形巨石，他倒不是现在才脸色这么差，而是一路上都沉默得可怕。

项桓笑得十分讨好，恭恭敬敬地朝他作揖："岳丈。"

"放屁！"宛延一开口就语出惊人，他嘴角的筋肉微抽，"谁是你岳丈？药可以乱吃，话不能乱讲，我与你非亲非故，可别随便认亲戚！"

对面的少年依然笑得一副不疼不痒的样子："岳丈消消气，一会儿我自罚三杯给您赔罪。"

"免了，我受不起！"他大手一挥。

"爹……"宛遥见他实在气得不轻，也只好小声试探性地问，"我此前寄去的那封和项桓有关的信，您收到了吗？"

宛夫人似乎正要回答，她爹却立马矢口否认："没有！"甚至连眼皮都不曾抬一下，"这年头兵荒马乱的，谁知道是不是在路上丢失了？"

这番解释反而听得有点此地无银三百两，宛遥闹不明白他大发雷霆背后的原因，于是小心翼翼地悄声去询问她娘："爹他不高兴是因为我吗？"

尽管压低了声音，宛延还是敏锐地捕捉到了，当即炸毛："你还好意思问？"

他伸手一指，正对着项桓的位置，却也不看他，只冲着宛遥说："离家出走就为了这么个臭小子，他有什么好的，值得你这么掏心掏肺？连爹娘都不要了！"

后者被他训得简直能缩进地缝里去，眼见父亲顿了片刻，才敢开口："我其实一开始没打算待那么长时间的，谁能想袁……"

"你还替他说话！"宛延一出声便将宛遥的声音压了下去，"知不知道这小子都干了些什么？"

她闻言，觉得这话里另有隐情，茫然且不解："什么？"

提起这个宛延就是一肚子气。那约莫是在半月前,他每次去朝会时总能听到点有关南境的风言风语,书房里的信件攒了一匣子,最近的那封才隐约透露出闺女在南边的消息。

宛延心事重重地下朝回家,轿子在偏门落下,人刚钻出来,便听到附近两个闲汉在摆谈。

"近来的米价是越来越贵了,依我看趁现在风平浪静,不如多屯点,等往后打起仗来,拿着钱恐怕都没地儿买。"

另一个人好奇:"边境打仗那么久了,不是向来对京师没什么影响吗?"

"你还不知道呢?"他说,"季大将军怕是要反啦,这可不比从前小打小闹的,只怕得乱上好一阵子。"

"你从哪儿听来的谣言啊?"

"怎么能是谣言?我去过会州,亲眼所见。"

"会州"两个字让宛延的耳朵不自觉立了起来,他在角门口一顿,听到点只言片语。

"季将军还有他那三个得力干将全在呢,成日里忙着操练兵马,知情的百姓都说陛下吝惜粮草,逼得大军走投无路,多半是要谋反……"

宛延回到自己房中愈发坐立不安,对方既然说是三个得力干将,他笃定项桓必然在其中,左思右想放不下,于是悄悄摸出府,打算找那两个闲汉问个清楚。

谁承想他才到巷子里,后面兜头一张布袋把他罩了个结实。

他惊慌失措地挣扎大喊:"你们干什么?光天化日之下竟敢做出这种勾当!我可是朝廷命官,你们就不怕……"话还没说完,脖颈后吃了个手刀便晕了过去。

等宛延再度苏醒,人已经在前往嵩州的马车上了。

被逼当反贼和心甘情愿当反贼是截然不同的两种心情,故而这位老御史几乎生了一路的闷气,可想而知,别说项桓现在叫他岳丈,哪怕跪下叫爹他也不会有半分动容。

少年好似不明白他因何而恼,在对面替自己辩解道:"我也是为了你着想,两军开战,立场各异,倘若敌方得知你是我丈人,那时候不止你,连夫人都得一起遭殃。如今,趁着还没打起来先把您老人家送出城,等再过几天,说不定整个宛府已经被监视得滴水不漏。"末了,他还很是占理的样子,"你看,我虽然没提前知会你,但所有的金银细软可都没少拿,银票都赶着去换了。"

"你!"宛延险些被他气出一口血。

宛遥急忙在旁边给项桓使眼色,让他少说两句。

就在场面闹得一团僵时,季长川正好闻讯而来,这简直是颗令人喜极而泣的救星。

宛延虽然恼恨项桓,但季长川的面子不能不给,好容易把一股恶气咽下去,整理好袖袍,恭敬地朝他长揖:"季大将军。"

季长川伸手去扶他:"宛老先生客气,如今已不是在长安,就不必拘那些虚礼了。长途跋涉想来辛苦,屋内已备好饭食汤水,先生且进去用点热乎的饭食吧。"

对方盛情邀请,宛延难以推却,只好先消了气,在闺女的搀扶之下跟着走进府邸,视线同远处恰好赶来的项南天对上了,旋即倨傲地别了开去。

姑且不论宛延是宛遥的父亲,有魏帝朝中的官员弃暗投明,对于他们这支打着"义"字旗的军队而言也是十分有利的。

知道宛家两口子对项桓有一肚子成见,晚饭理所应当地排除了他。他倒也没所谓,在院中练了一会儿枪,等侍从陆续端走了饭菜,这才去厨房捡起剩下的几个馒头,独自抱着雪牙枪坐在廊下慢腾腾地啃。

宛遥提着灯走到栏杆边,少年的背影有点孤单,银色的枪杆反射出一缕微光,项桓叼着馒头一扭身,看见是她,还有几分意外:"你怎么来了?"他把嘴里的半个馒头摘下,眼中显而易见地有些欣喜,一边往旁边腾位置,一边酸溜溜地说道:"将军请你们吃大餐了吧?可怜我啊,只能在这儿啃馍馍。"

宛遥把灯放在了脚边,像是知道某人故意卖惨似的,歪头凑上前去,秀眉轻挑着一笑:"我一会儿给你煮莲蓉汤圆吃怎么样?"

少年垂眸睇她:"你说的?"

"嗯,我说的。"宛遥顿了一下,放慢语速,"所以呢,等下去向我爹道个歉吧?"

项桓恶趣味地将馒头捏出两个酒窝来,替自己鸣不平:"我是真为了他好。你以为杨岂他们是什么好人吗?连给人吃毒药这种事都做得出来,到时候还不拿你爹当盾牌,挂在城墙上要挟我啊?"

475

"我知道,我知道……"宛遥去拉他的胳膊,"但是你也清楚我爹那个脾气,和你爹一模一样,不多给他几道台阶,他不会下来的。"

项桓掀了掀眼皮:"他对我那么有成见,我说什么也没用。"

"我爹只是好面子,其实人很好哄的,你这回的确做得太粗暴了点,但怎么也占理,多讲几句软话他肯定会原谅你……"

见他没反应,宛遥牵着项桓衣摆拽了拽:"走吧。"她站起身,拖着他手臂重复道,"走吧,这也是季将军的意思。"

项桓一开始还有所抗拒,让宛遥扯了两下,到底还是不情不愿地站了起来。

少年懒懒散散地被她牵着走了一段距离,然后又停下脚,垂眸看着宛遥,简单直白伸出食指,在她的脸颊上点了点,一副让她自己会意的神情。

宛遥又是鄙夷又是好笑地睇他了一眼,到底还是踮起脚,凑过去亲了一下。

蜻蜓点水的吻,忽然靠近的呼吸一丝一缕萦绕在耳边。

"现在可以了吧,大将军?"

勉强算是得到点好处了,项桓这才肯慢条斯理地跟着她去偏厅。

彼时,项南天和季长川都在厅中坐着喝茶,看情形这几位是开始饭后闲谈了。

项桓礼数周到地上前,颇为恭敬地朝宛延作揖:"宛老爷。"他刻意收敛言辞,"晚辈此前行事过于鲁莽,若有得罪之处,还望宛老爷您大人不记小人过,不要同我一般见识。"

以他的性格,道歉话说到这个份儿上很难得了。

宛延看着他的眼神仍旧带了几分不满,勉为其难地皱着眉头:"看在季将军的面子,我可以原谅你。你也老大不小的人了,到底是一军主将,往后做事多注意着分寸,别那么毛毛躁躁的。"

"晚辈多谢老先生教诲,必定铭记于心。"没想到他会这么好说话,项桓暗暗地松了口气,正要行个礼准备开溜,对方却不紧不慢地补充道:"不过,一码归一码,宛遥我是不可能让她嫁到你们项家来的,此事你就不用想了。"

宛遥明显看见他眼中的那抹光彩逐渐暗下去,脸色阴沉。

项桓就知道他没那么容易善罢甘休,后牙轻轻地磨了磨,问:"为什么?

她跟着我怎么了？我又不会欺负她。"

对方一副不讲道理的语气："没有为什么。她是我闺女，自古婚嫁遵循的皆是'父母之命，媒妁之言'，我们宛家要选怎样的女婿那是我们的事，还轮不到你做主。"

宛遥："爹……"

宛延打断道："你别插嘴，回头再跟你算账！"说完便十分严肃地端起架子，"早些时候她不在我身边也就罢了，如今既然我们一家团聚，我这个当爹的不能不管。嵩州虽不及京城繁华，但有的是青年才俊，过一阵我会安排媒人说亲，就不劳烦项二公子操心了。"

这话题好像越说越离谱。

宛遥只好抬眼往在座的人身上扫去，而项南天无动于衷地在喝茶，季长川事不关己地看热闹，就连她娘也作壁上观，居然没一个打圆场的！

项桓多多少少看出来宛延此举大半是为了恶心自己，他早先的耐性到现在已耗得所剩无几，于是将宛遥拽到自己跟前："那可不行，她已经是我的人了，这辈子都是我的，不论嫁给谁我都要抢回来！"

若说宛延先前的情绪还算平静，此刻骤然便暴跳如雷："你说什么？"

宛遥的面颊翻涌着潮红，恼羞成怒地去踩他："你在说什么啊！"

她语无伦次地跟一众长辈解释："没有没有，不要听他瞎说，没有的事。"继而咬着牙压低声音向项桓控诉，"咱们刚刚不是讲好的吗？你怎么又乱来……"

项桓辩解道："是他先乱来的。"

季长川一杯清茶终于品得差不多了，轻咳一声出面调停："小桓。"他悠悠道，"事关姑娘家的清誉，不要开这种玩笑。"

项桓侧开脸不吭声。

"清官难断家务事，二位的矛盾，我是插手不了的。不过……"只见他把杯子一放，轻描淡写地开口，"擅自调动士兵前往京城接人，我不管你是救还是抢，违背军令得按规矩处置。"

面前的少年满眼诧异地望向他："我那也是因为……"

"三十军棍。"季长川伸出三根指头，"再罚俸一个月，不过鉴于你此前就已经欠我不少银两，这两个月便老老实实替我巡夜吧，权当抵债。"

偏偏项南天还不疼不痒地跟着附和："将军既已开口，还不下去领罚？"

项桓此刻才后知后觉地意识到这是场胳膊肘集体往外拐的鸿门宴，瞬间感到上了当，只得认栽地抱拳告辞："属下领命。"

虎豹骑的军棍向来打得实惠，三十下军棍够他皮开肉绽。

项桓大半夜扶着腰从军营一路走回房，感觉自己就快半身不遂了，宛延居然来这么狠的，他登时觉得宛遥那个如蜻蜓点水一般的吻已经不够抵偿，至少还得再加两个正儿八经的吻！

他把门一推，蹒跚地摸到床边。刚习惯性坐下，那股疼痛便激得人瞬间清醒，直接蹦了起来。

项桓感慨地咬了咬牙，从床下胡乱翻出几瓶药酒，脱去衣服。

没有外人的时候，他素来喜爱不穿里衣睡觉，眼下躺着睡显然不可能了，只好上床趴着。

随便往伤处抹了两把，项桓抖开被子还没来得及盖上，虚掩着的门毫无征兆地被人敲开。宛遥手里还托着一堆药油，抬头险些把自己吓个半死。

四目相对，各自惊恐。

她想去捂眼睛，可怀中的托盘还在，一阵手忙脚乱，全看完了才想着转过身避嫌。

"你……怎么又不穿衣服！"

对面的项桓也没比她好到哪儿去，慌里慌张地拽过被衾捂严实，反倒质问："你进来不敲门的？"

宛遥急得直咬嘴唇，后悔不已地闭上眼："我敲了啊，谁让你不关紧，一敲就开了……"

他摸到床头的裤子拽进被窝里，忍着伤往腿上套，同时还不忘抬头留意宛遥的动静，提醒道："你……先别转过来，我还没穿好。"

宛遥当然不会转过去，捧着装有药瓶的托盘，脸微微泛红，依然催促："那你还不赶紧换！"

项桓的这个老毛病害她吃亏也不是头一回了。

小的时候母亲就常常带她去项府串门儿，一来二去，府上的仆从几乎都混熟了，偶尔不必有大人随行，只她一个人，小厮侍女们也都知道把人往何处引。

那会儿宛遥大概才九岁，宛夫人正在前厅和几位女眷交谈，她绕到后院找洒扫的仆役打听项桓。

"二公子啊？"后者随口就说，"他还在房里呢，昨晚上练了一宿的枪，大概正睡着。"

宛遥想都没想，自然而然地顺着路摸到项桓的住处。她无聊了好几天，想拉他一起出去放风筝，因为再过一段时间，可能就没有那么大的风了。

彼时正是春夏交替的季节，天气半冷不热，少年的房门虚掩着，她站在外面，两手拢在胸前小心翼翼地唤了几声。

屋里无人回应。

宛遥于是试着探出手去，轻轻一推，小木门"嘎吱"一声开了，床就在左侧，前面没摆屏风，少年四仰八叉的睡姿大喇喇地展现在她的视线中。

尽管身板还未曾长开，但经年练武的习惯已经让他的臂膀和小腹隐隐生出了结实的肌肉。

那是宛遥生平第一次看见男孩子光着身子的样子，尽管只是上半身和露在被子外的一条腿，但也足以颠覆她的认知。

她站在原地发了好一会儿的呆，先是不知所措，惶恐失色地惊叫了一声，随后就哭着跑出去了。项桓被莫名其妙地吵醒，险些给吓得翻到了床底下，他揉着凌乱的头发茫然且无辜地打量周围，像是没明白发生了什么。

宛遥记得之后自己跑到她娘跟前毫无头绪地大哭了一回，宛夫人与一干项家女眷在旁磨破了嘴皮子也没问出个究竟来，无论说什么，小姑娘都只是不停地摇头。

于是最后项南天出面，简单粗暴地把一切归咎于项桓身上，抄起鞭子追着他打了一下午，倒是让他被抽得一肚子冤屈没处诉。

"行了。"宛遥回神时，他正好出声。

项桓的臀部敷了药，他没法正常躺着，只能抱着个枕头趴在那儿，勉强理好了被子，上衣索性也就不穿了，颔首让她转过来。

女孩子的脸色并不好看，方才一折腾，托盘里的药瓶子全倒了，横七竖八的。宛遥重重地把托盘往床头一搁，显然带着点恼意。

项桓笑得没脸没皮，支起头瞧她："我也不是故意的，干吗把嘴巴撅得这么高啊。"

479

"每次都这样！"宛遥看上去像是生气了，"不能好好穿衣服吗？"

"哪有每次，顶多就一次两次，三次四次……"他微微地翻了个身，"再说了，是你自己撞上来的，不能怪我吧？"

宛遥抿着嘴没理他，弯腰整理药瓶子。

她佯装冷漠却不影响某人的厚脸皮，哪怕后面火辣辣地疼还不忘挪到床边来调侃："你上回不也被我看了吗，今天权当让你看回来，咱们俩扯平。我这不仅能看，还给摸，要不要试一下？"说着，他把被衾一掀，露出胸前伤疤纵横的肌肉。

宛遥终于被他的厚颜无耻给气笑了，抬手往项桓的背上打了一下。她的手劲其实不重，但不偏不倚正好碰到他伤口附近，后者咬着牙深深抽了口凉气。

宛遥明显被他这反应吓到了，手足无措地站起来，想去检查又觉得不合适，手指来来回回地悬在半空中纠结，关切道："很疼吗？你擦药了没？"

项桓用力抱住怀中的软枕，抬眸瞥了她一眼："三十军棍，你说疼不疼？"他是似而非地抱怨道，"你爹真够意思，见面便送我这么一份大礼，亏得你还帮着他整我。"

宛遥听着心里也有些内疚，小声地反驳："没有，我也不知道他们会这样的。"于是安抚般地去摸了摸他的头，"不过，将军此举多少算是用苦肉计给了我爹一个面子，说不准借此机会他就消气了呢？"

"所以我活该白挨打啊？明明是将军自己隐晦地授意我可以调兵去把京城的亲眷接回来的。"少年为自己打抱不平，"一到关键时刻就出卖战友……"

宛遥见他这个样子，不由轻轻一笑，倒了杯茶水递过来："让你平日里老给他扯烂摊子收拾，现在遭报应了吧。"

她的眼角弯成一道好看的弧度，笑的时候眸子里仿若有星辰闪动。

项桓一路看着宛遥把自己的空杯子接过去，正准备起身放好，他不知怎么地，忽然生出些捉弄的念头，动作极快，一探手搂住她的胳膊和腰肢，径直将人揽入被衾，牢牢圈在怀里。

宛遥被他这么一下给抱蒙了，好半天才想起来挣扎，一双耳朵红得特别快："你、你干吗？"

少年支着手撑在她的脸颊边，精壮的躯体悬在上面，周身的温度像是能驱散初春的寒意，阳刚的气息里有药酒的苦味。项桓扬起嘴角，居高临下瞧着她，一脸不怀好意的样子："我能干吗？不都说'父债子还'吗？你爹把我打成这样了，你不表示表示？"

心里有不太好的预感，她明知故问地小声道："表示什么？"

他挑挑眉，不答反问："你说表示什么？"

"不行，"不论真假，宛遥还是对他这话心有余悸，双手缩在胸前戒备地想躲开，义正词严，"这是……这是成亲之后才能做的事情！"

项桓听得笑了，不讲道理地低下头："那简单啊，咱们可以现在就成亲。"说着作势便要去吻她的颈窝。

对方蛮横的力道不似作假，宛遥惊魂未定，又让他压得起不了身，只能慌张地缩起脖子用手去捂脸。他故意用力捏住她的手腕拉开，一副嚣张的神情，俯身便要上前。

宛遥急忙胆战心惊地闭紧眼睛，脑子里正纠结着要不要呼救，脖颈处突然传来一股痛觉，他虎牙生得锐利，咬在肌肤间的疼痛感立竿见影，记忆似乎回到很久之前在某个山寨时的场景。

她龇牙倒抽了口凉气，而视线中少年带了几分得逞的笑："逗你玩的，看你这没出息的样子。你也不想想我伤到哪儿了，怎么可能有力气。"

宛遥后知后觉地意识到自己被他耍了，脸颊一阵红一阵白，很是精彩。"项桓！"她气急败坏地掰开他的脑袋，"你讨不讨厌啊！"

看着项桓没心没肺的表情，宛遥翻起白眼愤愤道："我要回去了。"说完便想起身。

眼见是真生气了，项桓急忙横过手臂挡在她的面前："我就开个玩笑。"他好歹是老实地躺着，"你再陪我说会儿话吧，大将军把巡夜的苦差丢给了我，从明天起咱们俩可就没什么机会再碰面了。"

宛遥气还没全消，听着只觉半真半假："你都挨了三十棍，还要巡营？"

"那当然，三十棍算得了什么？"项桓懒洋洋地在她枕边撑着头，"你别看大将军人好说话，治军很严厉的，再说，我们现在人手又不太够，就是带伤也得上阵。"

她若有所思："如今除了嵩州，附近的州县都派了一部分虎豹骑去驻守吧？上回打仗就损失了不少人，你们营中还吃得消吗？"

"当然是青黄不接。"项桓调整了一下姿势,以便跟她说话,"趁着这段时间休养生息,多半得到处征兵了,接下来的操练和征粮都不是小事,反正有得忙。"

宛遥边听边点头。

"所以呢,你在家记得晚上做点好吃的留给我。"他另一只手搭在她身上,两指夹起一缕头发在手里玩,"还有你爹,总得把咱们成亲的事定下来。"

她"嗯"了一下:"那明天我去问问我娘,她至少没反对。"

项桓沉吟着开始盘算:"但是这会儿暂居嵩州,成婚又不能没新房,你说要不要在城里置办一座宅子?"

"不要了吧。"宛遥犹犹豫豫的,"这个节骨眼上大张旗鼓的不太好……"

"那也不能随便,反正嵩州这小地方待不久,赶明儿我打下一个更好的城,再买一座宅子送给你。"

屋内一直有说话的声音。

项南天站在院外,负手在后,勾着腰静静地听了半晌,这才略微放心地直起身,十分庆幸地挑眉暗想:我儿子也没吃亏。

他慢条斯理地走回房,自家那个倒霉闺女便窜了过来。每每见过了宛遥,再面对项圆圆时,项南天总会不由自主地反思起自己教育孩子的过失。

"爹!"她义愤填膺地站在门口,"听说我哥被宛家人打了,丢人不能丢气势,咱们是不是得去给他撑场子呀?"俨然是看热闹不嫌事儿大的语气。

项南天不甚在意地端起茶壶倒水:"用不着。"他慢悠悠地饮了一口茶,"我看你哥过得挺好的。"

第十四章 兵变

初春的嵩州是一派欣欣向荣的景象。除了街上巡逻的士兵要比往常多一些以外，百姓们倒没觉得州城易主对自身有什么太大的影响。

季长川是出了名的治军有方，即便传出许多关于他此次起义反魏的流言蜚语，但虎豹骑毕竟没做出什么伤天害理的事情，日子一久，城内的居民也就睁一只眼闭一只眼了。

在南境这种时常兵戈四起的地方，高高在上的魏主对于他们而言其实并没有多少存在感，反倒是成日仗势欺人的达官显贵令人生厌，哪怕总督跟巡抚双双下狱，也不见有谁站出来替他们喊冤。凭祥关剩余的威武军隔着一道平原与他们遥遥对峙。

对方大概也很忌惮，除了刚夺下嵩州之后小打小闹过几场，双方都按兵不动。

季长川接手了嵩州附近三五个像样的大城镇，迅速开了粮仓和银库，先是把兵营中幸存的万余名伤员医治妥当，再向周边以重金田地为酬大肆征兵。

项桓甚少深入边境的城郭，不知是不是大家穷怕了，几日下来报名入伍的新兵数量竟非常可观，且大部分是些头脑简单、四肢发达的老实农民，确实是天生为打群架准备的好人选。

和有钱人家不同，许多百姓守着那一亩三分地过日子，比起国家大事，良田美宅或许更让人动心。

这段时间军营中排得上号的将军全被调去操练新兵了，而项桓被罚了两个月的巡夜，几乎是早出晚归，许多时候连饭都顾不得吃，匆匆睡一觉便得出门。难得能有一天早上晚起半个时辰，他一边系软甲的带子，一边快步朝前厅走，想着能蹭口热乎的饭吃。

大宅子里住着的人杂，男女老幼，年龄各不相同。到底是一群大老粗当家，早饭摆得颇为随意，下人们只按人头煮好饭食，要吃什么自取，有不方便想在自己屋里用饭的，也可命人知会一声，再单独另做，颇有些军营里的作风。

项桓一进去，就看见宛家两口子也在里面，宛延正慢条斯理地坐在前面悠悠喝粥。他瞥了对方一眼，本着敌不犯我、我不犯敌的原则，挑了个离他最远的地方落座。

余飞正在项桓对面坐着，见状抬脚在下头踢了踢他："你今儿怎么得空吃饭？"

"我和游参领换班了。"喝了两口白粥，项桓还是忍不住去瞅宛延，然而老岳丈根本连看也不看他，一副士族风范，愣是把馒头吃出了山珍佳肴的味道。

"项桓。"宛遥端着一屉热腾腾的小蒸笼快步进来，她的脸上被熏出了酡色，瞧着满面红光，很有精神。

蒸笼一共有上下两屉，宛遥走得有些急，兴冲冲地摆在他的手边："我特地去厨房给你做了流沙包，尝尝看。"盖子刚打开，一股奶香味便扑鼻而来。

余飞也不禁馋出一嘴的口水，无比艳羡地想，有个会做饭的媳妇可是真有福。

项桓轻嗅完，扬眉赞了一句："这么香？"

宛遥笑着催促："刚出锅的，快趁热吃。"

流沙包的馅儿有蛋黄与牛乳融合的口感，项桓爱吃咸蛋黄，他对宛遥的手艺一向有信心，正伸手要去拿，听到前边儿宛延不轻不重地咳嗽了一声。他咳完却也不说话，只意味不明地把碗勺放下。

两个人动作一僵，面面相觑地对视了片刻，宛遥率先做出反应，悄悄给项桓打个眼色，抽出上面那层。

"爹，这六个是专门给您做的，味道没有那么甜，正适合您的口味。"她忙示好地端过去，特地取筷子给他恭敬地摆整齐。

宛延仍旧没什么表示，不咸不淡地"嗯"了一句，再次举箸开始用饭。

眼见是把他的嘴堵住了，宛遥才轻手轻脚地走回项桓的身边，小声示意他赶紧吃。后者刚夹起一块，没等放进口中，那老年人独有的咳嗽声又响了起来，似乎还变本加厉，每一声都带着毫不掩饰的不满情绪。

项桓顿时少了大半胃口，包子悬在半空，他缓缓合拢嘴，朝对方望去。

这下连宛遥也觉得尴尬，直起身为难道："爹，这东西甜得很，你吃多了不太好。"

然而宛延不管这些，边咀嚼边不为所动地清了清嗓子，大有把自己咳成痨病的架势。

宛遥左右为难地站在那里，看看她爹再看看项桓，两张脸神情各异，她想着此前害二老担忧了大半年，心头多少有愧，只好抱歉地去拉项桓的衣角。

少年索性把头扭到一边去了，捧起稀粥发狠地喝。

这下一整笼的流沙包都搁在了宛延的跟前，然而他还不算完，约莫是尝到了甜头，专盯着项桓的筷子。他吃包子，他也咳；他夹糕点，他也咳；就连碰几根油条也咳个没完。

宛遥瞧见项桓的额头上的青筋都蹦出来了，只能在桌下不停地摁住他的手，悄声道："你冷静点，冷静点，晚上我给你炖排骨，不然烧蹄髈？做糖醋鱼吃怎么样？"

余飞不动声色地捏着包子边吃边围观，不由感慨：媳妇再好，有个难伺候的岳丈也是惨啊！

项桓就着咸菜三两下灌完了粥，终于在一片咳嗽声中把碗一推，起身走了。

曲折悠长的回廊间，少年步伐极快，脚下几乎能生风，手甩得连袖摆都能传出他心底的怨气。

宛遥提着裙子在后面，要小跑起来才能勉强跟上："项桓，你等等我。"然而对方像是压根没听见，就是不等她。

宛遥伸出手，总算够到他的胳膊，拉着人停下来："你别走那么快……"

项桓吃了一肚子的憋屈，转过身，略有不满："你都不帮我，还向着他！"

宛遥小心翼翼地解释道："他毕竟是我爹，我总不能跟他对着干啊。"

他脱口而出："那我还是你的……"想了想似乎还不是，于是不耐烦地摆手，"算了算了。"

知道他在父亲面前受委屈了，宛遥忙示好地去牵他的手："你不要生气……"

"你爹显然是不打算让我好好吃饭！"项桓话是这么说，手倒也没甩开，"你看他都咳成什么样儿了，我才吃几口啊？"

项桓过会儿还要去操练，宛遥知道他素来吃得多，撑不了这么久。

"那你饿不饿？我再去厨房给你下碗面垫垫肚子。"

"不饿。"项桓板着脸不痛快，"气都气饱了！"

这最后的法子也不奏效，她束手无策地在旁边眼巴巴儿地盯了他半天，忽然踮脚凑到他的下巴上飞快啄了一下。

少年眉宇间有片刻的迟钝，旋即不为所动地抱怀侧了侧身，不近人情地说道："我告诉你，你现在亲脸也没用，我可不是那么好说话的人。"

宛遥闻言发愁且茫然地抿抿唇，只好低头绞尽脑汁地想对策。

四周的气氛僵硬着无人吭声，项桓正兀自生着闷气，脖颈冷不丁让她两手往下一扳，女孩子温软的唇瓣毫无防备地贴上来，动作轻缓地吻着他的嘴角，甜而不腻的呼吸溢满了他所有的感官。

宛遥很少主动，项桓愣了好一阵，心跳无法控制地开始加快。

那双触手可及的眸子是闭着的，长睫如羽，微微扇动。

他这才将眼睛轻轻闭上，不自觉去含她的唇，辗转摩挲，最后得寸进尺地把舌尖伸进去。怀里的姑娘难得配合，尽可能地靠过来去迎合自己。

她嘴里有柔软湿润的触感，唇齿间不经意的碰撞让二人的手臂上都生出一层战栗的鸡皮疙瘩。那是一种极其陌生的悸动，项桓甚至忍不住沉浸于这样的美好来。

宛遥倚在他的胸膛上，能清晰地听到少年胸腔里狂躁的心跳，耳畔有吮吸亲吻的声音，指尖和头顶紧跟着发麻，各自的喘息都显得急切而短促，揽在腰间的臂膀收得越来越紧，越来越紧，像是要将她摁进怀中。

宛遥从没和项桓这样接吻过，抱着他脖颈的两只手隐隐颤抖。

她才发现他其实也没有看上去那么不可一世，尽管已经不是第一次了，也忍不住要紧张……

回廊上人来人往，很快，不远处便隐隐传出脚步声，宛遥没他那么厚脸皮，率先意识到危机，惊慌失措地打着他后背让他放开。

少年终于松开她的唇，倒是有些遗憾地发出声轻叹，随即反应迅速地闪身，将胸前的姑娘揽到红木柱之后，探头留意着园中的动静。

宛遥趁此时机一头扎进他的胸怀平复心情。她终究是女孩子，每每会感到无所适从。

三两个打扫的仆役拎着扫帚有说有笑地走过。一直等人走远，项桓方才收回视线。

宛遥已经把头抬起来了，一张脸带着点不明显的红，故意问他："现在还生不生气了？"

问得倒像是自己占便宜了一样，不过转念一想，也的确是他占便宜了。项桓莫名地不自在，用手摸了摸发红的耳垂。

她从腰间的小包里取出一块油纸裹好的饼："看我还给你留了肉夹馍，要不要吃？"

项桓垂眸盯着她，在是否为五斗米折腰之间徘徊辗转，最后实诚地张开嘴。

宛遥颇为默契地把饼子塞了进去，少年大口咬去一半，有滋有味地吃完。

嵩州城外的校场上，新兵营刚刚结束了半天的操练，士兵们有继续练习骑射的，有围聚在武器架旁休息的，满场皆是厉兵秣马的景象。

项桓正坐在演武台下，拎着水囊满头大汗地看面前正在持戟互相切磋的新兵们，不时灌上两口水。

虽然接手了附近的城池，但他们是真不敢用朝廷的驻兵，兵油子一大堆不说，其中偷奸耍滑的还不少，索性便就地解散。

季长川与虎豹骑兵变反魏之事已经传入京城，迟早会有大军前来围剿，他们得赶在那之前把军队训练成型，好应对随时会来临的战争。

余飞同宇文钧刚忙完，肩并肩从对面走过来。

"小桓，怎么一个人坐在这儿？"

台下的这一方石阶够大，刚好能让他们仨人挤一挤。

"今天晚上将军请客吃烤羊羔。"余大头不客气地把项桓手里的水囊一抢，兀自喝了一口，故意调侃道，"我知道你又得巡夜了，要不要咱们给你留半只羊？这年头这地方，烤羊可不容易吃到啊。"

对方明显是来炫耀的，项桓白他一眼，把自己的水夺回，骂了句："滚，大将军已经撤了我巡夜的任务，不过你们爱吃不吃，我没兴趣。"

余大头不怀好意地拿手肘捅捅他，明知故问地说道："干吗那么大脾气？听说你在家被你老丈人压着打啊。"他感叹，"你也太惨了吧。"这语气是看热闹不嫌事儿大。

宇文钧使了个眼色让他少说两句："宛老先生只是火气没消。"随即又冲项桓宽慰道，"没事的小桓，这一阵子过去就好了。"

少年漫不经心地应了一声，只将水囊的塞子一下拔开一下塞进去，也不知在想什么。

余飞同宇文钧隔着项桓的手对视，他歪脑筋动得极快，凑上前意味深长地开口："喂，咱们不能老输给他啊，你一日不反击他便一日不得消停，你说是吧？"

后者闻言终于一脸怀疑地朝旁斜眼。

项桓眉峰一挑，像是咂摸出点什么来："那我该什么做？"

余大头以手掩口在他的耳边低语，讲得挺神秘，最后连宇文钧都偏头听了听。

初春的夜里有种月凉如水的意境，清辉铺在安静的花园中，除此之外，这附近唯一的光源便是不远处长廊下的灯笼了，朦朦胧胧的，像话本里常写的山精妖怪的宅邸。

大将军请客吃烤羊，府内的人几乎走了一半，唯有宛遥和项桓在青石小径上散步，花丛间闪着两道身影，正有一搭没一搭地说话。

"大家都去凑热闹了，你怎么还留在这儿啊？"

少年牵着她的手来回晃悠："知道你不喜欢吃羊肉，我若是去了，不就没人陪你了吗？"

宛遥随意踢开脚边的石子儿，也不看他："谁说我没人陪？还有陈姑娘和淮生呢。"

"啊，是吗？"项桓把手指一松，作势便要转身，"那我可走了。"

这人委实半点面子也不给，说走就走，动作何其利落。

宛遥从后面拉住他的袖子，简直给气笑了："回来。你怎么都不犹豫一下的？"

少年懒洋洋地站在那儿瞧她，一脸早已看透的神情："所以说你们女人啊，就喜欢口是心非，明明就想我陪你。"

在这种事上宛遥还是颇有骨气的,当下把他的手甩开了:"我没有啊。"

项桓挑起眉,伸出食指威胁道:"你还敢说?"

"就是没有。"

"再说?"

从这语气里先嗅出了不好的味道,她拔腿便要跑,半路让他给拽住了,项桓还没出手,宛遥已经有预感他下一步要做什么了,毕竟有上回被挠痒痒的经历,她直接一蹲,缩在地上不肯起,俨然是耍赖的架势。后者全然没料到她会有这样的反应,弯腰站在那儿,看她把自己卷成个球,终于笑出声:"你干什么,我还没挠呢!"

宛遥抱着膝盖固执道:"你总要挠的。"

项桓好笑:"好了好了,我不动你,你先起来。"

大概是深谙对方惯常说一套做一套的行事风格,她不相信:"又想骗我,我一起身你肯定变卦。"

"这次绝对不会。"没见她怕成这样的,少年又是想笑又是无计可施,只好伸出手指来对天发誓,"我若骗你,今后打仗场场必输,天天被人踩马下践踏摩擦,遗臭万年。"

尽管听着奇怪,但对他而言的确算是毒誓了。

项桓拿指尖去钩了钩女孩儿乌黑的青丝:"姑奶奶,现在行了吧。"

宛遥这才勉为其难地把脑袋一偏,带了些怀疑地瞪了瞪他,抿起嘴角将手递了过去。

后者一把拉她站起来。

刚刚那么一折腾,发髻全乱了,宛遥伸手去摘发簪,嫌弃地瞪他:"都怪你,我头发都散了。"

项桓认错态度非常端正:"好好好,怪我怪我,来,我帮你弄。"

此时,回廊上同样没去吃羊羔子的宛延正背着手闲庭信步,隔得不远便看见此情此景,他一愣,原本是想张嘴呵斥,又不知为何身体却本能地闪到了花树之后,小心而谨慎地探头张望。

项桓是面朝这个方向的,他何等敏锐,几乎在对方出现的瞬间就觉察到了,正替宛遥打理着耳边的碎发,眼珠一转,忽然说:"宛遥,把头抬起来。"

后者不明所以,自然而然地听他的话,一扬下巴,少年俯身便亲上了她

的唇，唇瓣相贴。

宛延万万没想到会目睹这般画面，在树后险些原地起跳，他勃然大怒地用手捶树，刚想冲出去却又觉得让小辈发现自己偷窥是件丢脸的事，内心起伏良久，最后只能把自己气成一个七窍生烟的香炉。

宛遥让他亲得有点莫名，不过想着周围也没人，便挺老实地由项桓磨磨蹭蹭地吻了半天。

宛延阴沉着脸，面无表情地紧盯着不远处那头拱自家白菜的猪，只觉得之前找的麻烦都太轻了，三十军棍算什么，应该打三百军棍！

不一会儿，项桓总算是肯把宛遥放开了，两个人边走边闲谈。

"艾草叶都长出来了。"只见他闺女弯腰抚弄一簇茂盛的草丛，继而转头去跟某个臭小子说话，"要不咱们采一点，我做青团给你吃？"

居然没惦记着爹，先惦记一个外人。宛延一边腹诽，一边跟着换到了另一棵树后面。

"行啊。"项桓懒散地在她的身后，随手揪了根青枝把玩，视线微不可见地朝旁一瞥，笑容变得有些狡黠，"喂，宛遥，你过生辰我送你东西了，那我呢？"

前方的女孩儿折下一把艾叶不解地回答："你不是十一月的生日吗，还早着呢。"

"不早了，这一年一年的过得多快，有没有想好要送我什么？"

宛遥像是已有打算，一副胸有成竹的模样，认真地采着艾叶："告诉你就没惊喜了。"

"我不需要惊喜，你同我说了，我才有个盼头。"对方鄙夷地瞪他，项桓仍没脸没皮地笑道，"不然偷偷告诉我？"

她想了想，于是走过去踮脚贴近他的耳畔，项桓很配合地低头。

小情人之间说着悄悄话，可惜离得太远，什么也听不清，宛延试图努力地把耳朵伸得更长远些，以便捕捉到点蛛丝马迹。

末了就见少年面不改色地开口："给我生孩子啊？"

宛延脑袋里顿时一炸："什么啊！"

不知他怎么突然这么说，宛遥抬手打了他一下，"谁要给你生孩子了？"

项桓无赖地往前凑，朝她一笑："你不给我生能给谁生？不过别人也没机会。"他威胁地补充,"敢有这个想法的,基本上是看不到第二天的太阳了。"

宛延扶着树干听这小子花言巧语地哄自己闺女,顿时怒目切齿,重重地"哼"了一声。

项南天生出来的果然都不是什么好东西,动不动打打杀杀,满脑子暴戾,就这样还妄图染指我宛家的门楣,想都别想!

那边宛遥又挨在项桓的耳边像是接着说了些什么,他忍着怒火继续屏气凝神地扒着树往前倾,小径上仍旧是朦胧的低语。

细碎的声音刚结束,项桓便了然地颔首:"你说想生女儿啊?挺好的,我也喜欢女儿。但是不急,反正咱们还年轻,慢慢生,孩子要多少有多少。"

宛延已经忍无可忍,终于意识到自己听这些废话就是个错误,他猛地一甩袖,愤然离场。

宛遥把两只手都用上了,拧得他节节后退,一直抵到了近处的树干才罢休。

项桓皮糙肉厚,她这点力道就跟蚊子咬没区别,不过怕她打得没劲,倒也肯装出一副疼得要命的表情。余光乍然瞥到宛延匆匆掉头的背影,项桓转头往回廊方向望,唇边得逞的笑意不言而喻。大概是这笑容太过瘆人,宛遥觉得多半没好事,顺着他的目光狐疑地看了几眼:"你从刚刚开始都胡言乱语些什么呢?"

少年自然不会告诉她,高深莫测地一歪头:"秘密。"

咸安三年,三月初。

大魏历史上的又一个劫难从天而降。

从来忠心耿耿、位列三公的季长川,突然毫无征兆地在南境发动兵变,一连攻占了数座城池,长锋直指京都。曾经的两位战将接连造反,这让长安城的百姓人心惶惶。大魏的半壁江山从前皆是由这二人撑起的,一时间没了顶梁柱,无论是谁都有些心神不安。

御街上的马蹄声急促而凌乱,钟鼓楼的钟被敲响了。

禁庭宫城里的风声却也并没比外面好到哪里去,宫女太监们每每看到前去殿内送军报的人总会聚在下面窃窃私语。

沈煜将手上的文书搁在一边,端茶吹了吹热气:"不出所料,季长川到

底还是没忍住。所以外界传的那些'一片丹心''鞠躬尽瘁'也不可尽信。他要真的忠于皇室，无论行至何等绝境都不会反的，只不过是朕给他了这个机会罢了。"他抿了一口茶，对身侧伺候的老宫女说道，"你看，所谓人心就是这样，是真是假只要一试就原形毕露，可见盛名之下也不一定为实。"

宫女已年过四十，是服侍过茹太后的旧人，沈煜一向喜怒无常，近身的内侍与宫人换了无数个，也唯有她靠着一点点太后的薄面尚能安然无恙。

"陛下。"她摇摇头，"大将军原本可以不用起兵的，大魏百姓也就不必受战火所扰。"

"不破不立，你妇道人家不明白。"他大手一挥，示意她闭嘴，继而去问底下的心腹，"季长川的动静如何？"

"近来他收缩防守，只专心练兵，如今虎豹骑的数量已大致恢复到与袁傅战前的状态，不过新兵甚多，还欠缺实战。"

沈煜颦眉："杨岂为何还不出兵？他在搞什么？命人传旨，趁反贼根基未定速战速决，人马如有不足，即刻向附近征兵。"心腹刚要领命退下，他想到一事，又出声叫回，"对了，让太医院再多配一些'转生丸'，速速送去前线，以备新兵之用。"

千里迢迢外的嵩州城，新兵的操练还在紧锣密鼓地进行着。

郊外满山的花已经全开了，春风拂过，一路上尽是暖融融的甜味。

宛遥拎着一篮卤好的鸭子肉，提裙走上军营外的小坡。栅栏围成的校场里，滚滚浓尘直扬上半空，马蹄声与响鼻声混成一片，目之所及，到处是身着军服拉弓持戟的士卒。

从她站着的位置望下去，正好能看到演武台的情景，不知是恰逢休息时间还是心血来潮，士兵们围着台子站了一圈，兴致勃勃地给其中切磋的人呐喊助威。

场上是执剑持枪对阵的两个年轻人。持剑之人显然军阶不高，并且非常忌惮对方似的，目光一直紧紧地盯着他。相比之下，对面的少年将军便游刃有余许多，他手中握着一杆通身银白的战枪，枪长约八尺，内敛却暗藏锋芒，据说是前朝项王一脉留下的武器。重枪在少年的掌间却挥洒自如，枪锋同剑刃擦出刺目的星光，与之交手的士兵简直视其如洪水猛兽，神经紧绷，而他倒是一副轻松写意的样子，长枪斜斜地递出去，唇边竟还带着若有似无的笑。

宛遥忍不住探头去看，少年在演武场间淋漓尽致地挥枪，旋身避开剑招时，下摆几乎翻出花来。尽管隔得那么远，她依然能感受到项桓身上那种一如既往的意气风发与桀骜不驯。

"噌"的一声，兵刃交击，长剑直接被撞飞出去，场下看热闹的士卒一阵哗然，纷纷惶恐地散开，伴随着清晰的鸣响，剑尖深深没入地面，尾柄犹在轻颤。

项桓擦着一头的汗水走下来。

原地里众人还围着那柄剑七嘴八舌地议论。

"哇，你也太狠了。"余飞看完了全程，蹦过来对他鄙夷道，"一点情面也不给人家留。"

后者不以为意："情面能值几个钱？当初咱们被大将军打飞的武器还少了，那不一样是当着三军将士的面，大庭广众之下出糗吗。"

经他这么一提，好像颇有道理，余大头悠悠颔首："也是……"转念一想，"你该不是趁机公报私仇的吧？"

项桓意味深长地挑眉："当然没有。"

对方伸出手指怀疑地点了点他，待要说什么，余光瞥到一道熟悉的身影，脑袋一偏："宛遥姑娘。"

项桓轻嗤一声，不上他的当："都几回了，又想拿这话来骗我？"

余飞："没骗你，这次是真的。"

他闻言，脸上懒散的笑容不自觉一收，星眸骤然带光似的猛地转头。

只见营门方向，女孩儿穿着那身他熟悉的月白宽袖褙子，正提一个食盒朝这边走来，长发里几缕没有挽好的青丝被风吹在耳畔，萦萦绕绕的。

项桓想也不想，当即丢下面巾跑到宛遥的跟前，他身上还带着方才比武后残留的热气。

"你怎么来了？"说着便动作自然地接过食盒。

宛遥于是拿指尖在盖子上轻敲几下："前天不是老说军营里的饭菜不好吃吗，我特地卤了只鸭子，给你换换口味。"

没等他开口，余飞就已在旁吸口水："这么说，我也跟着有口福了？见者有份，见者有份啊。"

言罢,已然灵活地避开项桓踹来的无影脚。

临近傍晚,一日的训练也差不多结束,他们仨寻了个背风隐蔽处坐着吃美食。食盒分上下两层,宛遥的刀工实在没的说,一整只鸭被她片成两盘,薄厚均匀,卤水的汤汁已渗入鸭肉的肌理间,每一块都是骨香肉酥,肥而不腻。

余飞幸福地吃了两口,打开下面一层:"居然还有酒。"他比了个大拇指赞叹,"遥妹妹你可真上道。"他刚伸出手,连酒香都未闻够,便让项桓迅速劫走。

"我说你有点自知之明好不好?"他嫌弃地翻了个白眼,"原本就不是给你带的,还这么不懂眼色。"

余大头委屈地坐在那儿,往嘴里塞了块鸭子肉:"喝两口怎么了,真小气,有媳妇了不起啊?"他狠狠地嚼着,以示发泄,"赶明儿我也去找一个,让你得意。"

项桓正拔开壶盖轻嗅,听了这话习惯性地朝宛遥看一眼,旋即嘴角一扬,抬起胳膊搭在她的脖颈后,满眼挑衅地望向余飞:"你找去啊,找得到像宛遥这样又会做饭又会治病的吗?"他语气里的自豪之意不加掩饰。

对面的余大头尚没回应,宛遥先就不好意思起来,抓起项桓的手臂,顺势往肌肉上拧了一把:"不要胡说八道。"

"看把你能的,都要上天了。"余大头啃着鸭腿鄙视他,"那也是人家遥妹妹能干,跟你有什么关系?"

项桓开始不要脸:"是我教得好啊,嗯!"趁他张嘴,宛遥便眼疾手快地夹起鸭子肉塞进他嘴里,严严实实地堵住了,后者吃得满口是油,她还得拿帕子给他擦。

这边有说有笑地正热闹,三个人在身侧寻水囊,冷不防抬头,瞧见秦征双手抱着剑,心事重重地路过。

宛遥忙招呼道:"秦大哥,快来吃鸭子。"

他那模样似乎一开始想推拒,但不知又因为什么,到底还是向这边走来了。

一只鸭子就那么点肉,两个血气方刚的少年还不够分,这又多一个,余飞的内心其实是很拒绝的,但他还是不情不愿地给对方挪位置。

秦征并没关注到身侧这道不甚友好的视线,沉默着席地而坐。

宛遥把一小碟鸭肉和酒端到他的面前。

像是才回过神,秦征忽然摆摆手:"不了,我刚吃过饭,多谢。"

"他不吃那给我好了。"余大头很乐意为人分忧,三两下将盘子里的肉拨到了自己碗中。

宛遥无奈地摇了摇头,继而关切地去问他:"秦大哥是有什么事吗?看你一副魂不守舍的样子……"

后者欲言又止地启唇,随后轻抿了抿,艰难地开口:"听季将军的意思,再过不久我们应该就要拔营出征了。嵩州城并非最好的后方补给之地,也许到时候大军主力会在蜀地落脚。"秦征说到此处,莫名地顿了好一阵,方才缓缓道,"但是文……但是大小姐一家毕竟在嵩州,我不知道她肯不肯跟我一起走。"

若说听开头时余飞还有那么一点兴趣,言至于此,他只能咬着鸭肉朝天掀了掀眼皮,转身坐到旁边去了,觉得这个话题不是自己该参与的。

项桓晃荡着酒壶,稀奇道:"你们俩都这样了,居然还没把话讲明白?"看来这世上磨蹭的也不止自己这一家。

当陈文君没出现在周围十丈之内的时候,秦征此人行事其实颇为狡黠的,难得他会有眼下这般窘迫局促的神情,竟吞吞吐吐半晌才承认:"我曾迂回地向她表达过一次,现在安定下来,日子一久,反倒不知怎么开口了。"他转向宛遥,"宛姑娘和大小姐一向交好,可否给秦征支个招,我现在到底如何做比较妥当?"

"这……"她自己都是个情窦初开的小姑娘,问题摆在面前,也显得十分无措。

但在如今的环境之下,身边的人不是大老粗就是单身汉,秦征着实是没了办法,否则也不会来问她。

宛遥思索道:"秦大哥是在发愁怎样跟陈姑娘表白心意吗?"

他赧然地颔首。

项桓直截了当地开口:"很简单啊,去向她说不就完了?倘若他父兄不同意,索性把人掳走,反正你们俩郎有情妾有意,不算过分。"

话音才落,项桓便被宛遥狠狠地捅了捅腰,她一个眼神递过来,压低声音:"你该不会自己就这么想的吧?"

项桓颇为无辜:"我们俩又跟他不一样。"

秦征好似真把这话听进去了,正襟危坐着颦眉沉思。

知道项桓这帮人的想法是出了名的离经叛道,不着边际,宛遥自己深受其害总不能再拖人下水,忙讪讪一笑:"秦大哥你别听他乱讲,陈姑娘是个顾家的人,做得太绝肯定会伤她心的,还是温和一点为好……"

此刻默默背着对众人吃鸭子的余大头忍不住侧了侧身,一副过来人的口气:"说白了,你不就是觉得自己出身不好配不上她,怕陈家人阻拦吗?"

秦征抬头。

"要我说,你压根不必这么担心。想想看,你现在是季将军麾下,雷云骑的主将那可是八面威风,而她陈家呢,树倒猢狲散,哪怕从前是大家闺秀,这会儿也照样寄人篱下。如此一来,若比身份,你也不差啊,怎么着也算门当户对了。"余大头对于给这种事出主意,总有一种旁人难以理解的热情,扳着指头一件一件地教他,"你呢,平时硬气一些,首先气势上不能输,得让陈家人瞧见你今非昔比的模样。军威,军威知道吧?也别叫什么大小姐,你都是将军了,还这般低声下气地称呼多不合适,直呼其名懂不懂?直呼其名!女孩子就喜欢凶一点的男人,不信你看他们俩。"他的手才往前一指,项桓已经捞起根鸭骨头扔了过去。

秦征被唬得一愣一愣的,大概还没来得及消化,冷不丁听见不远处有人叫他:"秦征。"

来者的嗓音于他而言是极其特别的存在,几乎是本能反应,秦征"噌"的一下便起身回头。

营门外站着一个纤细窈窕的姑娘,因为体弱吹不得风,肩头尚且披了件斗篷,而其怀中似乎抱了个包袱,不知是否特地拿来给他的。

"大小姐!"秦征顷刻把先前的话忘到九霄云外去了,匆匆向他三人道别,飞快向着营门跑。

余大头觉得自己方才的唾沫全喂了狗,举着鸭翅膀恨铁不成钢:"真是没救了。"

宛遥见状,低头收拾着食盒无奈地笑笑。

军营栅栏后的两道人影被分割得七零八落,青年刻意朝左边挪了几步,高挑的身形替女孩儿挡住东面吹来的料峭春风。不晓得是在聊什么,只见陈文君垂首打开怀中的包袱,将藏青色的大氅轻轻一抖,像是要让他试一试。

秦征略显无措,用手抓了抓脖颈,继而僵硬地接过来。

项桓心不在焉地往嘴里灌了口温酒,慢悠悠地收回视线,目光往旁边一偏,正瞧见宛遥垂眸浅笑,暖阳落了半身,清秀的眉眼间有种不显山露水的美。说不出什么原因,他心里忽然莫名地一动,总觉得自己的姑娘怎么看怎么漂亮。

少年把酒壶一放,迅速帮她收好残羹碗盘,旋即握住她的手将人拉起身。

宛遥不解地瞧着突然变勤快的项桓,一头雾水:"要去哪儿啊?"

他心情很好的样子:"这里煞风景,我们去别处逛逛去。"

说完提起食盒,牵着她便走了。

原地里余飞尚坐在一堆鸭骨头中间,后知后觉地回过味来:"什么意思,煞风景是指的我吗?"

晚上没有任务,项桓便陪着宛遥在附近多走了几圈。

半空中月满如轮,长街冷冷清清。

他并不是个很安静的人,但却总喜欢和她在一起时那种连时间都会放缓一些的感觉。

宛遥会跟他讲些鸡毛蒜皮的琐事,偶尔是关于身边的朋友,偶尔是关于自己。项桓就漫不经心地回答,言语上或许惹她一两句,二人便在狭窄的巷子里打闹起来。有那么一瞬,像是回到很久很久之前,在长安城的时候。

少年天生爱动,哪怕拎食盒也要前后晃荡。

宛遥便在旁边嫌弃地去拍他的胳膊:"你好好拿,不拿还给我。"

"让你提我空着手啊?过会儿人家看到了,又得背后对我说三道四。"

她叮嘱道:"知道你就安分一点,里面装着碗呢,一会儿摔坏了……"

"不会的,放心吧。"

他们从巷口钻出,看到宇文钧站在大门下焦急地张望,似乎等许久了。

"小桓!"他神色匆忙,"上哪儿去了,怎么才回来?"视线落到宛遥的身上,动作又不禁一顿。

项桓奇怪:"出什么事了?"

宇文钧一脸一言难尽的表情:"宛老先生找了个媒人,说是要给宛姑娘谈一门亲。"

项桓拉着宛遥赶到偏厅时,宛延正把那位媒人送出门,她大概四十左右的年纪,兴许在这战乱当头的节骨眼上能接到活儿是件颇为意外的喜事,笑得两眼成缝。

"老爷请放心,我是自小在嵩州城长大的,这城中有多少青年才俊,我心里有一本谱,比谁都清楚。姑娘又生得这般好相貌,不出十日,必然能觅得良婿。"

宛延是看见他们两人走进来的,倒一副没事人的样子,抬手一送:"如此那就有劳了,请。"

"您客气。"媒人喜滋滋地下了台阶,迎面就撞上一双漆黑如墨的眼,少年毫无温度的星眸死死地盯着她,后者被盯出一身莫名的冷汗来,只能加快脚步。

宛延掖手站在门边,轻描淡写地瞥了他一眼,转而朝自家闺女道:"宛遥,跟爹进来。"

毕竟是亲爹,宛遥本能地就要上前,可手却还在项桓的掌心里,刚走出一步,便发现他还用力拽着。少年的目光略显阴冷,面无表情,望着不远处的宛老先生,显然是不打算善罢甘休。

"宛大人,你什么意思?"他颊边的肌肉微不可见地动了动,"你明知道宛遥是想跟我在一起,非得要一而再再而三地刻意为难吗?我是之前未征求同意将你绑到了嵩州,但也已经道过歉了,这是情势所逼又不是我任性妄为,你不至于气量就这么大吧?"

这番话说得全然不客气,宛遥生怕他们俩当场吵起来,正欲出来打个圆场,项桓却不由分说地将她拉到了自己的身后。

宛延站在那里负手冷哼:"项桓,你也不必用言语来激我,既然讲到这个份上,好,那咱们今日就把话说清楚。"

正是饭后消食的时间,此处的动静渐渐将周围过路的人都吸引了过来。

"你要娶我女儿?行啊,你拿什么娶她?"他义正词严地转身,直视着项桓的双眼,"别怪我讲话难听,你跟着季将军如今虽是占了嵩州城,军中也有你一席之地,但是四面受敌,朝不保夕。你连自己的生死都无法左右,又如何保她平安周全?你想怎样踏平天下,有怎样的雄心壮志,老夫我管不着,也不想管。可我宛家这一脉只这么一个闺女,不可能让她跟着你东奔西跑，担惊受怕，这是为人父母的考量！我现在把女儿托付给你，你跑去打仗，三天两头不见人，哪天死在外面，让她怎么办？"

项桓听得一怔，竟被他说得语塞。他在心中辗转琢磨，总认为宛延讲得并不对，可一时间又拿不出有力的证据反驳。无形的憋屈感好似巨石压胸，让人喘不过气来。

宛延看他这副模样，语气也稍作缓和："你想提亲，有安稳的住所吗？有足额的礼金吗？恐怕也只能让季大将军替你想办法。"

宛遥只觉得握住自己的那只手正紧紧地收拢，陡然加大的力道捏得她五指发疼。

"用不着别人帮忙，我自己能筹好聘礼！"少年目光灼灼地看着他，一字一顿，"我会把整个长安都打下来，送给她。"

宛遥愣了一下，蓦地抬起头。或许是项桓从前自不量力的话说得太多，这一席豪言壮语并未掀起什么波澜。

宛延不以为意地冷笑："动动嘴皮子谁都能说漂亮话，你还是先顾好你自己吧。"

"我不是信口开河。"他认真道，"三年之内，我一定会把长安打下来。"

但宛延已经侧过身，置若罔闻地唤道："宛遥，你还不走？"

一瞬间，四面八方的视线陡然落在自己身上，她不知所措地左右为难："爹……"

项桓的手仍旧没有放开，宛遥朝父亲的方向望了望，又转头看向他。

少年分明从她眼中瞧见了一丝迟疑，他问道："连你也不信我？"

"我没有不信你……"宛遥却犹犹豫豫地看着宛延，她爹的那个眼神，显然是在催促她赶紧站队，要么跟他走，要么留下来。这是一个关乎着给父亲脸面还是给项桓脸面的重要选择，她实在进退维谷。

"宛遥！"老父亲冷冷开口。

她没有办法，只好抱歉地看着项桓。

少年将将与她四目相对就已经知道她心里在想些什么，连日来的疲惫与愤慨齐涌上心头，索性也懒得再解释，将手一松，破罐子破摔似的掉头大步离开。

"项桓！"宛遥急得在后面叫他，然而对方连停也不曾停一下。

她连忙同宛延匆匆交代："爹，我……我去看看他，很快回来。"女孩子紧跟着追上去。

两道身影在夜深人静的小径间倏忽一晃，很快便不见了。

周遭瞧热闹的人们面面相觑，为避免尴尬也各自佯作无事地迅速散开，唯有宛延站在门外，甚是感慨地摇头叹气："女大不中留啊，哎……"

府内的后院回廊曲折，月色已深，项桓走路又快，宛遥在附近兜兜转转，跑了好几个来回才在小池塘边发现了他。彼时少年正坐在一块斜伸出来的大石上，面朝池水耷拉着脑袋，手中揣了一堆石子儿，泄愤一样地砸到水里。

浮萍之下原本有一两条游鱼停歇，被这般一搅和，纷纷慌不择路地满池瞎窜。

她远远地望见，终于松了口气，随后又不知为什么，反而觉得有些好笑。

最后一块卵石也扔进了池中，项桓微微倾身，将胳膊搭在膝上，双目无神地盯着涟漪万千的水面。星月清辉，波光粼粼，倒映出他的眉眼，五官却不甚清晰。住处其实离这边已经不远了，可他不太想回去，也不想去其他地方，夜风吹得指尖发凉，忽然感觉很疲倦，就只想在这里坐到天荒地老。

项桓沉默地发呆，眼皮低垂，心绪漫无目的地飘荡。

不知过了多久，隐约觉察到袖子被人从旁边轻轻扯了扯，动作既小心又温柔。

项桓蓦地回过神，似有所感地转头。宛遥竟就在身侧，一双眼眸清亮亮地将他望着。

他的内心不自觉地一喜，然而很快又强迫着自己沉下脸，背过身去故意不理她。

宛遥像是早料到他会有这反应，唇边一笑，耐着性子靠过去，试探着问："还在不高兴啊？"

项桓闻言，拿余光偷偷瞥了瞥："你不是选你爹了吗？"他生硬地别过脸，"那找他去啊，还来寻我做什么？"

少年不肯给个正脸，宛遥只好扒着他的胳膊轻晃两下，将下巴贴在他的肩膀处："我爹毕竟是长辈，总得先顾全他的颜面。你就吃点亏，让一让他吧。"

"我基本上全吃亏了，什么时候占过一点好处？你看他呢，就会想方设法地找我麻烦！"

项桓说话时将脸颊朝旁偏了偏，宛遥正在一边犯愁地咬唇，于是照例直起身，讨好地往他的嘴角啄了一下。

同一招使两次，效果自然大打折扣。

项桓的唇边略微一动，他对她这般打完脸给甜枣的行为深恶痛绝，不近人情地开口："宛遥我告诉你，你现在亲哪儿都没用。"说完便转身用后背面对着她。

宛遥无奈地盯着他的侧脸，对方那举止，明摆着就是一副"反正我不高兴了，你自己看怎么哄吧"的架势。

"项桓，项桓……"她唤了几声，又拽了两下，后者依然油盐不进，爱搭不理，去摸他的手，也被某人躲开了，"趁时间还早，我们去放河灯好不好？"

"不想去。"

宛遥思索道："那你要放风筝吗？今天风很大，应该能飞很高。"

"我也不想放。"

"不如我做夜宵给你吃好了，你想吃什么？"

"我什么都不想吃。"

被他这爱搭不理的脾气态度终于弄得烦了，宛遥索性放开手："又不是我要这样的，就会冲着我撒气！"

少年坐在那里愣了一下。

她愠恼地瞪着眼睛："这件事我也很难做啊，跟着我爹不对，跟着你也不对。既然觉得我不应该来找你，那我走就是。"说着便要站起来。

没想到她会生气，项桓急忙回身握住她的手腕："我不是那个意思。"

宛遥秀眉微蹙，眼见着像是真恼了，他才没敢再继续端架子，半劝半拉，勉强将人稳住："你知道我这个人平时嘴贱的，没有真要对你发脾气。"

项桓老老实实地说道："别走了，陪我说会儿话吧。"

宛遥的嘴角还沉着，默不作声地看了他两眼，并未言语。这是余怒未消的表现。后者略一琢磨，干脆动用武力，伸出手臂将她拉进怀里圈着，权当是示好了。

一番动作，山石上蹭出几粒碎渣落入池中，发出清响。

自打他们住进府，这花园就荒凉下来，夜晚也鲜少有人经过，周遭静悄悄的。宛遥靠在他的胸膛上，抬头正好能瞧见一轮明亮的圆月，光华温

润如玉。

少年的体温刚刚好，可以替她暖着，两个人相依而坐，很长一段时间里，谁都没有说话。

项桓将下巴抵在她的头顶，过了好一会儿，他问道："宛遥。"

"嗯？"

"你想回长安吗？"

她静默片刻，说："想。"

少年埋首在她的发间，轻轻嗅了嗅："我也是。"

项桓握住宛遥的手，合拢在掌间："我知道你们认为我在逞强。可我说过，我会把这世上最好的，都给你。"决不食言。

宛延前脚刚回房，项南天后脚便在外头敲开了门。

他衣着朴素而简洁，一只手背在身后，另一只手拎着一坛好酒，似笑非笑地向他扬了扬手中之物："上等女儿红，如何，肯赏脸喝一杯吗？"

宛延神色鄙视地瞧了这位老宿敌两眼，半晌才朝旁挪两步，语气嫌弃："进来吧。"

项南天倒也不跟他客气，慢悠悠地行至桌边，将酒递给一边的宛夫人，目光打量着屋内，撩袍顺势坐了，随口道："你怎么不问我是为何而来？"

宛延冷哼一声，拉开凳子："还用问吗？我那个不争气的女儿跟你儿子跑了，你这老匹夫自然是上门来看我的笑话。"

宛夫人摆好了酒碗给他二人倒上酒，项南天挽起袖子："文渊，都十几年了，你对人的偏见还是一点没改，总么固执。"

"我固执？你懂什么！"宛延执碗喝了一口酒，不以为然地哼道，"所以我为什么那么讨厌你们项家这群武夫？包括你那个儿子，占了个天时地利人和，撞上兵荒马乱的时代缺将少兵，凭着几场仗便能步步高升，一夜成名，还一副理所当然、耀武扬威的模样。"

几道下酒菜陆续端来，项南天喝得有了滋味，倒是好脾气地笑笑："你啊，从年轻的时候就爱跟我比，比了这么多年你还是没比过我。"

宛延端着碗不悦道："你有什么好了不起的，不就是有个臭不要脸天天勾搭人家女儿的儿子吗？"

"那可多了。"后者喷着酒气,伸出手来给他数,"你看,当初咱们俩一块儿殿试,你是二甲进士,我是庶吉士,论成绩,我比你高;在魏国时的官阶,我三品你六品,论资历,我也比你高。"

宛延道:"现在说这些有个屁用,大家伙儿不一样摆摊子在这儿当反贼吗?哦,我摆摊子还是被你儿子逼的,还不是我自愿的。"他越说越气,"你看你们家恶毒不恶毒啊。"

项南天不管他:"再说家世,我家可是项王之后,无人不知无人不晓,而今我儿子又战功赫赫,没准儿还会青史留名光宗耀祖。再看看你家,门庭凋敝,人丁不旺,太祖时期的功臣了,却混得一代不如一代。"

宛延坐在对面冲他翻白眼,夹了块卤肉冲冲酒味儿:"你儿子再怎么不可一世,到头来不还是得听我闺女的?他战功赫赫,光宗耀祖是吧?嘿,我偏不让我闺女嫁过来,看你们项家还不绝后!"

"所以你这人真是小肚鸡肠。"项南天拿筷子点了点他,"你比什么比得过我?生孩子,我比你生得多;生儿子,我也比你生得多。看不惯我们家桓儿招惹你闺女?行啊,你倒是生个儿子来祸害我们家啊,我可还有个女儿呢。"

宛延险些被他气得吐出口血来,加上酒劲上头,坐在那儿涨红了脸却说不出话。

项南天似乎乐于瞧他吃瘪的样子,十分欣慰地一笑,把碗里的酒一口饮尽。不欲输给他,宛延也意难平地喝完一盏酒,陈年佳酿,烧刀子一般从咽喉滚过,热得满身冒汗。也就是在此时,宛延听到对面发出一声轻叹,好似那一串幸灾乐祸的笑半途辗转,成了一抹无尽的怅然若失:"不过啊,常言道'风水轮流转',这人的好运都是有定数的,前半生用完了,后半生就得乖乖倒霉。你看这些年,我女人死了,我大儿子也死了。"

宛延一抬头,看到项南天拿着一支竹筷轻敲着酒碗,面容满是苍老的褶皱。

"小儿子不争气,闹得个有家不能回,一族的人至今颠沛流离,病的病,伤的伤。"他忽然感慨道,"相比之下,你们家虽碌碌无为,倒也平安顺遂,无病无灾,闺女又懂事又听话,这后半辈子的确是你赢了,我输得心服口服。"

宛延闻之微怔。

你赢了,突如其来的这三个字对他而言竟有些陌生。

"老兄弟啊。"项南天放下碗筷,语重心长,"儿孙自有儿孙福,咱们做长辈的,偶尔迁就一些,帮衬一些,只要他们俩过得好,没什么不能放下的。何必把自己孩子弄得那么狼狈呢,你说是不是?"

项南天走之后,宛延独自端着酒碗,在窗边沉默地站了许久。他并非还被女儿的婚事所困扰,也不是非得要跟项桓争个头破血流,只不过在刚刚那一番短暂的对话里,咂摸出一些时过境迁的苍凉来。细细回想,他这一生到头所追求的不也就是"输赢"二字吗?可为何适才听得自己厌恶了十几年的对手卑躬屈膝地承认一声"你赢了",却未曾感到丝毫的痛快,反而有一种光阴似箭,吾辈日衰的感慨。然而,再一细想,大魏都已经四面漏风,岌岌可危了,那些驰骋沙场的主帅也从昔日耳熟能详的名将换成了而今崭露头角的少年。连旧时代最后的名将袁傅都走了,他们这些人能不老吗?

出神之际,宛夫人将一件大氅披到了他的身上,顺势接过丈夫手中的空碗。宛延蓦地反应过来,正见她朝自己微微一笑:"还在忧心项老爷的话?怎么,是不满意他为了儿子娶妻才刻意向你示弱?"

宛延将手轻轻搭于窗沿,语气里有几分怨怼:"在你们看来,我就是这么个睚眦必报之人?"

宛夫人笑着恭维:"老爷不是睚眦必报,是恩怨分明。"

他自嘲地哼了声,随即摇摇头,低声说:"岁月逝,忽若飞,何为自苦,使我心悲,那些陈芝麻烂谷子的事儿,我早就不在意了。"言罢,他却有些不解,"我倒是奇怪,女儿难道不是你生的,怎么不见你着急?"

宛夫人放下碗,长长一叹,淡笑道:"自从遥遥离开了这大半年,我怕也怕过了,担心也担心过了,如今难得重逢,算是想通了。她能平平安安的便好,愿意跟着谁过就跟着谁过吧,一辈子只有那么长,咱们又没别的孩子,不迁就她,还能迁就谁呢?"

宛延恨铁不成钢地别过脸,无奈:"慈母多败儿。"

后者倒是一脸"我乐意"的表情,转身端碗走了。

咸安三年是个多事之秋。

上一年,武安侯袁傅的叛军刚刚镇压,紧接着位列三公的季长川也在西南起兵，这位只有万余残部的将领在短短两个月的时间内招兵买马，迅速壮大，很快成了一股不容小觑的势力。起初魏国的主将杨岂坐镇凭祥关，为留存实力故而出兵谨慎，未能在季长川根基不稳的时机将其一举歼灭，而后四五月的几场大战中，他均没占到上风，先机已失，等回过头来，虎豹骑已然兵强马壮，声势赫奕。

南北之争一触即发，战火从嵩州一代烧至蜀地，仿佛一场燎原大火，烧断了吊起大魏太平盛世的最后一根绳索，让一切都显得风雨飘摇，危如累卵。

年年兴师征战，年年民不聊生。

边境的百姓如浮萍飞蓬，四海为家，无处安稳，从前只在小地方出现的难民乞丐，如今连京师的街头巷尾之中也随处可见。

朝廷将所有罪过推在季长川一人头上，流言与告示漫天乱飞。于是，最开始的那段时日，百姓们无不唾骂他，人人在茶余饭后都得将他拖出来用口舌施以极刑，恨不能食其骨肉以泄其愤。而季长川本人倒是不屑于替自己开脱解释，只潜心研究时局与军阵，调兵遣将，择贤而用之，军中威望与日俱增，一路从南境杀到了蜀中。

杨岂的威武军乃是魏国的主力，一年内，两人曾多次短兵相接。

吃了猛药的铁面军虽骁勇，但毕竟无运筹帷幄之人排兵布阵，再加上食用猛药之后必有遗症，这数月的较量中，两军尽管各有胜负，然而威武兵的损失却更为惨重，杨岂不得不加大征兵的力度，向朝廷索要的"转生丹"数量也一天天地增长。

不知从什么时候起，京城的大街小巷传出了当年虎豹骑在青龙城被断粮的消息，一夜之间，长安的风向隐隐起了变化。

沈煜本人并非没有觉察到，但剿灭季长川的难度已经超出了他的预期，此时已经骑虎难下，他只能背水一战。

是年腊月初一，虎豹骑攻破了成都，并以此为据点，与长安遥遥对望，已相隔不远。

咸安帝再也无法稳坐朝堂，当下御驾亲征，坐镇巴州，三军士气顷刻高涨。

巴蜀之地，由于地势的缘故，古往今来总是不及中原与沿海区域繁华，但城郭山清水秀，居民自成一格，倒也算是一处富饶的所在。这些年，南境的战火让百姓纷纷北迁，逃难的灾民们大多经过蜀中，在当地落地生根，久

而久之，也给以往萧条的村落与县镇注入了新的血液。

腊月的第十天。

隆冬的微风里夹杂着湿气，宛遥一行人的车马跟在虎豹骑身后，摇摇晃晃地驶进城内。

他们是从嵩州而来的，项桓一攻下成都，便飞快传书命他们收拾行李准备搬家。锦城地大物博，自然比嵩州这样的穷乡僻野要富庶得多。

不过说走就要走，却也没有那么容易，宛遥一家外来客倒是无牵无挂，陈文君便比较麻烦了，拖着病重的父亲和弟弟，足足耽搁了数日才启程。

尚未到城门口，宛遥从车窗看出去，城墙之下一队虎豹骑整齐肃穆地列阵而站，随时保持着对周围最高程度的戒备。一骑白马正不紧不慢地踱步过去，马背上的年轻将军神情冷傲而威严，有着和平时截然不同的认真。

近一年的战火洗礼，也终于将他打磨出一点沉着稳重来。

巡过了南门的布防，项桓带着亲兵前往驻地的军营。正值换防最乱的时候，营地一小队虎豹骑趁机忙里偷闲地席地打起瞌睡，这下让他逮了个正着，一群人只得自认倒霉地低头挨训。

"很困吗？"他冷眼横扫，鹰一样锋利的眼神将面前的士卒盯得不敢抬眸，"没睡够是不是？"

将军的年纪不大，也就二十出头，在场的士卒甚至有不少比他还长几岁，但所有人都知道，项桓持令巡视各营，有号令三军之权，他十四岁便持枪出征，军龄已经是自己的好几倍了。

"子时就寝，卯时三刻集合，四个时辰，还不够你们睡是吧？"他的声音一句比一句高，语气也一句比一句重，"你们是来打仗的，不是来这儿享清福，以为攻下锦城便万事大吉了？魏帝已经亲征，巴州离前线不过三郡的距离，稍有不慎，你我都得一块儿埋骨他乡！你们杀了魏军的同袍兄弟，抢了他们的城镇村庄，倘若有朝一日我军败亡，你们的兄弟，你们的父母，你们的妻儿子女，就是旁人的刀下鱼肉，任其宰割，到那时，你们还笑得出来，睡得下去吗？"

众人夹着尾巴沉默无语，偶尔私底下对视，只能用凄惨的眼神交流。

项桓的目光从众军士身上一一扫过，他冷冷道："每人负重跑二十圈，几时跑完，几时吃饭！"

闻言，一众将士都暗自叫苦，想着这只怕得跑到天黑了。

正在此时，远处有个熟悉的声音传来。

"项桓？"

几乎所有人都看见将军微微一震，神情瞬间就变了，他猛地转过身去，面前的姑娘娉娉婷婷地站在那里，眉眼安和，温润如玉。

项桓的眸中铺出一丝意外，唇边的笑意一点点漾开，一众士卒只听他用活泼得简直过分的嗓音说道："你怎么来了？"

当着他这么多下属的面，不便把话讲得太直接，宛遥掩饰性地悄悄扯了扯自己的衣带，示意旁边的几名医士："这几位是城内有名的大夫，大将军让他们来给军中的将士检查身体。我正好想试试前段时间调制的外伤药，所以就跟着过来了。"转眼见对面一群整整齐齐的人，气氛貌似很严肃的样子，于是小声问，"你们是不是在忙？要不，我先跟他们去别处看看？"

项桓朝背后那一队倒霉孩子望了一眼，睁着眼睛说瞎话道："没有，不忙，一点都不忙。"

宛遥的表情尚有几分茫然，就见他侧身，面不改色地吩咐："都听见了吗？大将军派医士例行检查，现在放下手里的事，同伍成队依次排好。"

负重跑二十圈的事情顷刻间已被他丢至脑后，方才还凑成一团听训的士卒们此刻很给面子地排成了两队。

宛遥将肩头的小药箱放在地上，挨个取出花花绿绿的几个瓷瓶，随口解释："这些伤药是在上回给你的那瓶基础上改良的，趁前一阵无事，我多做了一些，还不知道止血效果如何。"

项桓挨在她的身边瞧了一会儿，见状略一思索，抬头厉声下令："有外伤的，排前面来！"

话音落下，窸窸窣窣地动静之后，两三个士兵调换了位置。

都是早些时候落下的刀枪伤痕，早已包扎严实了，士卒自然不敢劳驾她动手，利索地解开布条。

宛遥细细地查看着对方的伤口，不时洒上些许药粉，似乎有些举棋不定。项桓偏头见她隐约皱着眉，不由问："效果不好吗？"

"不是……"她合上瓶塞，为难地摇头一笑，"嗯，大家的伤都差不多愈合了，所以也看不出什么好坏。没关系，下回有机会再试试吧。"

项桓看得出她还是有点遗憾,他垂眸沉思片刻,抬目向对面站得端正的军士们望去,视线最终落在一名腰间佩刀的步兵身上,隐晦地向他丢了个眼神,后者愣怔了半晌,诧异地指着自己。

项桓点点头,那步兵显然颇为犹豫,左右环顾,游移不定。

项桓不耐烦了,先是冲着他的刀扬扬眉,再用两指做了个小跑的姿势,随即一刀切断。

这是一段非常人所能明白的手势,但那步兵居然看懂了。

他愣了半瞬,立马积极地拔刀,暗暗往小臂间一划:"大、大夫,我刚刚受了点轻伤!"

宛遥才要把药瓶收起来,一条流着血的胳膊便递到了眼前。

她愣了愣,却也并未多想,急忙拿出药瓶:"你稍等,我这就给你止血。"

眼见她这趟总算没白跑,项桓在旁安心地抿抿唇。

这群兵油子何其聪明,不过眨眼的工夫,拉一条小口抵负重跑二十圈的讯息便在众人的眼神交流中迅速传播开来,众人纷纷拔刀效仿。

"大夫,我方才也不小心受了伤。"

"大夫,给我也止止血。"

"大夫,我也……"

很快,宛遥面前便莫名多出七八条伤口各异的手臂,放眼望去,一片血色。

巡营的士兵目不斜视地从旁边过去,校场上的烟尘也逐渐开始消散,眼看着要到午饭的时候了。

宛遥朝远处背着盾牌低头跑圈儿的士卒望了一眼,跟着项桓往前走,好奇道:"他们是在做什么?"

"负重跑,这是军中的惩戒之一。"他替宛遥背着药箱,不紧不慢地回答,"比挨军棍要轻些,而且能够强身健体,大将军治军最喜欢用的就是这招。"

宛遥若有所思地"哦"了一声,慢悠悠地收回视线。

项桓垂眸瞥了她两眼,忽然笑着问:"喂,你今天来真的就只是想试试药性?"

女孩子故作随意地应道:"那不然呢?"

"你们才到成都,有什么药非得这会儿试。"他挑起眉,"宛遥,说实话你是来看我的吧?"

她信手拨开唇边的碎发，有恃无恐的样子：" 怎么就一定是你？这营里还有宇文将军，还有淮生，我难道就不能是来看他们的？"

话刚说完，少年捏着一只小瓷瓶在她的眼底下一晃，唇边带着成竹在胸的笑："润喉丸啊。"项桓轻嗅了嗅，"前几日我说嗓子不好，你连这个都带来了，还不是来看我的？"

宛遥抿着唇，想去抢，奈何他反应极快，一击不成，只能在旁边狡辩："谁说是给你的，我是给宇文将军的。"

"你还提宇文是吧？"他高高举着药瓶子，腾出另外一只手，食指往她的鼻尖上点了点，"宛遥，我跟你说，你这是在公然挑拨我们兄弟之间的关系。"

"别人才不会像你这么小气。"

"哦，是吗？"项桓把瓷瓶一收，作势转身，"那我可要找他去问问。"

难分他话里的真假，宛遥忙在后面拽住他的衣袖："我开玩笑的……"

营地里的风忽然凌冽起来，加上正午将至，空气中便四处飘着米饭的清香。

宇文钧撩开帐子，夹杂湿意的北风便吹了他满脸，漫漫长空之下，一个身着绛红军装的少女正朝着这边跑来，她束成马尾的长发不经意扬起，波涛似的在脑后涌动，而那双眼睛里，一如既往地闪着微光，瞳孔深处是西北部落族人特有的藏蓝色，像是波澜壮阔的海洋。

"将军。"淮生捧着一件披风在他的面前站定，抬头递上前，"起风了。"

宇文钧道了声谢，从她手里接过来。

而淮生的臂弯还挎着装有饭食的篮子，那里面装的是他今日正午的饭菜。宇文钧忍不住看着她这身单薄的装束，终于欲言又止地蹙起眉，外袍在指尖一抖，最后披到她的肩头。

淮生素来寡淡的表情忽然顿了顿，有些迟疑："我不冷。"

"穿上吧，外面风大。"宇文钧抿唇轻叹，目光中隐约无奈，"我说过，眼下你已经不是战俘了，不必这样日日伺候我。"

面前的少女似乎不太能够理解，垂眸沉默了一阵，说："可将军毕竟是将军啊。"她想了想，皱眉说，"我不知道如果不伺候将军，自己还能做什么。"

闻言，他觉得心口微微钝痛，宇文钧知道淮生并无他意，仅仅是实话实说，然而正是如此，他才会这般地感到自责与内疚。女孩子纤细的手腕随意

垂在腿侧，与铁环相接触的地方缠了一圈结实的布条——这是宇文钧为了防止她磨破肌肤特地缝制的。

淮生这丫头什么都好，就是在女红上实在毫无天赋，想必也是因为这个缘由，当年父亲才会把她派来军中学习武艺。

眼见布条已然斑驳剥落，他将食盒取下放在一旁："把手给我看看。"

淮生闻言，听话地伸过去。

铁环沉甸甸的，年深日久，将小臂压出了一条痕迹。她一向对自己的事不太上心，宇文钧勉强在破损的绸布上打了个结，不经意往淮生那儿瞧了一眼，她的目光依旧淡淡的，瞧不出什么情绪。

"干净布条还有多余的，进来吧，我帮你重新做一个。"

这句话刚说完，远远地就听见项桓在旁边叫他的名字，不知是因为什么事情。

宇文钧连忙松开手，只好对她说道："在这儿等我一会儿。"

少女依言答应："嗯。"

宇文钧走上前时发现宛遥也在，他礼节性地打招呼："两位用过饭了吗？要不要一块儿去我那里吃？"

"不必了。"项桓笑了笑，"正好碰到，找你说点事儿。"

宇文钧闻言肃然："那我让人去叫小飞……"

"用不着。"项桓抬手阻拦，语气随意，"也不是什么要紧的事，这不赶着要过年了吗，将军惦记着众将士背井离乡，很是辛苦，决定在三十、初一、十五这三天安排大家轮班休息，说不定要在营外搭场子烤羊，就跟咱们当初在北境时一样。"

宇文钧听完点点头，随即一笑："那是好事啊。"

项桓上一年被迫巡夜两个月，没能赶上吃羊肉，这一年便准备好好吃个够本："将军把场地和人手的事交给了我，可你知道我没怎么张罗过，勉强列出个清单也不晓得行不行。"

宇文钧听到这里已知其意，了然地颔首："我帮你看看。"

项桓像是捧着一堆课业没完成的小孩子，见终于有人肯帮他作弊，脸上陡然神采飞扬，打了个响指："就等你这句话！"

项桓请他上台阶进主帐，宛遥紧随之后，正将进去时不经意一转头，在前方的营帐前隐约瞧见一个朦胧却笔直的身影，正一动不动地面向着这边。

有了宇文钧执笔修改，项桓乐得清闲，在边上心甘情愿地给他当磨墨的小厮。

"这地方的预算太多了，删一些为好，这里也是，近年百姓收成并不好，炭价比较贵，改成烧柴吧。"

宛遥替他俩各自端上茶水，宇文钧道了句谢，顺嘴问："姑娘才到锦城，去住处看过了吗？可有需要添置的东西？"

"劳将军费心了。"她含笑道，"爹娘都说东西很齐全，比在嵩州时方便许多。"

宇文钧朝宛遥温和道："锦城这个地方应该会成为我们后方最大的据点，以后大家可能要在这里长住一段时间，若有什么不习惯的，你尽管提，千万别委屈自己。"

"嗯，我知道了，谢谢宇文将军。"

项桓端起盖碗走到窗边，毫无形象地往台子上一坐，酸溜溜地叹道："宇文，你看她现在对你比对我还好，方才在路上还说今日是特地来找你的，又是做补药，又是讲好话，我这个未婚夫可真没地位。"

宛遥暗自龇牙，回头拿眼神警告他。

少年仍旧叼着杯子，懒散地笑着。

宇文钧用余光一扫，无奈地轻叹："你们小两口拌嘴莫要带上我，让舅舅听到，我会有无妄之灾。"

自从那日和宛延一番争吵，项桓就再也没提过提亲的事，但身边的人都隐隐约约能感觉出他在战场上那不同往日的奋进与拼命。

打下长安，有可能真的不是他信口说的气话。

"下着雨呢，不要老坐在那儿，会把衣服淋湿的。"宛遥拉着项桓从窗上下来，伸手合上卷帘。

冷雨随风飘洒入内，零星地落在宇文钧的手边，他之前一直专注看账目，此时才被雨珠中的寒意惊得陡然回神，下意识地侧头望向天光明亮的窗外，讷讷开口："下雨了？"

"是啊。"宛遥自然而然道，"下了有一会儿了。"

静默片刻，宇文钧好似瞬间想起什么，猛地丢下笔，箭步冲了出去。

宛遥不解地望着他的背影："宇文将军？"

雨不知落了有多久，地面湿漉漉地倒映着天空。冬雨不大也不小，却最为阴冷刺骨，巡逻的士兵皆将帽檐往下压，步伐透着谨慎。

宇文钧站在无边无际的大雨里，一转身，在白雾迷蒙宛若仙境的四周，依稀看见自己营帐外站着的那个人。淮生还是保持他离开时的模样，一动未动，甚至连眼神都还那么清澈。

"淮生！"

他走得很急，脚下踏着水洼，衣摆顷刻溅上了斑斑点点的泥污。宇文钧靠近时，才发现她浑身几乎湿透了。营帐明明就在一旁触手可及的地方，这个女孩儿却固执地选择站在原地等他。

宇文钧用近乎质问的口气厉声问道："都淋成这样了，为什么不进去躲雨？"

他已经这么生气了，可面前的淮生似乎并不明白他为什么会发火，目光透出疑惑，言语却带着理所当然："是您让我在这里等一会儿。"

宇文钧微微一震，他望着女孩那双好似雨水洗过的双眸，心中有一瞬无法言喻的难受。

她对他永远是绝对服从的。哪怕几十年腐朽的战俘制土崩瓦解，淮生还是像她所熟悉的奴隶一般，没有怨言地跟着他上战场，跟着他走南闯北，甚至，倘若他要她的命，淮生大概也会连眼睛都不眨地为他去死。

宛遥和举着伞的项桓跟出来，目之所及，便是一高一矮，在雨中互相对视的两道身影。

淮生的头发并不很长，也许是为了便于打理，她时常会自己动手修剪得短一点。

宛遥用干净巾子给她擦干雨水，淮生就安静地坐在椅子上，十分乖巧地由她摆弄。

"等下记得喝碗姜汤驱驱寒，虽说你们成日行军打仗，身体大多强健，可也总不能自己折腾自己啊。"

少女老实地应声："我知道了。"

背后忽传来两道轻叩，宇文钧正站在门外，他换好了衣衫，眼神带着询问。

宛遥微微一笑："进来吧，宇文将军。"

他略显局促地在四周打量了一下:"小淮怎么样了?"

"她很好,注意保暖就行。"见宇文钧极其自然地伸出手,尽管暗自愣了下,宛遥还是将巾子递过去。

她素来懂得察言观色,立马给自己寻了个顺理成章的借口:"那我去给她找件替换的衣裳,先失陪。"

宇文钧:"有劳。"

一路目送着宛遥出去,看到将军这动作似乎是要亲自帮她擦湿发的样子,淮生惯性使然地就要起身。

"你坐下。"肩头一股不容抵抗的大力袭来,宇文钧用掌心将她又摁回了原处。

淮生只能百般不自在地垂首,指尖来回搅动怀里的衣带。

他许久不说话,气氛便这般诡异地僵着,脑袋上修长的五指极其注意分寸地搓揉,险些让她萌生出昏昏欲睡之感,正是在此时,淮生恍惚中听到一缕淡淡的轻叹:"下一次,放聪明一些,别这样揪着那些礼数和字眼不放,懂了吗?"

淮生定定地瞧着自己苍白的十指,然后将它们轻轻交错在一起:"我现在是不是越来越没用了?"

宇文钧蓦地一愣,眼睛不自觉地睁大了些许,他慌忙解释:"不……不是的。"

她不解地发问:"那你为什么总想让我走呢?"少女转过头,清亮的眼睛撞进他的视线里,言语既茫然又疑惑,"为什么不想让我跟着你一起了?从嵩州城破开始你就想把我留在外面,我是不是有哪里没做好?"

她忽然有些沮丧地抿唇:"可我也只会打仗啊。"

宇文钧:"我……"

他想说,我觉得你更应该做一个普通的女孩子,安安稳稳地过完这一生。嵩州,成都,不管是什么地方,只要你愿意留下来,我会找一户富足的人家收养你,白天不必起早贪黑,夜里不用担惊受怕,每一日皆是平静祥和。想学什么,琴棋书画,或是骑射打猎,放风筝,斗蟋蟀,哪一样不比随军风餐露宿要好。

可他望着淮生极认真的表情,终究还是没能将想说的话说出口。

宛遥不知从何处捡了一条树枝,往墙上一靠,显得心事重重。

"我总觉得宇文将军对淮生的态度有些不一般。"她漫不经心地揪着枝条所剩无几的嫩叶,双目无神地盯着虚空处,"你说他不会喜欢淮生吧?"

项桓才把桌上的清单整理好,一边提笔誊抄宇文给他修改的账目,一边事不关己地闲聊:"那他可就惨了。"

宛遥奇怪地转过身:"怎么讲?"

"宇文是大将军唯一的外甥,他父母双亡,大将军呢,又膝下无子,可以说他们俩算半个父子。战事总有平息的一天,届时要建起自己的势力,自然得拉拢士族权贵。"项桓一副很懂的语气,拿笔沾了沾墨,"联姻肯定是少不了的,尤其是正妻的位置。将军绝对不会让宇文娶这么个身份低微的女人,顶多同意纳她为妾。"

宛遥她越听越发愁,把枝条折成了两截:"宇文将军这样的性子,只怕会很为难。"

"他为难也没用,时局如此,这是命。"

宛遥不大喜欢他这么风凉的言语,投去怨怼的视线:"无论怎样,他跟你是兄弟,届时大将军面前,你得帮他说话。"

项桓从一大堆书册间抬头,无奈道:"这是人家的家事,我怎么好帮腔?"

"那你让他帮你画走马灯图纸的时候呢,就不是家事了吗?"她忍不住走过来,"宇文大人平时对你这么好,连这点小事你都不帮他?"

"大将军的安排不算小事了,况且这二者的情形又不相同……"不经意触到宛遥的眼神,见她显然带着不悦,分明是行将翻脸的架势,项桓求生欲颇强地闭了嘴,只好不耐烦地改口,"好了好了,我帮,帮行了吧!"

真是,有个媳妇跟供祖宗一样!

514

第十五章 毒斑

正月北风呼啸，又是一年战火纷飞的冬天，记忆里这几回的年关似乎都未曾消停过，不是困在城内受人围攻，就是随军奔走在大小城郭之间。南北的战争好像永无停息之时，久而久之，夹缝里生存的百姓们也习惯了这种"三天一小仗，五天一大仗"的时局，连春节也过得格外放纵热闹，颇有些今朝有酒今朝醉的意思。

宛遥去医馆内借了几本书，她每到一处都有查阅地方志和当地药草集的习惯，自己常用的医书在当年离家之时未能带走，这两年的战火奔波，倒让她又得此机会重新写了一本集注。

宛遥正抱着三两书册从城门前经过，不知怎么了，城门处忽然骚乱起来。原本相安无事的百姓们呼喊着四散逃窜，守门的将领似被什么所惊动，如临大敌地端着刀枪。

她站在长街上奇怪地踮脚望去，只见那郊外进城的官道上，一个穿着魏军军服的铁面人摇摇晃晃地往这边走。他的身形甚至比一般的壮汉还要魁梧，胳膊筋肉虬结，嘴里不清不楚地号叫着，貌似十分痛苦，然而手上的力道却分毫不减，不过一挥臂便将靠近的士兵推得飞了出去。

"是落单的'铁面军'，快快快，把西城的兄弟喊过来帮忙！"

在街上巡逻的虎豹骑拎着武器疾步从她身边跑过。

因担心会出现伤亡，宛遥寻了个安全的地方观战，并未急着走开。

那铁面人虽然力大无穷，但到底势单力薄，随着周遭围聚的守卫越来越多，铁面人难敌四手，很快被众人用枪戳成了筛子。庞大的身躯轰然倒下，溅起一地滚滚尘埃。

四周是人们心有余悸的感慨之声。

宛遥远远地等了一会儿，眼见并无危险，这才提裙上前给几名倒地的伤兵诊治。

她常往军营跑，不少虎豹骑是认识她的，当即腾出位置，小心翼翼地把这尊佛高高供着。

被铁面人击飞的士兵大多伤到筋骨，宛遥一面迅速给他们做简单的接骨处理，一面让人去准备担架。

"这里不是前线，怎么会有威武军出现？是杨岂要出兵偷袭吗？"

见她发问，立时有士卒应答道："跟偷袭没关系，宛姑娘你有所不知，那'转生丸'消耗人体精气，第一批嗑过这药的人已有不少陆续失控，周身血管暴胀，疼痛难忍，以至于敌我不分，见人就打。"他继续道，"杨岂自己应付不过来，索性就把这些祸害放出营外，任其自生自灭，倒让我们帮着擦了不少屁股，着实可恶。"

士卒说得愤慨，宛遥却收回视线去看横在不远处的，堆成小山一般的铁面军尸首。

几个守城的将士合力把人抬起，预备丢出城外，那盖在脸上的铁疙瘩"哐当"一声坠落，面具之下早已是一张分不清本来面貌的脸。

乱世里的人命如浮萍草芥，任由几方势力捏扁搓圆，有用时呼来唤去，无用时弃如敝屣，想这古今千年，多少王朝更替，不都是这样过来的吗？

回去的路上，长街已然恢复了平静。

季长川大概是自己没成家，人丁不兴旺，于是喜欢找个大房子将一众人等聚在一块儿唠嗑，尽管他不常回府，却也依旧爱看自己的宅邸里人来人往，有些烟火气的样子。

宛遥捧着书从角门进去，想趁闲来无事好好地研读一番。正路过拐角要往自己房间里走，一晃眼似乎看到两个人影站在后院内。

她到底是个女孩儿，八卦之心很难压制的，把刚踏入垂花门的脚又悄悄收了回来，倒退着挪了几步。

那院儿里站着的是宇文钧，而他面前的居然不是淮生，而是个宛遥不认得的姑娘，两人轻轻地交谈，不知在说些什么。

女孩儿是侧身背对着她的，身形比淮生高挑一点，但却把自己的头压得很低，一副怯怯的模样。时间过了没多久，只见她递去一个香囊和一封书信，表情很是羞赧。

这幅画面摆明了是在表白心意,等看清情况不对时,宛遥再想回避已经很难了。

宇文钧瞧着香囊和书信,沉默了片刻,不晓得是怎样回应的,但看那女孩子隐约泛着泪光的水眸,不用想也能猜到是给推拒了。

姑娘连东西都没能送到他的手上,便悻悻地转身,抹着眼泪委委屈屈地离开。

感情的事的确很残忍啊……

待那人走远,宇文钧似乎早已觉察她在此处,遥遥唤了一声:"宛姑娘。"

见他先开了口,宛遥也就不好再回避,走出来盈盈一拜:"宇文将军。"

打完照面,她朝适才那位姑娘离去的方向望了一眼,没收回视线:"模样标致,举止优雅,衣着光鲜,想来也是大户人家的小姐。宇文将军就不多考虑一下吗?"

身边的年轻将领被她这么一问,反倒局促起来:"我……眼下还没有这个打算。"

宛遥并未细细深究,只不动声色地说:"是因为淮姑娘?"

很意外地,这个平素沉稳自持的青年的面色不可控制地涌出绯红来,看得出他是想辩解一番的,但兴许觉得自己这不正常的反应已经让她看出了端倪,便也就自暴自弃地冲其笑笑,有几分少年人的青涩与无奈。

宛遥平和地点头:"那她知道吗?可需要我帮什么忙?"

"不用了,不用了……"宇文钧有些慌张,然后垂下眼睑,带了点落寞的神色,"小淮她天真单纯,对这种事向来懵懂无知,我也不太想给她平添烦恼,还是罢了。多谢姑娘的好意。"

他的礼数与言辞依然滴水不漏。

许多时候,宛遥总觉得他和淮生是有相似之处的,一个永远处变不惊,一个一直稳如泰山,也不知究竟要到何时何日,以及何种情况之下,覆盖在他们周身的那层冰才能有所撼动。

前线和军中总是有事要忙,三天的烤羊日,直到十五,季长川才抽得半天空闲,他虽热爱行军打仗,却也不会亏待自己的嘴,很会享受。在自己这辈子漫漫无边的征途中，机缘巧合，曾跟着几位西北的老兵学得一手烤羊的好技艺，可惜当了将军反而无处发挥。

这天夜里，他来了兴致，便命人将府内的花园收拾出来，架起几堆火，亲自给众人烤羊肉。

大老远就能闻到烤肉鲜香的味道，偏生吹的还是北风，项桓一路嗅。

宛遥在边上睇他："看你那点口水……"

后者原本就做做样子，却还厚颜无耻地侧头示意："给我擦一下。"

宛遥颦眉嫌弃了半天："才不要，要擦你自己擦。"

他脸不红气不喘地说："我口水怎么了，平时吃的时候，也不见你嫌。"

到底是被项桓这不要脸的话给惊呆了。宛遥的脸色白一阵红一阵，一个字都吐不出来，揪着他衣摆就要打。

项桓眼疾手快躲得十分游刃有余，手撑着栏杆，轻轻一跃便跳下了走廊，还顺便闪避了后面扔来的一块石子。

"项桓，你给我站住！"宛遥姑娘气急败坏，绕出台阶往这边追。

早已落座的宛大人强忍住额头快爆出的筋，念了几遍清心咒才把自己那一口老血给咽下去，摇头叹道："女大不中留啊，家门不幸……"

宅子之前是座无主的旧府邸，因为够大才被季长川相中，用来容纳这一帮老老少少。说是花园，但实则久久没人打理，荒凉得很，这会儿跟着新主人沾了光，也颇难得地有了人情味。

院中摆好了几张桌椅，来得早的人已然落座，一言一语地话起了家常，一派闲适景象。

季长川本人却很是忙碌，在火堆边绕来绕去地翻转羊肉，不时洒上几把调料。尽管出了一头薄汗，他却乐此不疲似的，兴致勃勃。

肉烤好还有一段时间，花台下面，项桓整理着被宛遥扯乱的衣服站起来，一本正经地说："宛遥，你现在打我可以，以后这样算是谋杀亲夫，犯七出的……"然后又在女孩子发火前引开她的注意力，往旁边一指，"看他们那帮人在干什么？"

宛遥愤愤地瞪着他，却还是很老实地顺其视线望过去，就瞧见不远处宇文钧、秦征等人围在淮生跟前，连陈文君也在其中。

"这玩意儿是精铁做的吧。"余大头摸着下巴感慨，看宇文钧拿他那把佩剑朝着淮生手腕的铁环用力砍了几下。

一串脆响,火星四溅。

陈文君在旁有些心悸,还是怕伤到女孩儿的皮肤:"当心一点。"

但宇文钧显然很克制自己的手劲了,鬓边上深刻地蹦出青筋,奈何数剑下去,那环上也不过就只多了几道伤痕,分毫未断。

秦征像是早有预料:"不行的,我试过。这环足有两寸之厚,便是寻常的熟铁也不易斩断,更别说精铁了。"

宛遥伸手去掂了两下:"真沉,这岂不是得戴一辈子?"

秦征抱着怀,无所谓地笑笑:"可不就是得戴一辈子吗?"

宇文钧眉头紧锁地端详着那块厚重的铁料,似乎并不打算轻言放弃,反倒是淮生不以为意地提醒:"将军,当心你的剑。"

他轻叹着摇头,又不好再多言,只能先将佩剑收起。

上一代的奴隶正是因为这个铁环,几乎抬不起手,等同于废掉一条胳膊,宇文钧到底是想帮她把这块枷锁卸掉。

陈文君见状,低头若有所思地沉吟:"这精铁是舅舅当时就地取材,用西北附近的铁矿冶炼而成的。据说为了以防万一,也同样做过一柄能够斩碎此铁环的重刀。"

她毕竟是袁傅的外甥女,武安侯将战俘带到了中原,作为他的家眷,陈文君倒也知晓几分其中的内情。

"对了……"宛遥险些快忘了她的身份,紧接着问,"那刀呢?"

她遗憾地耸耸肩:"舅舅投奔燕王,侯府自然被抄了,我们家为了避嫌不敢去收拾东西,最后大半财物都落到了杨岂手里。那柄刀好像也被他留下了,兴许是觉得好用,就连上战场都是随身带着,要拿到估计不容易。"

"很简单啊。"项桓摊开手,"反正迟早有一天我们也是要跟姓杨的决一死战,届时再把东西抢回来,不过顺手的事。"

宇文钧深觉有理,颔了颔首。

余飞便拿手肘去不怀好意地捅了捅秦征:"喂,这么说来,咱们打胜仗,对你而言好处最多了。要不给个彩头,谁先帮你抓到杨岂,你付一百两黄金的报酬如何?"

项桓:"一百两黄金,你可真能狮子大开口啊。"

他嬉皮笑脸地说:"找找乐子嘛,成日里和那帮恶心巴拉的怪物打架多没意思,是吧,秦征?"

秦征倒是大方,垂眸一笑:"行啊。"

这群小年轻聊得正高兴,季长川用切羊肉的刀往碗沿上轻敲了两下,一嗓子喊道:"孩儿们,吃年夜饭了,赶紧过来。"

漂泊了一整年,也就今时今日能有片刻的宁静祥和。

同桌的有宛延和项南天两座大山,项桓只在远处看了一眼,近来这一对老兄弟不知怎的冰释前嫌,反倒一致对外,针对起他来,数落的时候简直一唱一和,好似以自己为祭品给二老架起了一道友谊的桥梁。

一个项南天已经够人受的了,项桓吃不起两道唾沫星子,抢羊腿肉连轻功都用上了,眨眼便从铁架子上顺了两只,拉起宛遥迅速躲到石亭子里头吃独食。

"这臭小子!"季长川好气又好笑地骂道。

幸而剩下的食物多,还不至于为他这几块肉落得众人不能饱腹。

大将军举杯之后,这桌羊肉宴算是开席了,项宛两家的老爷今日不知因何兴致颇好,倒凑在一块儿行起酒令来。宛夫人素来是个娴静温慧的性子,只坐在一旁安分地品茶,不时尝上几片羊肉,便要用帕子细细地擦一回嘴。

相比之下,对桌而坐的项圆圆全然是随了他哥的模样,上蹿下跳,停不下来。

"大将军我能不能吃那条羊腿啊?"

"外皮还是烤得酥脆些更好吃……陈姐姐,你若不用辣酱,可否借我刷一刷?"

"秦征哥哥……"

她嘴巴甜,叔叔、姐姐、哥哥满场的人叫了个遍,吃得满嘴流油,偏偏还往宛夫人跟前凑:"宛姨,你吃里脊肉吗?味道可好啦!"

对方看她那吃相,忙避之不及,十分嫌弃地朝旁边躲了躲:"不、不必了。"

好在项圆圆也就礼貌性地问一句并没打算继续纠缠,见她推拒,也就蹦蹦跳跳地寻别人折腾去了。

宛夫人眼见着这姑娘疯疯癫癫的,内心忍不住哀叹:项府果然是京城最大的染缸!

在座的人三五成群，很快便分作截然不同的两种类型，上了年纪的人互相感慨人生，对酒当歌，聊着当下的局势、未来的走向；而年轻一辈则图个"人生行乐须及时""明日愁来明日愁"，不是插科打诨就是谈笑风生，纵然战事终结依旧遥遥无期，却能凭借今日之酒，将那些家国天下短暂地抛诸脑后。

秦征吃不惯羊肉，但又不好缺席，于是只坐在那里就着一碟花生米下酒。

陈文君环顾四周，悄悄地在桌下拉他的衣袖，继而捧出一个两层的盒子。

"什么？"他的唇角微扬，带着好奇。

"我知道你今天肯定吃不了多少东西，所以偷偷去厨房做了一点小点心。"她语气献宝似的，却又有几分小心翼翼，"你尝尝看。"

"你做的？"青年的眼中黑白分明，有诧异与一丝丝意味不明的笑。

"是啊。"身旁的姑娘心思单纯，目光里隐含期盼。

他很配合地捡了一块放进口中，嚼了两下之后，唇边的笑意却再也掩饰不住。

"怎么了？"陈文君试探性地问。

青年笑着说没什么："你做完了，自己吃过没有？"

"还没……"

他闻言便不再追问，仍旧轻描淡写地一块一块慢悠悠地品。

陈文君不大服气地瞪了瞪眼，夹起他吃剩下的点心浅尝了一口，糕饼刚刚入口，她气定神闲的表情顷刻土崩瓦解，默默地将盒子收起来。

到底是十指不沾阳春水的大小姐，何曾下过庖厨做过粗活？秦征跟她那么久，对这一点自然是心知肚明的。

他倒是不在意地一笑，摁住她的手把食盒接走："下回想吃什么，我给你做就是了，犯不着这样麻烦。"青年宽慰道，"倘若真的要学，不妨去向宛遥姑娘请教一下。"

陈文君也不反驳，与他四目相视，听话地点点头："嗯。"

余飞坐得离他俩最近，冷不防被秀了一脸恩爱，有苦没处说地端着酒杯换了个地方。

他举抬起眼一望，左边是秦征和陈文君，右边是淮生与宇文钧，到处成双成对的，简直能瞎了自己这一双灿若星辰的眼！

"太过分了。"他最后只能选择往项桓待着的这片小亭子走来，一路愤愤

不平,"我最讨厌那些在大庭广众之下秀恩爱的,这不是欺负人吗!"

话音刚落,就见好兄弟切了一块羊肉递给宛遥,再何其自然的给姑娘擦了擦脸颊沾上的一点油。

余飞一时语塞,觉得自己这肚子里的气下一刻就能原地炸掉。

"喂,项桓。"余大头苦哈哈地往他身边一坐,"兄弟我还单着呢,你就不能帮我想想办法?"

对方慢条斯理地吃肉:"你想让我帮你什么?"

余飞揪着一把草思考人生,想了想,忽然灵机一动,很"机灵"地开口:"你们家圆圆元熙十年生的吧?明年就该满十四了,我能不能——"

话还没说完,项桓已经冲他的臀部踹了一脚,直接把人踹下了台阶,简明扼要:"不能,滚!"

他坐在底下哀号:"怎么这样,还没说完呢!我哪儿不好啊,大舅子……"

"大舅子"被他号出了一身鸡皮疙瘩,举起刀:"别嚷嚷,再嚷我揍人了!"

夜风清冷,寒霜无孔不入。

宛遥缩在项桓的背后,借他的身体遮风,静听着四周的声音,像是太平盛世,人间祥和。

吃到后半夜,众人都喝得有点高,一帮大老爷们勾肩搭背地睡在一起,也不知是怎么散场的。

宛遥是姑娘家,倒免去了被灌酒的折腾,照旧维持着早睡早起的好习惯,天还没亮,便在厨房里帮着煮些醒酒汤了。

难得一天清闲,项桓睡到日上三竿才悠悠醒来,一睁开眼,屋内已经有人在小火炉上烹起了热茶,浅蓝色的一道倩影,看得人心情很是舒服。

项桓不知道宛遥已经来了多久,却也佩服她能有这样的耐性,能够安安静静,一言不语地在屋里等着自己。试想倘若换成他,只怕早就坐不住了。

"醒了?"宛遥并未抬头,揭开盖子往碗里加了一瓢滚水,"脑袋疼吗?把酸辣汤喝了会好受一些。"

四周弥漫着温热的水汽。

少年抱着被子懒在床上,一双还没睡醒的星眸散漫地打量着对面的姑娘,本能地开口:"给本将军端来。"

然而迎接他的没有汤,是一张厚实的坐垫,结结实实地糊了一脸。

项桓已经习惯了她偶尔这般不疼不痒地回击,觍着脸笑,把垫子从自己面前抽开:"宛遥,我发现你最近的手劲儿越来越大了。"

"你如果不招惹我,我力道还能再小一点。"到底是好脾气,虽然身体力行地鄙视他,宛遥却也还是将汤碗拿了过来,挨在床沿坐下。

少年翻身而起,得寸进尺地开口:"都端到这儿了,不妨喂我吧。"

宛遥慢条斯理地扬起手:"信不信待会儿我就照你脸上泼过去。"

后者眨了两下眼睛,厚颜无耻地把碗接着,眉峰轻挑:"不信,你肯定舍不得。"

茶水尚在沸腾,宛遥留他在原地喝汤,自己则坐回去捅了捅火炉,初春的风还是很冷,顺着缝隙溜进来,把炭火里吹出明亮的火星。

项桓注意到她总是看着窗外出神,像有心事的样子,遂放下碗问:"在想什么?"

"我在想……"宛遥手中还拎着火钳,目光却很飘忽,"这场仗什么能结束。"

他正要开口的动作骤然凝滞,很快便沉默下来。这个问题的确非自己所能回答,项桓只捧着只空碗,有一下没一下地用勺子在其中敲动。

忽然,她没头没脑地问了一句:"你说,他到底是什么样的人?"

项桓:"谁?"

"大魏的皇帝。"宛遥若有所思地颔首,"很久之前我曾经被他召去宫中住过一段时间,有些接触。我说不清那种感觉……"

至今回想起沈煜当年的言行举止,回想起那副阴郁寡笑的眉眼,她依然感到浑身不自在。

"他像是对所有人和事都漠不关心,却又在心里藏着许多情绪。我看过他的眼睛,总觉得那里面透着很深的孤独,他甚至连自己的亲眷都不爱。我不清楚历代的帝王,但一个人真的能冷漠到这种程度吗?"

项桓不以为意地把碗搁在床头,拾起靴子往脚上套:"坐在高位上的都是这样的吧,顾及的事情多了,人就开始疑神疑鬼,即使是大将军,自从他发兵北伐之后,整个人也愈发有些形单影只了。"

季长川占了南边的半壁江山,却一直只专心打仗,半点没有别家造反后,首领那种迫不及待要自立为王的心情,什么六部、丞相、内阁一概不设,顶

多让他身边的参军和当地知府一块儿打理琐碎事务,哪怕属下忙成了陀螺,他也依旧对称帝之事只字未提。

宛遥怅然地捧着茶杯搁在自己膝上:"你说将军今后也会变成这样的人吗?"

"谁知道呢?"

项桓的靴子才刚穿好一只,屋外廊下脚步声急促,似有何人匆匆而来,跑得上气不接下气,直接挡住了大门过半的光线。

"将军!"来者一身绛红军袍,看装扮应该是他麾下的亲兵。士卒刚要说话,眼见宛遥在里面,顿时又颇识时务地闭了嘴,颤巍巍地打量项桓的眼神,担心自己是不是来得不是时候。

少年一颔首,示意他无妨:"什么事,讲。"

"启禀将军,驻守曲州恩阳一带的虎豹骑不知怎么地接连出现高烧不退、咳嗽不止的症状,已经倒下数十个兄弟了。"士卒迟疑地抿紧唇,"听军医那边传来的消息,只怕是……瘟疫。"

几乎是在同一瞬间,项桓和宛遥的脸色皆是一变。

"等着,我换衣服。"他迅速抄起床尾的衣袍,往肩头一披,吩咐道,"去帮我备马。"

士卒应声退下。

宛遥随即起身:"我跟你一块儿去。"

曲州的驻地离锦城约莫有大半天的路程,赶到军营时已临近傍晚,项桓抱着她下马,两个人甚至来不及饮上一口水,便随领路的士卒往兵舍方向而行。

宛遥一直是个爱多想的人,提到瘟疫,一路上她都有种不太好的预感,心跳得有些快,往事浮光掠影,幕幕惊心,总是害怕当年长安城的旧事重演。

怕她跟不上,项桓勉力稳住脚步,沉声问:"营中瘟疫蔓延,为何现在才来回禀?"

士卒答得小心:"近来开春,患风寒者甚多,起初大家的症状和寻常的头疼脑热并无差别,以为吃两剂药就好了,属下一时失察,所以……"

他没有再问,撩起帐子走进一间营房,里面躺了三人,此时都有气无力地瘫在榻上,一位年轻的医士正在旁边诊治,见状忙起来行礼。

"将军,当心被过上病气。"士卒给项桓递上面巾遮脸,他却一摆手,先递给宛遥。

"谢谢,不好意思,且让我看一看。"她三两下系好面巾,朝军医一点头。

项桓就跟在宛遥的身后,见她半跪在榻前,眉头紧锁地把着病患的脉,好一阵子未曾有动静。

那位年轻的军士双目紧闭,脸色显出不正常的红,间或有不受控制的咳嗽。

宛遥像是在确认什么,很快解开士兵的护腕,往上撩起袖子,露在外面的胳膊十分干净,预想中的紫斑未曾出现,只是有点黑。

"怎么样?"项桓问道。

宛遥放下那人的手,起身与他对视:"单单只是脉象,与之前的疫症是不同的,但以防万一,你最好还是把他的衣服脱下,瞧瞧身体别处有没有斑痕。"

大概是被上次的恶疾给吓怕了,知道伤兵营的情况是虚惊一场,倒让她无端松了口气,但静下心来仔细一想,却也未尝是件好事。旧的顽疾虽怕它恶化,可好歹有方子能够让人有迹可循,新的疫病却是毫无头绪,无从下手,不过看着没那么唬人罢了。

连着几天,宛遥都跟着项桓衣不解带地在营中几处伤兵的房舍内来回跑。

病情虽然勉强能控制住,但没办法根治,而随着时间的流逝,病倒的士兵已经越来越多。

再这么下去,只怕得通知季长川来一趟了。

到了项桓这个年纪,若非是自己实在解决不了的事,他是不想惊动大将军的,现今也是如此。

宛遥同几位年长的军医相谈到深夜。从青龙城到嵩州再到成都,跟着这群当兵的南来北往走动,成日想着怎么给他们换更有效的治病良方,她在药学方面的研究也终于能在长辈面前得到一个吝啬的点头。比起当初长安医馆时的手忙脚乱,现下饶是瘟疫当前,宛遥也显得镇定许多。

项桓提着吃食撩起帐幔时,她刚送走老军医,正凑在灯下翻阅书籍,摆弄药草。

"还在忙?"少年把帐帘抚平,坐在女孩儿对面,十分细心周到地将热

好的饭菜摆上桌。

"嗯,方才和几位大夫聊了聊,你吃过了吗?"

项桓替她放好碗筷,轻轻一笑:"我肯定吃了,你不用管我。"

宛遥接过汤碗,吃饭的时候却也不肯闲着,每每吃两口,就得翻几页书,再往药草堆里挑拣一阵。看她这么吃下去,再热的菜肴也早晚得凉。

一页书正待掀过去,项桓不由分说地抬手摁住宛遥的手,顺势一抽,一副要没收的架势:"吃饭就好好吃,三心二意的,一会儿积食。"

她笑了:"听了我那么多碎碎念,你倒也学了个'积食'的说辞来现炒现卖。"

项桓将书放在自己的脚边,给宛遥另盛了一碗饭:"论医理,我当然没有你那么精通,但是耳濡目染,至少不是个睁眼瞎,好歹是能分清萝卜和人参。"

试想她这些年学医,也确实是有些机缘巧合的意味。

初时年幼,因为项桓热爱跟人打架,身上三天两头挂彩,两个小孩子又不敢告诉大人,因为同项南天交代了,说不定还得伤上加伤。好在宛遥姑母家开医馆,她记着那里头有药,于是借口溜进去胡乱摸了许多来,可药品如此之多,她半瓶也不认识,只能用项桓做活体实验,酸甜苦辣挨个尝试,直到将他喂了个半死不活,才渐渐摸出点门道来。

很多时候,一项技艺和喜好的产生总是缘于一些微不足道的巧合。起初不过是抱着让他少受些罪的想法拜在陈大夫门下学一点粗浅的知识,未曾料到历经那么多复杂不可言的少女心事,反而叫她真的一门心思地扎了进去。

"你也别太伤神了。"饶是事情的确棘手到令人焦头烂额,面对宛遥时,项桓仍轻描淡写地给她夹菜,"治不好就治不好,天塌下来还有我顶着呢。"

她吃了一粒圆润的油炸丸子,直等咽下去才说:"刚刚同几位老先生谈了许久,就这些天病人的情况来看,我们猜测,这很有可能不是瘟疫。"

"不是?"项桓动作一顿。

宛遥握着筷子点点头:"寻常的瘟疫大多是邪气入体,以病患为中心传播,而此次营中的瘟疫却来得非常零散,明明我们已经稳住了疫情,负责照顾的医士、士兵没有染病,反而是隔了十万八千里之遥的营门守卫病倒了,这并不符合常理。现象如此背道而驰,更像是……"她神色认真,"中毒。"

项桓的表情微妙地起了些变化。

宛遥说："我怀疑是有人在我们的日常饮食中投了毒药，比如杨岂的威武军？"

"手段虽是卑劣了一点，但两军阵前无所谓光明正大，倒也未必不可能。"项桓闭目凝神琢磨了片刻，"毒能解吗？"

她为难地摇头："能解是能解，可也得寻到毒源才行，否则根本无法对症下药。"

尽管听上去依旧是项难办的任务，但多少指明了方向，项桓给了她一个了然的眼神："那容易，明日我派人去查日常饭食有无异样。不过但凡想大规模地下毒，多是在饮水上打主意，这附近只有一条溪流，可以顺着溪水找找线索。"

解药之事迫在眉睫，余飞被一纸书信调来营中帮忙了，项桓与他兵分两路，一个查饮食，一个查水源。消息被尽数封锁，尚未染病的士兵们活动在暗处，不敢太过大张旗鼓，倘若恩阳防线让人得知瘟疫肆虐，只怕杨岂的大军第二天便会屁颠屁颠地前来收人头了。

初春的山林里，雾气带着凉意，蜀地的河流冬天时极少有结冰的，走在山涧，耳畔都是潺潺的水声。

宛遥跟着项桓沿溪一路往上。

仗打久了，附近的山也荒凉了，村子里的住户减少，开春连野味都没人打，漫山遍野地跑。

身侧的草丛里忽地窜出一只兔子，这畜生居然不怕人，和宛遥竖起耳朵对了个正着，随后撅起屁股往回跑。它所经之处是间破败的庙宇，宛遥发现那结满蜘蛛网的雕像居然是敬德太后的，只可惜战火年间，哪怕是圣母也无人焚香祭拜了。

"想不到这地方，竟也有圣母庙。"她由项桓拉着踏上一处陡坡。

"咸安皇帝登基之初举国大肆兴修庙宇，小地方的知县为了讨好上面，粗制滥造地建一些也不奇怪。"

再往上，沿岸倒有几户零散的农家，能见得一两道忙碌的身影。

宛遥是在走近时听到小孩子的哭声的，那是个女孩儿，三四岁的年纪，不知怎么了，埋头缩在她母亲怀中一劲儿地喊难受。

妇人束手无策，只能抱着孩子走来走去地哄："乖，乖。爹爹上镇子给你买药去了，等喝过了药病就能好了。"

宛遥在那家人院前站了一会儿，终于还是犯起老毛病，忍不住上前："能让我看看吗？"

他们一行人除了项桓还有两个亲兵，皆做寻常百姓打扮。

望着面前这群不知打哪儿来的不速之客，妇人搂着孩子，眸中分明带着犹豫与戒备，宛遥随即补充："我是大夫。"

穷乡僻壤，缺衣少食，到底还是这句话触动了她，妇人定定地将这姑娘打量了一遍，这才缓慢把孩子递过去。

女孩儿已经哭得没多少力气了，只不住地抽噎着。

宛遥轻轻哄了两句，正撩起她的衣袖要把脉，却见她小臂上烙着一道清晰的深紫色的斑痕，何其眼熟。正被这道斑痕惊愣住，项桓的反应却比她快上数倍，他几步过来拉住那女娃的手，仔细打量后，与宛遥四目相视。

她隐晦地递了个眼神，蹙眉轻轻摇头，继而看向那位农妇："大婶，令爱所染之病乃是春瘟的一种，闹不好会波及全家甚至全村的百姓。这些天你若碰过她日常饮食之物，也必须立刻服药，以防不测。"

妇人的脸色瞬间起了些变化，但比宛遥想象中的要平静许多，很快她就问："是狼毒斑吧？"

能说出这句话，反倒令她意外起来，因为接触这疫病那么久，到现在宛遥才清楚它的名字。

狼毒斑，平平无奇的三个字却带出一股阴骘凶狠的意味。

宛遥："你知道？"

"怎么会不知道呢？咱们这地方隔个三五年总有人得病的，我爷爷，太奶奶都是死在病榻之上，附近的村落早些年还有个乱葬岗，专埋这样的疫病尸首，大家已经见怪不怪了。"

农妇脸色难看地叹了口气，将孩子抱在怀里轻轻地拍打，女娃娃哭累了，昏昏欲睡地歪在她的肩头。

宛遥闻之不解，甚至觉得有些怪异："三五年就暴发一次？为什么会这样？是从什么时候开始的？"

"说是当初凤口里兵变，宣宗皇帝陛下避难于锦城，几场仗打下来，战死的尸骨堆积如山，遍地腐肉，臭不可闻，时间一久才引发了疫病。"农妇解释说，"这瘟疫发病之时，周身肌肤会起紫色的斑痕，犹如尚未绽放的狼毒花，因此才得名'狼毒斑'。"

这个由来似曾相识，宛遥好像很久之前听人提起过，她问道："不是说当时大面积的疫情惊动了官府，最后出于无奈，只能将整个村庄焚毁，得病之人一个不留吗？怎么还会有疫毒流传出来？"

农妇摇了摇头："说是一个不留，难免有漏网之鱼，谁又不怕死呢？"

好死不如赖活着，哪怕活着受罪那也是活着。

宛遥恍惚想起那一日在疫区时，某位老者不经意的一句话："有好些年啊，蜀地的很多村镇都是荒无人烟的死地，你大老远看见了房屋，走过去会发现里面一个人都没有，能搬的人全搬走了。"

蜀地，蜀地……原来这就是当年传出疫病的根源之处吗？

她在沉思，而农妇却百感交集地哄着怀中的女孩儿："可怜这傻孩子，也不知道上哪里招惹了这阴魂不散的恶病，小小年纪就得吃那么大的苦，早料到如此，我便不该生她……"

药方其实两年前便从京城推行开了，不过小地方偏僻，信息难免闭塞，再加上连年战事，当地官府顾及不上倒也说得过去。

一直不动声色的项桓此刻才轻轻一笑："那你今天遇上她算运气好了，这瘟疫早就有根治的方子，你女儿这回有得救。"

农妇闻言微怔，看着面前笑得轻描淡写的年轻人，大概是他的神色过于玩世不恭，反而让人分不清话里的真假。妇人顿时迟疑不决，只好巴巴儿地去看宛遥。

宛遥笑了笑，朝她肯定地一点头："他说得不错，这个病前年就寻到医治之法了，一会儿我将方子写来给你。药一日三剂，不过你和你丈夫也一样要喝，屋子再熏上五日的艾草，半个月后便能痊愈。"

想着送佛送到西，项桓索性吩咐手下亲兵再去镇上跑一趟，顺便也将药方告知附近的村民。

活了大半辈子，逢得今日天降贵人，农妇感激涕零，不住道谢，若非还抱着孩子，只怕能给他们当场跪下。

"谢就不必。"项桓忽然话锋一转，顺口问，"你可知这条溪的源头是什

么地方吗？"

"水源？"农妇略一沉吟，抬手给他们指，"顺着这儿往上走半个时辰就是了。那边离恩阳镇外的山脉很近，前几年闹过山贼，这段时间打仗反倒太平了，也不晓得是为什么。"

宛遥突然抬起头："恩阳？"

行至溪流的上游，人迹渐渐罕至，各色草木却发了疯似的长，参天蔽日。

在农妇提起山贼时，项桓和宛遥都莫名感到一种难以言说的熟悉，随着靠近溪流的源头，那种感觉愈发强烈了。

等脚下踩到一块破旧的皮革，项桓才隐约意识到什么，他蹲下身把东西从泥土中挖出来。

时间隔得太久远，这玩意儿已经快和地下的树根融为一体了。

宛遥微微垂首，看清那是半张鞍子，她不明所以："马鞍？"

"是虎豹骑的马鞍，这里有标识。"他用手指拂过上面的纹饰，自言自语，"奇怪，怎么虎豹骑的马具会在此处……"

顺着方才的位置再往前挖，很快他摸得一个熟悉的水囊，囊身朴素，还有几片刀痕——是当年跟余飞打架斗殴时不小心划的。

"我的水囊？"项桓终于后知后觉地反应过来，"难道这里就是之前待过的那个白石坡吗？"

数年前为了攒军功，他们一行人曾经聚在某个不起眼的贼窝里。女孩无辜受累，少年急于求成，后来又经历叛军围剿，古墓探险，乱七八糟的事如今想来已模糊成一片。

"什么？"宛遥起身四顾，忽然喃喃道，"恩阳，恩阳镇……"

她可不就是在恩阳镇外救下的淮生，然后被她一路诱拐到白石寨的吗？

兴许是走到了寨子的背后，景致并不眼熟，项桓能认出来纯粹是靠这支离破碎的马具残骸，毕竟那会儿自己可是豁出了命，单刀赴会地折返回来杀温仰抢人头，还把心爱的战马折在此处，记忆想不深刻都难。

两人故地重游，惊喜的心思没有，满腹的疑惑倒是一大堆。

这地方大约鲜少来人，杂草都长出了几尺高，项桓同剩下的一名亲兵在前面开道，沿途摧花折草，动作极为野蛮。宛遥跟在后面，却觉得周围的景色好似在何处见过,尤其知道这是白石坡以后,旧时的片段零零碎碎地冒了出来,便想让他们等一等:"你慢点,我好像发现……"

她话没说完,却听得亲兵忽的一声厉喝:"什么人?"

同行的男子们都太为高大,对宛遥的身形而言,要看清前面发生了什么委实是件困难的事,她只能从窸窸窣窣的动静里勉强推断,那茂密高大的杂草中应该藏了一个行为鬼鬼祟祟之人,听声音是个男的,而项桓一行人的出现明显让他很是惊慌。

"你们,你们想干什么!"听声音多半要跑路。

可惜能在项桓眼前逃掉的人实在屈指可数。

这男子十分矮小,应该只比宛遥高上一两寸,等她视线清晰时,对方已经让亲兵老老实实地摁在了地上。

项桓一脚踩到木桩上,小臂搭在膝头,冷眼俯视:"我们什么都还没干,倒是你,跑什么跑?"

"我……我……"短腿男蜷缩在地上吞吞吐吐。

亲兵躬身在此人怀中一探,居然摸出一把金银玉珠的首饰:"将军,你看。"

仅仅只瞧成色,项桓便知晓这些东西价值不菲,他眸中一凛,神情间的戒备之色尽显,语气骤然凝重:"打哪儿来的,说!"

亲兵拎着他的后颈,一把将人拽起,使他与项桓面对面。

听到对方叫这位年轻人"将军"时,短腿男就已经感到不妙,此刻照面,被那双深如浓墨的眼睛一望,更是抖如筛糠:"我……我……"

看样子他大概是不会说话了,项桓挽起袖子揪住对方的衣襟,作势想使用暴力。

"慢着——"宛遥开口的刹那,少年的拳头正好停在短腿男的额间,甚至掀起一小股劲风。

男子咽了口唾沫,鬓角的汗水顷刻便落了下来。

她跑上前拉住他的胳膊,皱眉轻声薄责道:"别那么快就动粗,你不能多问两句吗?"宛遥看了看那短腿男,对项桓说,"让我试试。"

亲兵眼睁睁地瞧见自家将军不过微微抿了抿嘴唇,只朝身边的姑娘看去一眼,竟无比顺从地松开了手——百年难得一遇的奇观。

像宛遥这样的女孩子，大部分人在她的面前都会减少一半的戒心。

短腿男还瑟缩着，然而情绪明显稳定多了。

她随手在珠宝首饰里一翻，问道："方才为什么这么紧张？这些东西是你偷来的吗？"

后者急忙道："不是的，不是……"

项桓在旁不耐烦地提醒："若有半句假话，我剁了你的手喂狗。"

宛遥深谙唱红脸之道，当即点点头："不错，他真做得出来，我劝你还是如实交代。"

在这半哄半逼之下，短腿男可算是老实了，蔫头耷脑地回答："这些金银是小人在前面那个墓穴里捡到的……"

项桓："墓穴？"

他颔首说是："往上头走不远就有个墓。小人原本是附近的樵夫，不久前上山砍柴，偶然发现了一条密道，起初还以为是山洞，走进去才知道连通墓室。小人胆子小，一时不敢深入，等今天壮了一回胆，方往里探了探。"讲到此处，短腿男露出个隐含深意的微笑，"军爷，那棺材瞧着虽寒碜，不想却躺了个有钱人，小人这一点不过冰山一角，里头还剩着不少呢，您可以……"他尚未讲完，便让项桓一个眼神给瞪得闭了嘴。

不过说起墓，他确实记得白石寨的密道之下连通着一处墓穴，只是当年他们急着躲追兵，未曾仔细观察过。

他二人交涉之时，宛遥正在那堆饰品中一件一件地翻检，脸色却逐渐异样起来。

"项桓。"她皱了皱眉，指间握着一支金灿灿的发簪，隐晦地说道，"这些首饰可能不简单。"

项桓与她默契地对视，沉默片刻之后，二话不说地转身，吩咐亲兵："走，去看看。"末了又对准那短腿男的后背轻轻一踹，补充，"把他也一块儿带上。"

后者跟跟跄跄，哀怨地腹诽：方才装什么清高瞪自己，这不还是要去的吗？

墓道入口的所在被重重叠叠的杂草遮挡，乍一看毫不显眼，连宛遥都没认出来，这地方居然是当初他们亲手砸开的门洞。到底是两年多过去了，坟头草都长出数尺之高，还隐隐有要开花的迹象。

"军爷，就是此处。"

夹道依旧逼仄阴暗，深深地通向下面，站在门外，一股湿冷的空气从里吹出来，有种苔藓与发霉之物混杂的酸腐味。

短腿男身上带着备用的火把，项桓就着火折子点燃了，在前引路。

和多年前一样，神秘的墓道幽深而冗长，像是没有尽头。

宛遥刚迈进去，脚下便"啪嗒"一声，溅起了水花，她提着裙摆垂眸，若有所思地自语："水？"

放眼一望，火光照出的地面微波荡漾，竟浮着一层积水。想来是洞口暴露，导致雨水渗入腐蚀了石壁，否则不会有这么重的湿气。

"这地方可真够深的，想来墓主人生前十分富有，"亲兵押着短腿男断后，将宛遥护在中间，"属下听说但凡庞大的墓穴总会暗藏机关，将军可要当心。"

"不妨事，这里没有。"他语气笃定。

沿着甬道走了半炷香工夫，很快便抵达了进入墓室的石门前，门早就是打开的，借着项桓手中的火把，宛遥发现这里面聚集的水更多，鞋子一划，还能拨出涟漪来。

"还玩。"少年侧头责备地看着她，"一会儿鞋该湿了。"

亲兵站在后面，十分不能理解自家将军竟能做出带女孩子进古墓这种事。

宛遥将绣鞋从水洼中抬起，若无其事地说道："已经湿了。"

项桓只好无奈地抿抿唇："我等下来背你。"

亲兵手里还摁着那短腿男，见状叹道："你盗了墓还敢任凭棺盖这么敞着，真是不怕它诈尸啊？"

对方颇为委屈："我就是怕才不敢去碰的……"

棺椁是木质，底下铸了一圈坚硬的石框，外表还涂了药酒，以防水土和虫蚁侵蚀。

但不论怎么看，这墓穴从构造到用料，都粗糙简陋得像是闹着玩，难以想象墓主人的身边会有如此富贵的陪葬品。

项桓年少便在战场上开了杀戒，向来百无禁忌，无所畏惧。他行至棺盖之外，大喇喇地举着火把往里面一照。昏暗跳动的光芒下，是一具骷髅，空洞的双目平视前方，他往尸骸所穿的衣着上一瞥，漫不经心地说道："原来是具女尸。"

骷髅头的两侧明显空了出来，项桓抓着一把钗环正要放进去，听到不远处他的亲兵狐疑出声："这墙边还长了蘑菇……"忽然抬眼一扫，立时惊讶："怎么有这么多的蘑菇！"

那些蘑菇贴墙长了一圈，外观在不甚明朗的光线下隐约泛着红色，看着只是正常菇类的模样。

亲兵正弯下腰准备伸手去碰，宛遥却突然变了脸色："别动！"

他闻言一愣，大概是被她这一声搞得有些不明所以，又没来由感到一丝未知的恐惧，姿势便硬生生地僵在了那里，不上不下。

宛遥飞快取下项桓掌中的火把跑过去。有灯火照明，眼前蘑菇的颜色变得更加清晰，鲜红的外表艳丽如血，伞状的脑袋上还覆盖着细而密的白色斑点，她越看越觉得不祥。

宛遥取下帕子在蘑菇上一擦，一种浓稠的液体藕断丝连地黏在其中。

她皱起眉："有毒。"

亲兵惊愕："有毒？"

将火把往上一举，众人才看见，不止是墙角，整个墓室的四壁都密密麻麻长满了这样艳红的蘑菇。那些血淋淋的花伞挨挨挤挤地开在周围，像是无数双安静的眼睛，从四面八方悄然凝视着正中的棺椁。

宛遥还没说什么，那短腿男先起了一身的鸡皮疙瘩，若非亲兵拽着他衣襟，只怕早就一屁股坐了下去。他之前进门匆忙，又不敢多瞧，此时此刻才留意到这墓中的情景，打了一个后怕的冷战。

项桓已经从棺木前走了过来，倒是很淡定："我们上次经过时还没有这些，应该是石室内浸了水，太潮湿才长出来的。"

亲兵瞧着头皮发麻："靠尸气滋养而生的东西，也难怪有毒了。"

宛遥举着火把沿着墓室打量了一圈，甚至还找到了当年他们在白石寨密道中踩空的某个大洞，看样子，墓中积水也有大半是从上面流下来的。

"此处是在水源的上游，附近说不定有暗河，这般数量的毒物流入溪中，哪怕被水冲淡了，作用也不可小觑。"

项桓跟在她的身后："你的意思是，军中士兵中毒的原因就是这里的毒蘑菇？"

"我不好给你一个肯定的答复，得把这些东西带回去试一试毒性才知道。"宛遥转头,"但八九不离十。"

"明白了。"他打了个响指,招呼亲兵挑拣几只新鲜的蘑菇带走。

"眼下还不知道毒性虚实。"宛遥见对方跃跃欲试,在旁叮嘱,"要当心点,尽量别碰到。"

不能用手去摘,这倒是件费事的事情,亲兵自没有女人家随身携带绢帕的习惯,当然也不太敢找宛遥借,左右环顾片刻,最后落到了旁边的短腿男身上,目光简单直白地看着对方那件厚实的外袍。

后者被他盯得发毛,不自觉抱起胳膊。

半晌之后,亲兵手中拖着一件半旧不新的布衫,隔着衣料去摘墙壁上的蘑菇,小心翼翼地放在旧衣里包着。背后的矮小男子瑟瑟发抖地搓着自己单薄的深衣,颇为忌惮地望向他。

墓室内尚在滴水,那是一种很安静的声音,好似连空气的流动都变得清晰起来。

宛遥正在端详那具白骨,见惯了尸首,她如今情绪稳定多了,项桓倒不担心她害怕,只在四周观察细节。然而他没想到的是,转悠了一圈回来,发现她竟还站在那口棺木前,一副凝神思索的模样。他回想这一路上宛遥表现出对陪葬品不同寻常的兴趣,略一迟疑,举步上台阶,也跟着往棺椁中看了看,白骨如旧,并无异样之处。

"在瞧什么?"

宛遥的眉头是皱着的,她扶着冷冰冰的棺椁,不由自主地缓缓摇头:"你有没有发现这只木棺的陈设有种诡异的违和感,它太单调了……"

他问道:"你指的是墓室简陋,但是陪葬品很丰厚?"

宛遥不置可否地向他示意墓主人的衣物:"这位先人下葬时的服饰是苏杭织锦,如此提花的布样连我都不曾见过,只怕得是向宫中进贡的珍品,她肯定不是普通人。"

三两句话,让项桓开始隐约领会到她所要表达的意思:"莫非是前朝哪位妃嫔的陵寝?"说完又觉得不对,即便是不受宠的后妃,也不至于葬得这般草率。

"你再看看这个。"宛遥拈起女尸耳畔的一支纯金发簪在光下打转,"累丝嵌宝衔珠金凤簪,这是宫里的样式,能用上如此规制的钗环,至少证明她

绝对不是普通的妃嫔。"

也是怕对逝者不敬,她很快把发簪放回原处,若有所思地抬起头:"我有一个想法……"

项桓正转眸时,宛遥开了口:"你还记不记得大将军曾经跟我们讲过有关敬德太后的传说?宣宗皇帝在前线节节败退之下,带领一帮大臣仓皇逃至蜀地。况且还有一件有趣的事,茹姬死后被匆匆安葬在了蜀中,京师一收复,宣宗皇帝便派人回去迁葬,找了一年多却没寻到尸首。"

时间,地点和人物,若细细探究,不是没有吻合之处。

项桓眼中带着怀疑,语气是显而易见的惊讶:"你认为她就是敬德太后?"

"有这个可能。"宛遥将视线再次投向棺椁内静静躺着的白骨,喃喃自语,"不知到底是何人把她葬在了此处……"又或者是她自己想要留在这里的呢?

远离故土,遥遥千里,纵然长眠在粗糙逼仄的墓穴里,也不愿被当初深爱过的人找到合葬,生生世世,恩怨相对。这样一个曾经心怀天下的女人,临死前应该是有怨愤的吧……

说话间,亲兵已经采好了一袋毒蘑菇,很是谨慎地用短腿男的外袍包裹好,因为知晓军中瘟疫的来源,他连脚下的积水也戒备起来,走路的姿势怎么看怎么别扭。

"回去吧。"项桓看了一眼行将燃尽的火把,"到时候找人把这墓修一修,将洞补上,免得再让毒水漏出来。"

亲兵刚应了声,宛遥却不知看见了什么,忽然道:"等等……"她摁住了项桓正抚着棺盖的手,阻止他盖上棺木。

少年一脸不解:"怎么了?"

宛遥往棺中瞅了片刻:"你把棺盖往后再推一点。"

项桓狐疑地看了她一眼,虽不甚明白,还是依言照做。

"再推一点。"

沉沉的摩擦声回荡在阴暗的石室内,那短腿男瑟缩地打了个冷战,朝他们这边挪了挪,以求个心理宽慰。此时此刻,他不得不感慨这群人的胆子着实够大,连一个小姑娘都能面不改色。

微弱的火光照亮了白骨的后半身,由于没了血肉,精致的服饰松松地铺在里面,而腹部的位置能十分明显地瞧见有块凸起之物。

项桓伸手一探，却从骨架中摸出一块沉甸甸的四角金锭。他拿到宛遥的眼前，两人四目一对，都未发一语。

"金子……"宛遥沉默了片刻，金锭沉在小腹之中，若不是死后有人放在这里，那就意味着金子是墓主人生前吞进去的。

宛遥怀疑道："莫非她是吞金而亡？"

金银不会腐朽，因此哪怕数十年的光阴让血肉化为尸水，这些珠宝首饰也依然完好无损。

吞金自古就是一种奢靡却痛苦的死法。

金属入口即刻会划破咽喉，坠进腹中后又会因其过沉的重量撕裂肺腑，最后使人大出血而死。

宛遥又感到哪里不对，按大将军的说法，敬德太后应该是死于奸人的毒杀。

吞金则代表着自尽，毒杀自然是为人所害，如果真相是太后自戕，那所谓的"毒杀"到底是为了掩饰家丑，还是连当时的人们也并不知情呢？假设是后者，那个被处死的奸人岂不是白白丢了一条命？

返程的路上，宛遥就一直心不在焉。说不出是什么缘由，自打看见了这座有可能是茹姬埋骨之处的墓穴后，她长久以来对圣母的博爱无私的印象莫名消退了，反而从这四面透风的陵寝里感受到一个女人临死前天大的委屈与怨念。

回去后再途经那间破败的圣母庙时，四周荒草丛生，她远远地望着太后端庄慈祥的雕像，竟无端打了个冷战，脑中甚至萌生出一个很可怕的猜想。

但迎面朝她堆来的事情还有很多，菌子的毒性还需要与几位大夫商量，病情不等人，配出相应的药方迫在眉睫，一回到军营，两个人便立刻开始忙起来了。

几位老军医跟着宛遥紧赶慢赶地调制解毒药剂，项桓和余飞则带着人去解决当年年少无知捅下的娄子，以防毒水继续蔓延。唯有夜深人静的时候，她才能抽出些许空闲时间想一想这总是萦绕在心里的不解之谜。

晚上，项桓帮着她推药碾子，宛遥则坐在桌边，捧着一个药臼捣动，眼神直愣愣的。

少年原本一直在说话，半天没听见人应声，抬头看她一副神游天外的模

样,遂伸出手在其眼下打了个响指。

女孩子回神的动作非常标准,茫然了良久,迷迷糊糊地望向他。

也许是被她这个表情取悦到了,项桓心情很好似的,碾药碾得越发得劲:"那个墓我已经让人修好了,你没必要那么担心,兴许再过两三天,军中的疫情就能稳定住。"

宛遥捧着药臼摇了摇头:"我并非担心这个……"

"那你这魂不守舍的,想什么呢?"

她像是不知该从何讲起,辗转犹豫:"我总感觉事情有些蹊跷。"

项桓漫不经心地应道:"嗯?"

宛遥极隐晦地问了一句:"你看,敬德太后死在蜀地,紫斑的瘟疫也来自蜀地,这二者之间有没有可能不是巧合呢?"

他碾药的动作一顿,眼底的神态登时变得有些微妙:"你想说什么?"

"当年的长安瘟疫结束之后,我就一直有个疑惑,为什么太后无意中给我娘吃的补药恰好便是方子里最关键的部分,世上真的有那么凑巧的事?"

项桓的眉峰微微一拧,他从这只言片语间明白她话里的意思:"你怀疑这场紫斑疫病是那个太后一手策划的?"

"我也只是猜测……"宛遥深吸了口气,"还得再去问一问我娘。"

毕竟眼下得知太后生前细节的人,就只剩下她母亲谢氏了。

据宛遥自己了解的信息,敬德太后因为早些年女儿不幸夭折,故而对于她的娘亲似乎是格外喜爱,那说不定会为了让她避开瘟疫,特地安排了那道养生的药方呢?

在恩阳营地待了小半个月,等疫情处理妥当,宛遥二人便迅速折返回了成都。

已经是二月初春,城内过节的花灯撤去十之八九,暖风拂面,山花烂漫,郊外踏青的人络绎不绝。

宛遥到府时,宛夫人也正同宛延从外回来,老夫妻大概玩得挺乐呵,鬓角还带着些薄汗。她让两个年轻人先去花园的石亭内等候,自己则去梳洗了一番,换了身干净的衣裳。

"不是到恩阳帮忙了吗?怎么这么突然就回来了。"宛夫人在石凳上坐下。

怕母亲忧虑，瘟疫的事宛遥没敢提，只找借口说是那边缺人，过去顶两天。

"忙完了，所以就回来了。"她敷衍了几句，试探性地开口，"娘，我和项桓今日来是想听你讲讲茹太后当年的事情。"

"太后娘娘？"宛夫人笑道，"小时候我不是同你讲了很多吗？怎么，还没听够？"

宛遥半是撒娇半是谨慎地说："你讲的那些都是在凤口里兵变之前的，我都能背下来了，我就是好奇南下蜀中的事。"

听到"南下蜀中"，宛夫人的表情便没有先前那般轻松了。

太后对她而言是有恩的，她能惦记小半辈子，于是年轻时的许多过往能不提便不提，但想到如今早已并非魏民，给自己女儿讲这些倒也不犯什么忌讳。

她叹了口气："其实我到几年前都还在想，倘若当初石应坤不曾兵变，大魏不曾离乱，太后和这整个魏国也就不至于到今天这步田地。不过现在看来，国运气数有时尽，那日不乱，也必有再乱之日，这是命，躲不掉的。"

丫鬟奉上几杯热腾腾的香茶，宛夫人摸索着杯身，怅然道："太后娘娘大概便是运气不好，生在大魏行将日薄西山的节骨眼上。"她饮了一口清茶，嗓音忽然渺远起来，"她年轻时就长得很美，十六岁便初露锋芒，聪慧、善良、端庄贤淑，更有着高超的医术，有幸一睹其芳容的才子学者，写了大把的诗词歌赋来称赞。正是因为名声在外，后来不知怎的落入宣宗皇帝耳中，便被一道圣旨召入了宫内，获得了常人无法比拟的殊荣和宠爱。

"茹太后待人是很温和的，纵然后来被晋为贵妃，也依旧没有什么架子。她甚至给宫里人出体己钱帮其渡过难关，随宣宗视察灾情，为百姓治病，这辈子我都不曾见她与谁红过脸。"宛夫人的眸中多了几分怀念与向往，"那时的长安才是真正的长安，到处花团锦簇，到处人声鼎沸。东西市里聚集着大江南北的商客，你走出家门，能看到许多没有过的奇异容貌来来往往，金发碧眼的高大胡人和操着外乡口音的东瀛人在集市上讨价还价，他们带着本国盛产的各色新奇物品穿梭在街头巷尾，可惜我彼时太年幼，许多东西已记不清晰……"她的唇边浮起笑容。

宛遥的脑海里便满是她口中那个繁华似锦的大魏盛世，再想想而今支离破碎的江山，难免感到一丝遗憾。

"事情出在兵变南下的途中……"只听她娘十分惋惜地摇头,"我那会儿约莫也就六七岁,其实什么也不懂,叛军兵临城下前,被我母亲,也就是你姥姥抱上马车,稀里糊涂朝南边赶。

我们家当时还算富足,能跟随皇帝的御驾。但不管怎么说,哪怕御驾也是在逃命,一帮人路上奔波劳累,天黑前到什么地方便住什么地方。"

"我是在那个时候,觉察出异样的。"宛夫人言至此处,竟有些许不易察觉的悲戚,"离帝都城破大概过了十来日,守在附近护卫的侍卫,以及随行伺候的内侍、宫女,所有人都在底下窃窃相传,说是因为贵妃'祸国'才导致家国离散,长安沦陷,她是给大魏带来不祥之人。谣言在逃往的途中不断恶化,我那时没把这些言论放在心上,然而有一次被母亲带去陪太后说话时,看她神情间已常常飘忽发怔,想来也并非没有被流言蜚语所影响。母亲与太后私交甚好,不欲她消沉难过,得空便过去开导劝慰,然而等到了陪都,情况还是愈演愈烈了。"

宛遥闻言忙问道:"在陪都发生什么事了?"

宛夫人说:"成都是没有行宫的,圣驾只能安置在当地一户大宅内。前线不断有消息传回,外面的情况一天比一天乱,石应坤知道皇帝躲在南边,迟早有一日也是要杀过来。百姓们都极易受到煽动,不知是谁散播的谣言,闹到后来没办法收场,整个府邸外每天人山人海,说太后是大魏的千古罪人,骂她对不起天下苍生,对不起黎民百姓。一天结束,靠墙的地方能扫出一堆乱七八糟的污秽之物,全是外面的人扔进来的。"

说不清为什么,宛遥只觉得她所描绘出的场景,有种微妙的熟悉感。

宛夫人叹了口气:"自此便一发不可收,渐渐地,连皇帝也不来看她了,贵妃知道自己失了宠,人也消沉了,一日一日清瘦下去。而母亲带我去见她的数次却越来越多,知道她早年丧女,格外喜欢小女孩儿,临行前长辈也多番叮嘱,让我嘴甜一点,去哄她高兴。幼年时我们家受了太后不少照拂,我虽不了解时局,但也明白要知恩图报,尽量配合长辈表现得乖巧听话。也唯有此时,茹太后脸上的笑容能多一些,我总是见她端庄地坐在那里,无论你姥姥怎么安慰,她自始至终都只说'好''我知道'。"

其实那个时候,贵妃应该就已经明白,她早已不被这个国家所需要了。

人世间是很残忍的,尤其当自己意识到曾经所做的一切都是徒劳虚妄时，很难有谁不会心灰意冷。

宛遥将心比心，想自己如果众叛亲离，千夫所指，大概也忍不住要求个一了百了吧。

她问道："娘你曾说，太后给你开过一道调养身体的方子，那是在这之前，还是之后？"

宛夫人被她问得一愣，思索良久才斟酌地回答："好像是来陪都之后吧？她吩咐这药得长久吃，至少吃上个十来年。怎么突然问起这个？"

宛遥略微平复心情，摇摇头："没什么，随便问问。"

一盏茶由热到凉，宛夫人握着杯身轻轻地感慨："可怜太后遭此非议却也仍旧不改初心，哪怕在这样煎熬的环境里，有找上门治病的也从不推脱，好不容易见着她心情转好一些，谁知就遇害了……"

从花园出来，日头刚好隐没进云层里，天气瞧着有些阴沉，街上满是踏青归来的人们，隔着一堵墙都能听到纷繁的声音。

"也就是说，当年的瘟疫是她着手安排的？"

谁也不清楚茹太后究竟用了怎样的手段，或许是通过水源，或许是借助食物，还有可能是直接在前来求医的人身上动了手脚。她散播出病源，却不忍心自己喜欢的小女孩受伤害，于是特地开了一道预防的方子给她。

等布置好了这一切，茹姬才安心上路，借不怀好意上门送参汤的妃嫔之手，做出被毒杀的假象，临死前还不忘拉人陪葬，也委实是彻底心寒。

项桓近年时常出没战场，眼见着身高又蹿高了一节。他抬起胳膊轻轻松松把枝头的杏花折下，顺手递给宛遥："要真如你所想，那这位魏国的太后还挺了不起，以牙还牙，以眼还眼，死了能拉这么多人陪葬，还将千万人蒙在鼓里给她建庙宇，修祠堂，实在厉害。"

杏花在女孩子纤细的指间打转，她好像并不怎么赞同地抿唇摇了摇头："我倒是挺理解的。"宛遥垂眸看着面前盛开如雪的花枝，然后转过身，"茹太后的事让我想起了当年长安城的瘟疫，怎么说呢，有点感同身受吧。如果不是你，其实我都不知道那个时候要怎么撑过来……"

这么一回想，往昔仿佛隔世一样久远了。可她仍然记得在月光下拄着长枪静静安坐的少年。

项桓也停住脚，唇边不自觉带了点笑意，继而伸出手去将她轻拥入怀，下巴抵在一片柔软的秀发里："看来做皇帝也不一定就有意思，魏宣宗万人之上，不还是连自己喜欢的女人都护不了吗？可见帝王之权往往束手束脚，反倒不如我一介草民来得痛快。"

宛遥将脑袋埋在他的胸口，轻哂道："也亏得你还是一介草民。"

巴州，大魏军营内。

春光刚好，主帐里即便不用点灯四面也是亮堂堂的。

沈煜坐在案几前，手边照旧是堆得高如小山的军报，他已经衣不解带地守了五日，到此时才得以有片刻喘息的时间。

就在不久之前，三位主将正于帐中商讨战况，为要不要先发兵的问题各执己见地吵了半天，最后毫无结果地不欢而散。

茶水已经凉透。

带来的内监都怕伺候他，见皇帝陛下同几位将军议事，索性都远远地跑去躲灾了。

沈煜倒也没发火，不紧不慢地把一杯冷茶喝完，然后从重重叠叠的文书下面抽出一张保存得极完好的画像——是他寝宫里的那幅。

御驾亲征，他什么贴身之物都没带，独独带上了这个。

画上的敬德太后比民间的雕像更为传神，美得仿若不食人间烟火，眉眼间有世家女的清冷孤傲。

他的手指一寸寸拂过去，耳畔好像若有似无地响起了雨声，记忆让他回到那个大雨倾盆的日子。

整个世界灰暗如幕，电闪在蒙蒙的雨雾中，不时照亮脚下湿淋淋的路。

年幼的他沿着不住滴水的回廊，拼了命地往前跑，以至于从那之后二十年的梦境里，沈煜依然在廊上奔跑，可是前路永无尽头。

"娘——"

"娘！"

温暖的房间内原本燃着熏香，然而那一刻却夹杂了淡淡的血腥味，侍女们压抑的啜泣声回荡在四周。

床榻上的女人像是听到了动静，转过头看向他，那双清澈的凤眼中噙着晶莹的泪水，似乎因为他的到来，而显得格外悲戚与哀伤。

沈煜跑上前，扑在床边握住母亲的手，无力地冲着她号啕大哭。

"娘——"

他看到她的嘴角露出微笑，浓稠的鲜血顺着下巴浸透锦枕，可她依然看着他，看着他，一直到死都未曾合眼，仿佛要将眼前的人记在脑海里生生世世。

年幼的沈煜双膝一软瘫在了地上，可无论他再怎么哭喊，贵妃也不会醒过来了。

"众口铄黄金，使君生别离……"

思绪回转，他在日光下，转着晶莹剔透的玉杯出神，唇边是柔软却缺少温度的笑："念君去我时，独留……长苦悲。"

帐子被人从外撩起，上了年纪的老宫女托着煮好的热茶款步前来给他替换，走近后自然也就看到了桌上的画像。

她只是淡淡一瞥，目不斜视地摆好新茶，佯作随意地说道："陛下，逝者长已矣。"

老宫女给他斟满茶："还是要多将心思花在别处才是啊。"

沈煜听了这句不疼不痒的废话，细长的眼冷冰冰地朝旁边瞄了瞄，正要开口之际，门外却有个参领急声求见，恰巧打断了他的思路。

"进来。"

那将士面色铁青，大步上前单膝而跪："陛下。"

沈煜："说。"

对方满脸慌张："昨日半夜，金吾卫左将军带着一万军队，投降了季长川，我等带人前去追剿，可惜未能追上……"

参领小心翼翼地窥视天颜，余光发现天子的神色十分漠然，甚至看不出什情绪，但众人都知晓咸安帝行事喜怒无常，如今的反应反倒令人惴惴不安。

过了很久，沈煜才问了一个八竿子打不着的问题："他姓什么，我记得是姓唐？"

"是……"

沈煜颔了颔首，手指敲着文书的封皮："京城中，但凡和这位唐姓将领有关之人，格杀勿论，三族之内不留活口。"他语气很平静，可命令却字字如刀，"传朕的旨，只要抓到季长川手下的士兵和将领，通通就地处决！"

身后的老宫女闻言，沉默地看了他一眼，将自己本来想说的后半截话生生咽了下去。

咸安四年的三月，消停了两个月的南北势力再度交锋。

战场在山南西道，附近的多个城池反复易主，今日被虎豹骑占了，明日又会被威武军抢回去。

但明眼人都瞧得出来，战线距离长安已越来越近。而对于沈煜"杀无赦"的禁令，季长川却刻意反其道而行之，命手下士兵若抓到魏军，一律好吃好喝地对待，再挑个日子放走，当然如若这帮兄弟有意愿加入虎豹骑，也是可以考虑的。

这一招实在把沈煜和杨岂恶心得不行。

御驾亲征好不容易攒的那点士气，又隐隐有快要松散的趋势。

魏军愁得焦头烂额，项桓这边却也没好到哪里去，开春时疫病蔓延，早些时候军中士兵的中毒还没彻底治好，宛遥不得不在后方忙前忙后，也就是在此时，项桓重伤的消息传了回来。

第四卷 草木黄落兮雁南归

大应 尾声

宛遥接到书信时，人还在附近的小镇上帮当地村民看病。这里的紫斑瘟疫几年就暴发一回，又是个偏僻的所在，单单是普及药方就费了好大的口舌。等她连夜赶回成都，已经是两日之后了。宛遥不是没有见过项桓受伤，但这些年大部分时候宛遥都不曾与他分离太远，无论病得是重是轻心中多少有数，而像现在这样，所有波涛汹涌皆凝聚在简短的几个字上，她还是头一次碰到。

这信估计还是项圆圆写的，图个简单明了，"我哥快死了"五个大字血淋淋地写在上面，让那单薄的纸隐约透出令人喘不过气来的重量。

彼时天已经黑了，宛遥风尘仆仆地走进府内，四面八方都亮着灯。

她顾不得找人问情况，先驾轻就熟地寻到了项桓的房间，伸手轻轻一推，门果然开了——他还是习惯性不栓门。

迎面袭来一股淡淡的苦味，常接触药草的人都知道是治外伤的膏药。

宛遥轻手轻脚地掩好门，少年正无比安静地躺在床上，几个月没见，他脸颊的棱角又分明了许多，嘴唇是一片青紫色，显得整个人缺少温度，好像下一瞬就会停止呼吸。

项桓的感官一向很敏锐，然而这回她已经走到了床头却也还没醒，宛遥就知晓他必然伤得不轻。从被衾间摸到他冰凉的手腕，有那么一刻，她甚至觉得眼前躺着的可能是具长相比较好看的尸体。她用手指拂过项桓薄覆胡楂的侧脸，脉象刚刚把到一半，身后就有个苍凉的声音响起："没死呢，就是血流多了，睡着。"

宛遥一转头，看到一个形容瘦削的老人家。他手上拎着半瓶外伤药，步伐闲适，十分轻松写意地走过来，慢悠悠地接过她把脉的那条小臂，眯起眼，像喝了碗热酒似的细细听了一阵脉象。

"恢复得还算不错，该换个方子了。"

项桓是虎豹骑里的受伤专业户，季长川为了照顾他，干脆配了个医官专给他疗伤用。

宛遥把项桓的手放进被窝，又小心翼翼地搓了两下替他暖暖，旋即跟着老头子往外走。

"是怎么出事的？他伤了有多久了？"

她想问一下事情的经过，老军医却没回答，反倒是一个面生的年轻士兵开了口："五天前打新城，我们是先锋军，将军带头出去开路，结果不小心踩到了敌方埋的火油，那一片一下子就炸了！"听语气，他大概是项桓的亲兵，至今说起这个还心有余悸。

"将军算是运气好的，摔下马躲过了第一波箭矢，只背后插了几块刀片，靠前的兄弟就惨了，基本都死光了。"他自顾自地说，没发觉后面的女孩儿神情渐渐凝重。

三个人进了耳房，这是临时辟出来的一个煎药处，老军医草草研墨，在桌上奋笔疾书。

亲兵年纪还小，跟着项桓久了，总是不太会懂得瞧人脸色："当时我在后面看着，他大半身全是血，居然还有力气冲锋，没事人一样杀得那叫一个行云流水，一枪下去能把两名铁面军捅个对穿，真是太痛快了，我这辈子都没见过这么厉害的……"

"行啦。"老军医兴许是嫌他话多，不耐烦地敲敲笔杆子打断，"人家可没问你这些，若是闲得无事，就去药堂看一看我要的那几味灵芝有货了没有！"

"哦……"自家将军的性命要紧，亲兵只好听话地先走了。

宛遥沉默地站在旁边的药篮子前，有一下没一下地翻检里面尚未晾晒的药草。

医官像是看出她会点医术，随意老生常谈了两句："这些年轻人啊，就是不知轻重，成日喜欢找死。看他身上的伤，只怕还是个老兵，奇怪得很，都打了这么多年的仗，怎么还那么爱'冲锋陷阵'，毛头小子似的。"他把写好的方子拿起来吹了吹，等着墨迹放干，"等他们老了，才会知道旧伤有多折磨人……哦，我倒是忘了，这些人通常活不到那个年纪。"

宛遥听了这句话,手下一个没留神,折断了一根等着入药的桂枝,"啪"的一下,动静有些大。

桌边老医官抬起头意味不明地看了她一眼。

好似为了遮掩什么,宛遥匆匆说了句"我来看火",到炉子前认真煎起药来。

外伤通常都是外敷内服两种治法,内服药多半补血,闻上去味道有些一言难尽。

等宛遥端着碗再次推开项桓的房门时,他居然已经醒了,自己坐在床边换了药,精神颇好地同项圆圆说曾经有人要策反他的事。

"哥,居然还有人挖你的墙脚?"

项圆圆今年已经十四岁了,转眼就快及笄了,个头蹿了不少,可不知怎地,心眼一直缺个窟窿,哪怕亲哥仅仅吊着一口气了,仍能没事人般托腮感叹,偏不巧,项桓就吃这一套。

他白着嘴唇还不忘给自己脑袋上贴金:"那当然,你哥我在两军阵前很有名的好吧?都不知道多少人想拉我入伙,开出来的条件千奇百怪,也十足丰厚。"

项圆圆来了兴致:"都有些什么啊。"

"金银珠宝,名利地位,当然要什么有什么。"

他妹妹很上道地问了一句:"也有漂亮姑娘?"

项圆圆背对着宛遥,不知她已在后面,项桓却看得清楚,很是识相地一挑眉:"有,自然有,不过你哥我行得端做得正,还不至于为那点诱惑临阵倒戈。再说,你宛姐姐不是够好了吗?我要别的女人干吗,你说是吧?"

毕竟是亲妹妹,能感受到他哥话里强烈的求生欲,项圆圆一回头,果然瞧见宛遥站在那里。

她别有深意地哼唧了两声,便笑着打了个招呼:"宛姐姐来啦。"旋即颇为识相地给他俩腾出位置,"那你们慢慢说,我去厨房偷点消夜填肚子。"

项桓赶苍蝇般催她:"赶紧去,没事儿别回来了。"他把这柄明晃晃的烛台支开,还冲着迎面走来的姑娘咧出一口白牙,却发现她的目光很淡,并没有想理他的意思。

项桓猜想多半是自己刚刚贫过了头,听余飞说,女孩子都不喜欢心上人在自己面前提别的姑娘，他深刻地自我反省了一番，知道对宛遥来软的比较有效，于是忙上去示好地要帮她端药。

后者颦眉避开："不用，你伤还没好呢，坐下！"

项桓老老实实地听话，盘膝在床，想了想，又扯过外袍来穿，免得她一会儿又说自己耍流氓。

"大将军足足给我放了一个月的假让我养伤。"他语气颇为轻松，"你要有什么想去的地方或者想玩的，我都可以陪你，这么名正言顺能玩的机会，咱们可不能浪费了。"

项桓系好衣带，接过她递来的药碗，刚一嗅就皱起眉："这老头儿，都说了让他少放点黄连。"然后他咬咬牙，表情狰狞地喝完，又满床头找果脯压味儿，手中捏着两三个青梅蜜饯往嘴里塞，余光瞥见宛遥还是沉默寡言的样子。

项桓以为她仍在为刚才那个话题生气，犹豫了下，只好认真地检讨："我说有人策反其实是开玩笑的。"他解释道，"你想想看，大将军是我的老师，我们的交情岂是钱财可以动摇的，对面的人又不傻，开这种条件我怎么可能答应，那都是骗小孩儿的，你要是觉得不好，大不了我以后就……"

两人这么久没见面，哪怕战场上瞬息万变无暇分心，但项桓知道自己还是很想她的，所以不管宛遥怎样使性子他都觉得无所谓，甚至有几分纵容的甜意。然而话还未讲完，他的脸颊却猛地被人捧住，一双柔软的唇瓣猝不及防地贴了上来。微凉清淡，像是春日里最绚烂的杏花，干干净净，令人心向往之。

宛遥几乎是跪在床沿上的，头微微低着，鬓边轻柔的碎发羽毛一样扫在他的耳畔。她吻得极重，又极深入，像是不顾一切索要着什么，牙尖碰着牙尖，唇舌缱绻。

年少的两个人单纯地纠缠，追逐，逢迎……初夏夜里的燥热被交织在一起的吐息无法抑制地点燃了。和之前的每一次亲吻都不一样，她素来温柔矜持，纵然一个小小的调侃也能让她面红耳赤，但是这一次，项桓感受到宛遥情绪失控，能感受到她付之于唇齿中的感情。

她怎么了？项桓些许疑惑地往前靠了靠，掌心贴在她的后背上，尽量轻柔地以回吻去安慰怀里的姑娘，而就在同时，腰间的束缚却忽然松开，他蓦

地一愣：“宛遥，你……”

项桓愣怔之际，感觉到一双细腻修长的手胡乱探入衣襟内，将他才穿好的外袍往后一掀褪到了臂弯下，指尖竟抖得厉害。

等他后知后觉地明白宛遥这样做的缘由时，他心里最柔软的地方莫名一痛，不由自主地生出一丝感慨来，吻她的时候便愈发带着怜惜与深情。可他到底是血气方刚的少年人，尚未经人事，让人触碰，周身收不住势地起了变化，再加上宛遥是自己喜欢的人，吻得越深便越无法自持。

项桓渐渐将空着的两只手放在了她的腰上，力道收得越来越紧，所剩无几的理智在本能的冲动中荡然无存，他终于用力把怀里的姑娘压在了身下，在满室凌乱的喘息声里，隔着昏黄的灯烛静静看着她。

光线愈暗，女孩子眼里的星辰就愈明亮，白皙无暇的脸颊上，细细的绒毛泛起烛火的光晕，项桓忍不住用指背轻轻地摩挲，那是一种极其细腻光滑的触感。

此刻她清澈宁静得仿若山涧里流淌的溪水，能让所有人卸下防备。

项桓一直知道宛遥是个温顺文静的女子，如果他想要她，无论怎么做，她都不会反抗的。

而现在，她就在他的身下，只要他吻下去，只要吻下去……

可当项桓望着女孩儿清亮的水眸，突然想起年幼时那些寒夜里，她守在僻静的小巷子中，搂着一堆装着治伤药的瓶瓶罐罐；想起那年牢车在山路间摇摇晃晃，她跟在后面，阳光照了一地，暖风温柔。

项桓望着眼前的姑娘，最终收敛眉目，低低地笑了一声，说不清是无奈还是什么，只将头埋在她的颈窝，如轻叹一般地自言自语：“我果然还是舍不得啊……”

他结实的手臂环过女孩儿后背，将人抱了起来，也就是在这个时候，项桓听到宛遥轻轻地啜泣。起初她只是压抑地抽噎，到后来才逐渐放开声，但即便如此，她哭得依旧很安静，趴在他肩头的样子，像个没长大的小孩儿。

项桓拿掌心不断抚着她的后背宽慰说：“没事的没事的，我不会死的。”

她终于失声难受道：“可我不想看你有事，我不想看你有事……”

他笑了笑，耐着性子哄道：“傻丫头，我当然不会有事，我以前不是向你保证过，哪怕爬，我也要从战场上爬回来的吗？我现在可惜命多了。”

宛遥不是不明白他顾忌的是什么，毕竟从那日被父亲言语刺激之后，他就再也没提过成亲的事，两人极有默契地将这一页悄悄掩盖在厚重的生活与无休无止的战事当中。

等她哭声渐小，项桓才将人松开，稳稳地安置在自己的对面。

大概也是觉着丢脸，宛遥低垂着脑袋小声地抽泣，那模样瞧着有几分委屈。

项桓拿手指给她抹掉眼底下的水珠，忽然间萌生出莫名其妙的满足感。知道他死了，会有人为自己哭得这么难过，好像也是一件值得高兴的事，然后又感觉到自责。

宛遥跟着他这几年，还真是没享到什么福，全受罪去了，连日子也过得这样战战兢兢。

项桓往她的唇边浅浅的小窝上一戳，故意取笑道："你刚刚那算什么意思？是想给我点甜头，好让我无牵无挂不留遗憾地战死吗？亏你能想出来这种方式。你就是要献身，好歹也挑个好时机吧。"他无赖似的扬起眉，"怎么每次都找我受伤的时候，是算准了我不敢吗？"

宛遥含着眼泪瞪他这嬉皮笑脸的眉眼，而对方却厚颜无耻地往前凑了凑，不怀好意地压低嗓音："不过我也没说不要啊。记得好好留着，等我把长安打下来……"

话说到一半，她的手掌就朝他的脸颊打过去，少年也不躲，结结实实地挨了一下，还顺势把她的手握住，颇为配合地往自己脸上戳，安慰般地笑笑："好了好了，让你打个够，打完了就不伤心了，嗯？"

人们总感慨"时间若白驹之过隙，倏忽而已"。

宛遥在项桓没回来的时候，并未觉得日子有怎样的不同，白天黑夜，按部就班，而当他留在成都养伤时，才发现一天一天像泄了洪的流水，跑得比飞还快。

两个人都极有默契地不睡懒觉，醒着的时间永远比睡着要多几倍，即便入了夜，也总得烧尽最后一根蜡烛才熄灯告别。

项桓虽然经常受伤，却不怎么爱喝药，老头子大概天生跟他不对付，写的方子一个比一个苦。于是他背着宛遥偷把药倒在了屋里的花盆中，一盆

生机勃勃的云竹,终于被他"滋润"得去投了胎。

老医官得知此事后气得直跳脚,招呼人来把他五花大绑。项圆圆最爱干这种吃里爬外的事,在宛遥的撑腰之下,端着碗给他哥灌了个饱。

寒来暑往,转眼夏季就过去了。

前线的烽火烧得依旧旺盛,而成都秋风乍起时,季长川便将项桓招回了新城。项桓的伤其实在半个月前便好了,因想着日头太烈不利于伤口恢复,人手也暂时够用,季长川才放任他多浪了些日子。

今年的后半年似乎是两军对垒最为激烈的时候,沈煜失了半壁江山,原就压着一股未能宣泄的怒火,倾尽兵力跟季长川耗了数月却也不见太大的成效,他好像已经没什么耐性,此后的每一次发兵都有猛虎之势,让义军也不得不重新重视起来。

"简直就像狗急跳墙一样!"余飞坐在火堆旁,用小刀削尖了树枝准备串肉干来烤,言语愤愤不平。宇文钧和项桓各自围绕着火,一个忙着刷辣子,一个忙着擦长枪。

"现在魏军士气低落,百姓议论纷纷,他若是再不能灭掉我军主力,朝廷里那些主和派一人一句,唾沫星子能把他淹死。"肉串是就地取材,打的一只野兔与大雁,烤得滋滋冒油,宇文钧拿到眼前看了看,又放回去再加工,"听说已有几个老臣私下联系明宗皇帝的旧部,想趁机扶持新帝上位,接他进宫当太上皇养老。"

余大头听完差点削到自己的手:"三十多岁的太上皇,得赶上明英宗了吧?"他"啧啧"叹道,"看来这皇帝脑袋上也悬着把刀,比咱们当反贼的好不到哪儿去。若是大将军把魏皇帝的脑袋摘了,到时我是不是能混个一官半职啊,怎么着也是开国功臣。"

宇文钧把肉串给众人分了分:"你啊,先别想那么多,顾好眼前吧,再多的荣华富贵,也得有命享受。"

夜晚的营寨,静谧中透着肃杀的意味,偶尔能看见巡营的士兵走过。

烤肉十分烫口,余飞张着嘴仰天呵气,才终于留意到一旁安安静静擦拭银枪的少年,他把满齿的焦香咽下:"项桓,你呢?"

后者连头也没抬:"我什么?"

余飞忽然有点不解,项桓对升官发财好似没那么积极了,提起战功也

不像从前那样热血上头，究竟为什么？

"你不是一直视建功立业为人生所向吗？就不期待跟着将杀昏君，灭奸臣，封侯拜相，青史留名？"

干净的帕子从枪锋掠过，少年轻轻一吹，不紧不慢道："想啊。"

真敷衍，完全没感觉出来你有多想。

眼见长枪被打磨得通身明亮，项桓这才满意地放下，拿起手边的肉串吃起来。

余大头无奈地瞥了他一眼，抄起剩下的兔子肉在火上翻转，嘀咕道："看你现在如此清心寡欲，也不知你成天那么拼，到底还有没有野心……"

也就是在此时，少年的动作蓦地一顿，原本平淡如水的目光突然一冷："有。"

乍然开口，他的嗓音显得格外低沉。

不知为何，余飞竟被这一个字激出莫名的鸡皮疙瘩。

"不过我的野心不大。"他轻描淡写地喝了口水，"我是没本事和大将军争天下的，但承诺了给别人一样东西，就必须得拼尽全力拿到手。"

宇文钧顺着视线望去，隐约感觉那静躺在的草地上的战枪划过一缕幽暗的光。

项桓在前线抛头颅洒热血时，宛遥背着药箱，进了少城的伤兵营。

一战下来，没受伤的人屈指可数，大多数的人都是断胳膊断腿，运气好的被同袍捡到，送至后方，运气不好的只能压在尸山下等死。

战场的伤兵都被送到了少城，此处离成都很近，人口密集，据史书记载，大面积的瘟疫总是伴随战争而来，不防不行。

宛遥于是紧赶慢赶，带着一群医士前来支援。

陈文君看见同龄的姑娘成日里忙得脚不沾地，对自己待在府上吃闲饭着实有点自惭形秽，趁父亲和弟弟身体已能自理，也自告奋勇跟来帮忙。

"小火慢熬，一炷香时间后再加桂枝。"

营中临时搭起的棚子里摆了十来个煮药的小炉，医士和帮工进进出出地忙碌。

陈文君没做过什么粗活，将宛遥的话反复记熟，一个字也不敢漏，认真

地点点头，守在炉子前寸步不离。

宛遥这才起身擦去鬓角的汗，朝药棚边烧水的小学徒唤道："你若不忙，跟我出去搬点药材。"

"就来。"小少年手脚麻利，三两下把沾了药味的外袍脱掉，乐颠颠地随宛遥出门。

他是真喜欢这个温柔漂亮的小姐姐，这年头学医的姑娘凤毛麟角，都得高高供起来，能遇上个把有真才实学的都不容易，更别说是如此耐心又好脾气的年轻女孩子了，光是看着就养眼，哪怕让他天天守锅炉烧水都愿意啊。

为了保证军中药品的供应，宛遥此次学精了，知道找人去各地各药房提前采购——反正钱不必她出，项桓说了，想怎么花都可以。

少城的医馆不多，预防疫病的药一早就分发到各家各户，一日一服。

宛遥在药店门口检查止血用的百里香，身边伙计知道这是个大主顾，不停地唠叨："咱们店出的药材是晒过日子的，保证没虫没潮，绝对没问题，不信您捏一捏，怎么样？我说够新鲜吧？"

见她点了点头，伙计忙咧嘴笑道："姑娘要的这批货现今到了一半，您若着急，我给您推个板车，这会儿就可以拉走，剩下那一半应该在路上了，最迟今儿入夜前便能送来。"

正在说话之间，城门处有动静传来，一抬头，就瞧见几辆牛车摇摇晃晃地在街上行驶，车子都还不小，里面清一色装着厚厚的麻袋。

宛遥于是问："是这些吗？"

"不是。"伙计笑说，"咱们家不用牛拉车的，好像是城里哪个大户人家的米面粮食，老太太要祝寿，一早来了好几趟呢。"

她闻言"哦"了一声，并没往心里去。

车子路经城门，守卫就要例行公事地查验一番，粗略地看过车子上装的几袋粮食，然后挥挥手，示意他们可以走了。推车的人千恩万谢告辞，黄牛便甩着尾巴，吃力地拖起身后大大小小的货物。

雨后的道路稍显泥泞，但凡重一点的东西总能留下极深刻的痕迹。

宛遥望着那地上的牛蹄印若有所思。不知是不是她的错觉，总觉得这些牛车似乎比寻常的要大出不少。

蜀地冬夏长而春秋短，虽才是初秋，几场雨一落，好像离深冬就不远了。

夜里的一弯明月躺在厚厚的云层之上，皎洁的光把城中照得一览无余。

战时非常时期，哪怕是在后方，一到晚上，城门也还是里三层外三层地关得很严实，巡逻的守卫四人一组在墙下警惕地戒备。

不知哪一户人家的后院里，装满粮食的车整齐地停靠在墙边，清冷的月光映着杂乱的干草上面，夜风吹过枝头。

忽然，那些麻袋动了。从一个到两个，到最后所有的牛车都发出窸窸窣窣的声音，像是诈尸一般惊悚。很快，堆得小山一样高的麻袋滚落在地，车上跳下一个比小山还要高的身影。

这些身影鬼魅一般连成片，在黑暗中各自以手势交流着什么，随后悄无声息地四散开了。

和平静谧的城内，一股看不见的势力正在角落里流窜，像毒蛇一样无孔不入。

后半夜的风毫无征兆地变得凛冽，守在门口的士兵正打了个呵欠，身侧烧着的火盆冷不丁一摇摆，一把大火居然就这么灭了。士兵盯着那干巴巴的火盆，左右环顾了一圈，眼见没什么火种，只好往怀里掏火折子想重新点燃。就在这一瞬间，他感觉到后颈飘过一阵阴森森的凉意，他刚准备回头，一股温热的液体却顺着自己的脖子滑入衣襟。

士兵本能地伸手一抹，黑灯瞎火，满手腥红。他静默一会儿，密密麻麻的刺痛感袭来。

"有——"

几乎是在同一时刻，惨叫声接二连三响起，无数黑影仿佛从天而降，把守卫森严的城楼变成了一个充满血腥的修罗场。掀翻在地的火盆将来者脸上的面具照得异常鲜亮，甚至带着一种诡异的恐怖。

"铁面人，是铁面人！有敌军入侵！"

恐慌席卷人群，伴随着一边倒的嘶喊声，另一股沉缓的声音在每个虎豹骑的耳边炸开，这是比敌军入侵更令他们惊惧的动静。

城门发出绵长而悠远的"嘎吱"声，好似老旧的风箱苟延残喘，向黑夜敞开胸怀。

陈文君在屋内睡得正香，门扉猛地被人从外面推开。

她这几天干的活儿多,过度劳累反而不容易醒,直到让人掀了被子,冷风一激,才迷迷糊糊地睁开眼。

"宛……宛遥?"陈姑娘一脸迷茫,"怎么了?"

"别问了,赶紧换衣服快点走!"黑夜里很难看清她急得要喷火的神情,只勉强能从其语气里听出一二。

陈文君倒也听话,睡眼蒙眬地在周围慢腾腾地摸索。

宛遥眼皮直跳,三下五除二把床边所有的衣服往怀里一抄,拽起她人就往外跑。

陈文君不得不光着一只脚蹦蹦跳跳地一路穿鞋子:"为何这么急?到底出什么事情了啊?"

她们白天在伤兵营帮忙,因为是大姑娘,晚上自然得回城里睡。这地方是虎豹骑临时准备的,一座不大不小的宅院,只有她们两个人。

宛遥拉着她连正门都不走,直奔角门:"不知道,但多半是敌军杀来了。"

宛遥的声音格外冷静,反倒让陈文君没感觉出来她所说的事有多么可怕:"敌军?你怎么能肯定……"

"我之前听过的。"宛遥不着痕迹地打断,神情看上去像是想起了某些久远的往昔,"这种声音我之前听过。"

"听过?"走上小巷,陈文君才隐约听到街道那边传来的动静,凌乱的脚步和变了调子的人语充斥着这个不同寻常的夜晚,久违的惶恐令她的心骤然提了起来!

她仔细一想,这样的氛围自己也体会过,那是在嵩州城的夜晚,虎豹骑兵临城下,偏僻的房舍外人声嘈杂。只是当时,自己的身边尚有秦征,有个能勉强安身的庇护所让她聊以慰藉,而眼下与自己做伴的不过是一个同样纤瘦柔弱的女孩子而已。

陈文君明白所处的境况之后,无法抑制地开始感到毛骨悚然,可她全然不知该如何是好,只能六神无主地跟着宛遥在深巷里游窜。

"那我们现在要怎么办?能出去吗?"

宛遥带着她走进一处寻常的居民院落,后院晾着几件半旧不新的布衣,衣衫还打着不少补丁,看得出这户主人家算不上富足,甚至还有几分寒碜。

宛遥:"我不会打架也不会轻功,满城那么多兵,用飞的也出不去。"

"那、那……"陈文君嘴边徘徊良久,也还是"怎么办""如何是好"几个字,自己都觉得苍白无力。

趁着陈文君在身后原地打转,宛遥迅速摘下了院内的布衫,匆匆将钱放在角落,回头递了一件给她:"先把衣服换下来,我们这一身最好别穿。"

对方连问都没问,便听话地点点头,依言照做。

宛遥一边换衣衫一边用地上的灰土给她抹脸,好歹瞧上去不至于太显眼:"我们只要能寻个地方躲上几天,等这波乱潮过去大概就没事了。"

陈文君听了这番话,觉得有道理,一颗心总算是勉强放稳,也帮忙将两人换下的衣服偷偷藏好,然而还没等她放心太久,前院的门好似被人踹开,玄甲碰撞的金属声鱼贯而入。

"你们是什么人?"

近处的卧房里传出女子的惊呼,紧接着是一连串摔碗砸床的动静。

陈文君扣着宛遥的手都开始抖了,近乎要缩成一团。

然而很快,动静消失了,一道浑厚声音蓦地响起:"老实点,全都出来!"

在附近徘徊的脚步声都极有辨识度,沉重里夹杂着刀兵相撞的声响,基本不用想也猜得出对方必然是军中之人。

陈文君的整颗心已经提到了嗓子眼,她听说魏军是没有什么好脾气的,对待俘虏从来都是开膛破肚不留活口。眼见着拐角后出现了火把的光,冷冰冰的铁面具像一堵压抑的墙,在对面注视着她们。

"这里还有两个漏网之鱼!"铁面军朝同伴一声呼唤,连手都懒得动,只招呼说,"别磨蹭,赶紧出来!"

陈文君颤巍巍起身时,腿肚子软得没力气,几欲跌坐回去,还是宛遥死死拉着才勉强稳住身子。

正院里,屋主夫妇正惊魂未定地跪在一帮铁疙瘩脸的面前,转头看到自家宅子里多出的这两个人也是十分地纳闷,再一看对方身上穿的还是自己的衣服,表情就更加耐人寻味了。

陈文君让宛遥抹了一脑门的泥灰,黑夜里蓦地一看,和寻常的仆妇没什么区别,顶多是年轻了一点,并不那么惹眼。

这间小院子虽然简陋,但是够大,一时间竟成了这群铁面军临时安置俘虏的地方。

不过片刻工夫，从四处抓来的男男女女便将此处堆满了。

陈文君和宛遥挤在人群中，她一边紧紧抓着身边女孩儿的手，一边提心吊胆地留意周遭巡视的铁面军。

看眼下这个情形，外面守城的士兵多半凶多吉少，局势有多严峻可想而知。

她心神难定，已经紧张得快晕过去了，却不明白为什么此时此刻，宛遥可以淡定成这样。

"你……"陈文君压低声音，实在费解地问，"你就不怕吗？"

"还好。"宛遥朝人群望了一眼。

陈文君："还好？"

对方无奈地露了个笑："习惯了，等你被人抓个两三次，你也能习惯的。"

"放心吧。"宛遥打量着周围的情况，安慰道，"他们不会杀女人，顶多把我们换个地方关着。"

陈文君刚要问"你怎么知道"，拎着大刀威武雄壮的铁面军们许是见人都逮得差不多了，高声发话："男人都留下，女人带走，动作轻点，别伤着。"

这姑娘到底都经历过什么？

营寨驻扎于巴州城外，正是两军冷战，各自使阴谋阳谋的阶段，双方都在按兵不动，谁也不知道下一个陷阱会设在何处。

"要我说，与其这么僵持着，还不如兵行险招，通过一线天往巴城西边杀进去。"

"那要是敌人设伏，我军岂不是功亏一篑？"

"不然呢？留在这儿等到过年吗！"

"大家未免太过拘泥于沈煜御驾亲征这件事了，他在眼前又如何？依我之见，倒不如另寻北上的线路，直接杀进长安城，来个措手不及。"

诸位将领在主帅帐里各抒己见，你来我往，如果桌上的沙盘自己能打仗，他们估摸着早已拼得你死我活。后方陷落的消息就是在此时传进帐中的，余飞接的头，身后跟着个小兵，一看便知道事态严重。

少城离成都只有半天的路程，是唇亡齿寒的关系。他们在前线争论不休的时候，敌军居然神不知鬼不觉地跑到后面把自家老巢给捅了。

几位年长的将军一听简直要炸："这群老狗，真是逼急了跳墙！"

"要我说，干脆这会儿就杀进巴州城把他们狗主子逮了，看这帮铁疙瘩废物还能怎么吠！"

"不错，杀进去！就不信一个狗皇帝还没有一座城池值钱！"

项桓一贯不爱掺和这种场合，只在边上瞧热闹，看着他们急火攻心、火烧眉毛的样子他觉得十分可乐。

然而就在他清心寡欲要作壁上观时，余大头一副欲言又止的模样靠过来，带着安抚的语气说道："项桓，有件事情，你知道以后一定要稳住，千万别冲动……"

对方一掀眼皮："有事说事。"

他面色沉痛道："我刚接到传信，就在不久之前，因为少城伤兵过多，宛妹妹带人跑去帮忙了，不出意外的话，眼下估摸着也……"

话讲到一半，余飞便眼睁睁瞧着面前少年那张玩世不恭的脸从漫不经心转为慌张。

"你说什么！"

"你、你冷静一点。"余大头快两年没被他这么瞪过了，后背的汗毛骤然起立，"如今情况尚不明朗，只说是城没守住，杨岂亲自带兵去了，那群伤兵大概凶多吉少。不过、不过她是女孩儿嘛，生得又漂亮，对方冲这个应该也会手下留情的……"

余飞大概没长对嘴，这番话不仅半点没有起到安慰的作用，反而让项桓冒出满身冷汗。少年的手不可抑制地握成了拳，闪烁的双眸里分明映着狂乱的愤怒，似乎下一刻就能夺门而出。

"项桓。"旁边有人伸出手轻摁在其肩头，努力将他的失控平复住，秦征蹙眉劝说道："你先不要这么激动，莽撞是解决不了问题的，当务之急是要平心静气地坐下来，想个万全之策。"

项桓额头的青筋已然凸起，缓缓地转头看向他，脸颊的筋肉隐晦地轻轻颤抖。

毕竟年长几岁，面对这种事，秦征总是要沉稳一些。

余飞眯着眼，看了看项桓，又看了看秦征，最后小心翼翼道："那个，听说陈姑娘这次也在，本想跟着宛遥学点医术的，谁知道运气就这么不

559

好……"他后面几个字的声音越来越小,因为已经看见秦征握在项桓肩头的手已经在冒着青筋。

"稳重"的前辈猛然扭头,紧咬着牙逼问道:"消息属实吗?"

余大头独自承受了两道急迫的视线,只好勉强给自己吃颗安心丸:"都是成都传来的信,宛老爷和宛夫人亲笔写的,上头有落款……"

作势要去拿信来给他看,青年却深吸了口气,郑重其事地对项桓道:"事不宜迟,我先去筹备兵马。"

少年凝重地点点头,两个人在简单的眼神交汇中像是做了一场默契的计划,旋即一前一后地跑出帐外。

余飞:"……"

方才还吵得沸反盈天的几位老将目睹了他两人的举动,一副感慨万千的神色摇头叹气:"还是年轻,沉不住啊。"

"唉,可不是吗,要想这帮年轻人学会什么叫临危不乱,还得花上好几年的时间呢。"

一群人深有同感地颔首。

季长川将翻完的军报轻飘飘地扔在桌上,依旧是天塌下来也稳如泰山的状态:"他们要真能忍住,也就没那个上阵杀敌的血性了。少年人,说是家国天下,心里也还是有一寸地方搁着自己喜欢的姑娘。"他笑了笑,把军报翻卷的一角抚平,言归正传,"成都是我军后方补给的重要粮道,既然能派出杨岂,沈煜这一次也算是下狠手了。"

"走吧。"季长川将桌沿一拍,"魏帝不过是一个头衔,只要他们愿意,谁都可以是大魏的皇帝,但威武军却是柄带毒的长刀,不断不行。"

是时候做个了结了。

"将军。"他正要起身,堂下一直一言不发的宇文钧却忽然请缨,"属下也愿带一万先锋,前去少城阻截杨岂。"

城外风雨飘摇,困着一帮老弱妇孺的仓库却噤若寒蝉。

举目望去,不大的房间里塞了五六个女人,都是年轻姑娘,猜也猜得到对方打的是什么主意。

宛遥和陈文君缩在角落里,两人同样地灰头土脸,试图低调到让自己能够隐形。

屋外有守卫,这期间好几个身形健硕的铁面人曾推门进来看过她们,确认人数没少之后,又急匆匆地退了出去,兴许一时半会儿还没有空闲处理俘虏。

尽管这些其貌不扬的士兵面容被遮了大半,但面具下的目光却凌厉而直白,那是野兽在打量一群准备下口的羔羊时才会有的眼神。

"不用担心。"宛遥在旁边轻声安慰,"女人是用来犒赏的,大敌当前,魏军还不至于饥不择食到这种程度,没到大获全胜之日,我们暂时不会有危险。"

如若真有那一日,在此处和在别处对她们而言也没有分别了。

陈文君胆战心惊了一天一夜,到这会儿也总算冷静下来,靠在宛遥的旁边,苍白无力地颔首。

几个手无缚鸡之力的女人抱在一起瑟瑟发抖,遥想着各种见不到光的未来,眼前一片漆黑。

等到第二天下午,魏军们又骂骂咧咧地来了。这回大概终于想起要给俘虏们喂点饭食,手上多了一些毫无油水的冷饭冷面。

"躲什么躲,不想吃饭了?"

见姑娘家全挤在角落里打颤,那为首的铁面军不大高兴地嚷了一声:"爱吃不吃,饿死拉倒!"

话虽这么讲,身后提着食盒的同伴还是沉默地蹲下来,将馒头与稀粥一一放在女人们的面前。

汤碗里连白气都没有,可所有人都不自觉地咽了一口唾沫。残羹冷炙再难吃,到底也是能果腹的食物。

饥寒交迫了一整天,陈文君其实早就饿了,但知道对方不是什么好人,突然赏来的饭菜,她委实不太敢碰。

宛遥看了她一眼,从盘子里捡起一个馒头掰开,翚眉嗅了嗅,又端起粥碗尝了一口:"吃吧,没有问题,东西都粗劣成这样了,想来也没那个必要害咱们。"

她的声音其实压得很低,只有近在咫尺的陈文君能听见,然而那个从食盒里端盘子的铁面军不知是听到了什么,动作倏忽一顿,蓦地抬头望向她,

露出的一双闪烁微光的眸子。

　　被对方盯了个措手不及，宛遥心头"咯噔"一下，本能地担心是不是被他瞧出了什么端倪，毕竟之前准备得仓促，刚才的泥灰只够帮陈文君糊住面容，自己反而不过草草地抹了两把。

　　她暗恼自己刚刚太多话了，很快避开视线，佯作饥饿地大口吃馒头。

　　幸而对方也并未多看，垂头三两下收拾好，跟着同伴起身离开。直到门扉掩上，一切还是风平浪静。

　　拎着食盒的铁面军在冷风萧索的廊下站了一会儿，却忍不住回头，朝身后看了一眼——其实门窗早已关上，他此刻什么也瞧不见。

　　一旁的同伴发现了，便不怀好意地打趣道："哟，这么恋恋不舍的，是看上哪个了？肯定是靠墙的那个对不对？我就瞅着你小子方才那眼神儿不对劲，原来如此啊。"

　　他只是摇了摇头，脸上的表情被冰冷的面具遮盖。

　　可同行的几人却不想轻易放过他，不依不饶地问："怕什么，反正早晚也是咱们的，你去跟统领要，他肯定不会不给。"

　　"是啊，小心被别人挑走了，还得费一番工夫抢回来。"

　　外面的谈话一字不漏地传进屋内。

　　宛遥捏着馒头的手缓缓收紧，将干得发硬的馒头表皮生生压出两个窝。

　　她眼里很少流露出这样冷漠且带着屈辱的神色，只用力把馒头放进口中，逼着自己将这些干硬的隔夜饭就着一口粥咽下。

　　封闭的仓库让时间的流逝变得模糊起来，女人们浑浑噩噩地发呆，谁也不知晓外面兵荒马乱的世界到底进展到了哪种程度。拯救她们的友军还会不会来？这天下今后究竟会何去何从。

　　从最开始恐慌，渐渐被这种环境磨成了惊弓之鸟，一点点动静也会使她们焦虑许久。唯有每日的三餐能给众人带来些许尚存活在人间的感觉。

　　又一次吃晚饭，陈文君拿着盘子里的馒头，忽然凑到宛遥的耳边小声吃惊道："这蒸馍是热的！"

　　宛遥有些狐疑。

　　"不信你自己摸。"陈文君咬了一口，吃得既小心又满足，"里面竟还有肉，这帮冷血的怪物难道转性了？"然后又犹豫地戒备道，"该不会放了什么'料'进去吧?"

"没下过药,干净的。"宛遥捧着一个夹了馅儿的肉馒头,细腻的白面在唇齿间一路留下热气腾腾的余温,这点吝啬的热食终于能让四肢得以舒展。

陈文君还在推测铁面军的用意,宛遥的心里却沉甸甸的,装着前不久听到的那些不干不净的话,总有些不好的预感。

一连吃了几顿"肉夹馍",转眼迎来了少城沦陷的第四个夜晚。

白天下了场雨,院子里的水洼还未干,波光粼粼地倒映出斑驳的明月清辉。

平安度过了一日的女人们正头靠头,肩挨着肩,呼呼大睡。

满室弥漫着此起彼伏的均匀呼吸声。正是在这个时候,房门静悄悄地开了。

来者的身形很高大,足足挡了大半的月光,森然地立在那儿,像座静止不动的小山。

随后,那投在地面的庞大影子缓缓地动了,一点一点朝角落的女人们走来。

宛遥本就睡得浅,受了项桓的影响,她临危时的警觉性极高,惯性使然,几乎一瞬间苏醒,蓦地抬头:"你……"

对方显然没料到她还醒着,宛遥的嘴不过刚刚微启,只觉后颈一疼,眼前便天旋地转地黑了下去。

与此同时,少城之外,虎豹骑的援军已经兵临城下,两万大军整齐肃穆地列阵前行,如洪水猛兽来势汹汹,铁蹄与步兵踏起的尘埃好似一道迷雾般的屏障,将原本皎洁的月色蒙上了复仇的阴影。

后方沦陷,数万人的身家性命被扼于敌军之手。

虎豹骑放弃了夜袭的战术,直接现身于夜色之下。

城楼上的同袍早已换成了千篇一律的铁面军,被惊动的岗哨立时朝天放了支鸣镝,城防的警报一阵接着一阵地响起。

战马上的少年长枪指天,冷峻的脸上有不易察觉的急迫:"盾兵压后防守,骑兵左右军护送冲车,随我攻城!"

他一声令下,整肃的队伍立时分列出两排枪阵,将全副武装的冲车围

在其中,旋即,少年扬鞭一甩,在骏马的嘶鸣声中疾驰上前。常年跟随他的人早就习惯了这种身先士卒,一马当先的打法,当下百人怒吼,紧跟在其后:"杀!"

马蹄奔袭的声音如群雷同鸣,好似整面城墙都为之一震。

余飞和宇文钧赶到时,最前面的先锋军早已奔至城下,如浪潮一般凶悍地拍打在少城单薄的墙体上,弓箭如倾盆大雨,密布在头顶,而项桓同他身后的骑兵则以血肉之躯迎着箭雨奔向城门,凶狠的咆哮声震耳欲聋,像一把焚尽世间的业火。

这是一支千年后,世人提起依旧会肃然起敬的军队,是百年间无人能够赶超的辉煌。

"到底是项桓。"余飞当下还是忍不住感慨,"手下全是不畏死亡,视流血为家常便饭的人。"

只转眼的工夫,城门口已经堆满了尸首,然而在冲车锐不可当的攻击下,年久失修的城门也隐约出现了裂痕。

一番交战下来,宇文钧在枪林箭雨中勒马,朝项桓喊了两声,知道他听不见,只好向近处的余飞交代:"这里驻守的人太少了,杨岂的主力部队应该不在城中。我带准生先去成都支援,大将军的人马应该很快就会过来,你们没问题的吧?"

对方抹了一把脸上的血水,挡开迎面射来的箭矢:"没问题,你尽管去!"

两个方阵在混战中悄无声息地撤退分离,朝着另一个方向狂奔。

少城毕竟只是附属的小城镇,杨岂连人都不愿多给,才留了几千兵马守门,在项桓失心疯的火力全开之下,两个时辰不到就攻破了。铁骑流水似的涌入街巷,尚存一命的铁面军们知道大势已去,倒也不浪费力气垂死挣扎,当下识时务地满城抱头流窜。

项桓披一身被血染红的玄甲,驱着同样溅上血污的白马冲进城内。他猛地捏住缰绳,茫然四顾。在赶来之前,他所有的念头都是夺回城池,找到宛遥,但眼下站在一片浓烟滚滚的战火中,看着四下逃往的人群,项桓竟不知应该怎样迈出下一步。

他要找她,可是人海茫茫,该从哪里找起?

秦征紧跟着在他的身侧勒紧缰绳,显然也被眼前的场景弄得有些错愕:

"她们住在什么地方？"

"我也不知道，慢慢找吧！"

说话间，他看见项桓忽然跃马而下，拎着枪，在无数逼仄的巷子和敞开门的院落中穿梭。

尽管毫无头绪，秦征亦翻身下马，钻进混乱交错的尸体里，企图寻得一点蛛丝马迹。

"有没有看到两个姑娘，大概这么高，去伤兵营帮忙的……"

"认不认识那两个会医术的姑娘……"

"有两个姑娘，十七八岁的样子，来城里治过瘟疫。"

项桓逮着沿途遇上的百姓就问，不管老少男女，张口便一通解释，但众人都只顾着逃命，回答得十分敷衍。

正兵荒马乱之际，拐角竟冲出一个慌不择路的铁面人，项桓挑开他刺来的长刀，一把揪住对方衣襟狠狠道："你们抓的人里面可有一位伤兵营的女大夫？人现在在哪里？说！"

后者壮实的身躯被他掌心的力道捏得无法动弹，居然还敢龇牙嘴硬："那个女人早就被我杀了……"

项桓的双目不由自主地一凛，秦征还未来得及制止，他将人已经扔在地上。

项桓抬起手，轻轻抹去下巴沾上的些微血迹，匀了匀凌乱的喘息，继续往前走。说不清是不是自己眼花，秦征总觉得他的身形步调明显狼狈了不少，那句"让给我杀了"也使他心神大乱。

两个毫无头绪的人在偌大的少城街巷里四处搜寻，满是落着灰烬的焦土，以及被损毁的房屋废墟。就在这时，被遣去帮忙的手下灰头土脸地跑了回来："将军，前面有间失了火的屋子，听声音，里头好像关了不少女人！"

秦征被这短短的几个字调动了所有的心神，当即道："快带我过去！"

那是座位于小巷深处的院落，不知是什么引发了大火，滚滚浓烟冲天飞卷，隔着老远都能听到女子的哭喊声。

项桓所有的呼吸都堵在了肺腑，一群人疾奔至院外，火已经烧得很大了，秦征和他就着角落水缸里的水兜头淋下去，就这么不管不顾地往里冲。

屋内的房梁上不住掉碎渣，动静极大，项桓顶着周围灼热的温度，在一

片火海里张皇环顾。

"宛遥!"

火光亮得他睁不开眼,根本不清楚她到底在不在其中。短暂地犹豫了片刻,项桓只好就近抱了一个女人先带出去。

数名虎豹骑几进几出,巴掌大的小院很快堆满了狼狈的年轻姑娘,她们被烟和火熏得一劲儿低头咳嗽,清一色的炭黑脸,分不清容貌。

"当心点,先放在这儿……"火场里救人的士兵在同伴的帮助之下拍熄肩头的火。

"那屋里还有人吗?"

"不知道啊……"

项桓在劫后余生的人群中焦急地找着他最熟悉的那道身影,一张脸接着一张脸从他的视线中晃过,却总是没有看见自己想找的人。

"文君,文君!"不远处,秦征正抱着陈文君手忙脚乱地掐她的人中,项桓一听见声响立马跑过来了。

旁边的亲兵递上一碗凉水,秦征小心翼翼地喂入她的唇边,刚喝进一口,陈文君便呛着偏头猛咳。他赶紧放下碗,拿袖子给她擦脸。

才经历了一场生死浩劫,陈文君显然没缓过神,转头愣怔地望向秦征,一时间记忆出现了大片大片的空白,好一会儿才想着开口唤他:"秦征,你们……"

"出什么事情了?"他搀扶她坐起身,"你怎么样,可有何处受伤?"

"我不要紧,这火应该是魏军放的。"陈文君颦眉回想,"今天晚上睡得沉,迷迷糊糊听到有人喊走水,结果一睁眼,便看见四周起了火……"

"那宛遥呢?"项桓急声问道,"宛遥有没有跟你在一块儿?"

"宛姑娘?"她反应了好一会儿,才不解地反问,"她不是一直在我身边吗……"

少年的心顷刻往下一沉,他难以置信地转头盯着大火熊熊的房屋,漆黑的眸中有烈焰燃烧,几乎目眦尽裂,旋即就要冲上前。

"项桓!"秦征眼疾手快拉住他,"火势太大了,你现在去等于送死!"

少年猛地与他对视,双目充着血丝,吼道:"所以呢?难道让我看着她死吗?"

"也许……"秦征的话还未说完，单薄的木屋终于难以为继，赖以支撑的木柱砰然断裂，整个房舍从上至下轰然倒塌。

天还未亮，浓云密布的苍穹里露出明月单薄的一角。

宛遥在夜风中缓缓苏醒，能感受到身下颠簸起伏，视线里是城郊荒芜的野草，因为战火枯萎了大半，在惨淡的清辉下泛着微黄。耳畔弥漫着的尽是粗重而急促的喘息声，她不动声色地抬起头，眼前是一个男人的后脑勺，她正被人背着，亡命天涯似的在小路上狂奔。

宛遥对这个人还算有点印象，每日送饭的时候，他那种若有似无的目光很难不让人发觉，尤其是第一天在门后说的那些话，至今记忆犹新。

周身缺少力气，她趴在对方宽阔的背脊间恢复了一些精神，然后拔下头上的发簪——那是项桓送她的点翠，若非迫不得已，也实在不想这样做。

宛遥还依稀记得当日高山集外让她刺死的那个蛮人，厥阴俞这道死穴是位于人后背之上的，轻易无法碰到，眼下要不是对方采用这个方式掳走自己，她也寻不到机会下手。

食指往胸椎旁比了一寸来长的位置，宛遥暗暗地吸了口气，将细长的簪尾猛地扎了进去。

铁面人爆发出一声惨叫，许是没有料到身后的女孩儿会突然发难，他的脚步一顿，冷不防摔倒在地，而宛遥也随之被甩出一丈开外。

突如其来的刺痛好似遍布周身，一口气沉甸甸地堵在胸膛。他甚至顾不得去看自己伤到了何处，便十分慌张地挣扎起来想要去寻那个被他弄丢的姑娘。

然而一抬眼，看见苍老的古木下，女孩儿半跪在那里，一手挡在身前，一手以发簪抵于咽喉，表情冷漠而坚决，那眼神仿佛穿越了数年时光，望着他时，就像望着一个危险凶狠的蛮人，充满敌意。

这一刻，他在原地恍惚了一下，垂眸看向自己粗糙宽大的手掌，掌心里布满了老茧与伤痕，上面闻不到旧日的药草味，只有浓郁的血腥，至此，他才后知后觉地意识到，原来他已经不是当初的他了。

宛遥戒备地捏紧那支发簪，手脚却已不自觉地开始发冷，只能勉力让自己冷静下来。

因为对方一直奔跑，要找准穴位并不容易，她无法确定自己是不是真的扎到了死穴，而铁面军素来身强体健，因此她不得不做最坏的打算。

夜风萧索地从两人中间穿过，荒郊野外噤若寒蝉。有好长一段时间，他们两人谁都没有说话，也没有动作，画面就这么悄无声息地静止着。

宛遥微微喘气，留意着对方的举动，说不清为什么，当她直视那双眼睛的时候，总觉得从里面读出了一丝令人费解的感情。

正在双方僵持之际，林间小路上忽然窜出两个神色慌张的铁面军。

四人毫无征兆地打了个照面，各自都有些发蒙。

那两人愣怔地看了看树下严阵以待的女子，又看了看不远处肩背受伤的魏国士兵，虽不太明白状况，但自然而然是想着要帮自己人。

"兄弟，出什么事情了……"

两人缓缓靠近，警惕地注视宛遥，不着痕迹地以大树为中心将她团团包围，看情形，兴许是把她当成了一个十分难缠的角色。

这时，已有人悄然自背后抽出一柄匕首，低低问道："一会儿我打个手势，咱们一起上，是要捉活的，还是要捉死的？若弄伤弄残了，要紧不？"

宛遥觉察到空气里一触即发的危险，她抵在咽喉的发簪抑制不住地有些颤抖。

她心里想，如果他们冲上来，自己也就只好交待在这里了……

忽然，那个趴在地上的铁面军跟跄地爬起身，急促的喘息声透过面具压抑地传了出来。

她紧张地收拢五指，将尖锐的簪子往前推进半寸，几乎已经不抱什么希望。

然而下一瞬，宛遥却听到一阵恶鬼般的咆哮，那人竟毫无征兆地抡起拳头，冲着旁边的同伴挥过去。正集中精神的铁面军被打了个措手不及，显然没料到同袍会突然反水，惊慌地怒吼道："你干什么！你疯了？"

然而后者却不依不饶，强有力的手摁住他的胳膊，飞快拔出腰间的短刀用力刺进其腹部，连续捅了数刀。剧烈的疼痛让铁面军忍不住撕心裂肺地惨叫，同样也爆发出求生本能的力量，腾出手来拼命捶打着对方的身躯："发病了，他一定是发病了！救我，快救我！"

愣在一边的同伴此时才回神，都知晓药物的后遗症非同小可，这样的意外大概也没少见，当即拔出佩刀上前帮战。

三个人扭打在一块儿，都是吃过猛药的威武军勇士，力气不容小觑，倘若火力全开，没人能讨到一点好处，但那个铁面军似乎格外不要命，顶着一身伤口还依然横冲直撞，力大无穷，仿佛全然不知疲惫，不觉疼痛。

宛遥呆呆地坐在原处看着这场变故，握着发簪的手早已松开，按理说自己应该趁他们现在自相残杀逃跑，但不知为何，眼前的画面总给她一种异样的熟悉感。或者说，是内心里有一个声音告诉她现在还不能走，好像她要是走了，会错过一件很要紧的事一样。

三人打得你死我活，最初的那个铁面人因为挨了一记偷袭，很快便伤重倒地。但毕竟是一对二的局面，挟持宛遥的铁面人也受了重伤，可他有不同寻常的执着，是无论如何也要将对方杀死的坚决。一番较量下来，剩下的那一人终于开始害怕，转身想要跑，可对方却如鬼魅般从后面缠上，因双臂血流如注使不上劲，便索性一口咬住对方的脖颈，活生生咬破了颈项的血脉。

凄厉的大叫登时激起山林中沉睡的鸟雀，后者惊慌失措地四散飞开。

这声音并未持续太久，很快弱了下去，直到被满世界展翅的动静彻底覆盖。等一切归于沉寂之后，那个高大如山的身躯才精疲力竭地倒在了地上。

尘埃遍起，万籁俱静。

附近鲜少有人，远处的战火硝烟在此时显得如此缥缈而不真实。

三个庞大的身躯挡了本就不宽阔的林间小道，待宛遥靠近了一些，才发现那人还活着。他正仰面朝天，轻轻喘气。

说不清是什么使她的记忆忽然回溯，只是有那么一瞬，眼前的冷月、荒野与倒地喘息的人，都让宛遥隐隐约约想起了什么。在朦胧的往昔中，在人潮如海，繁华似锦的长安城医馆里，曾经有一个其貌不扬的小小少年一直跟在她的身后。此时此刻回想，她竟觉得故人的五官已如此模糊不清……

数年前，她随项桓背井离乡，经历了白手起家，恶人横行，见识了圣主多疑，都城易主……太多的事轰轰烈烈，占据了每日的心神，根本无暇去顾及那些远在他方的旧友。

如今的乱世太过动荡，所有人都好似被惊起的林中鸟，各奔东西，一朝离别便再无音讯。

宛遥挪到铁面人的旁边，摇摇欲坠的面具下仿佛露出一道熟悉的裂痕。

她试探性地伸出手,缓缓地朝他的脸颊靠去,正在这时,铁面人双目猛然圆瞪,不知从哪里来的力气,大吼一声挥开她,挣扎着爬起来,跌跌撞撞地跑进了密林之中。

"桑……"她后半个字堵在嗓子眼,无论如何也出不了口。宛遥愣了片刻,随即追上前。

苍青色的山脉在夜空下连绵起伏。

等她追入那片郁郁葱葱的松树林时,周遭已没有了对方的踪迹,清辉照耀的大石块前只有一摊浓稠的鲜血,腥红如火。

宛遥在林子里焦急地四顾,企图沿着地上留下的血迹寻找对方的身影,可她毕竟毫无经验,也未曾习武,漫漫深山要找一个人谈何容易,最终只能茫然地在周围打转。

不知过去多久。

数丈开外的草丛中,桑叶静静地抱着膝盖倚树而坐,等到那细碎的脚步声行远,他才敢悄悄从树后探头看上一眼。

这世上总有太多的造化弄人和事与愿违。

战乱当头,他一个手无缚鸡之力的药童,要在其中安身立命并不容易。最开始,也许是不服项桓的嘲讽,不服命运的不公,不甘心自己懦弱与一无是处,于是机缘巧合从了军。可后来他又想干出一番成就,被那一点好胜心驱使,当药物带来的利益摆在眼前时,便无法抵抗地沉沦了进去,待最后知晓其中利害时,他已经没有后路可退了。

桑叶重新靠回树干上,在沉重的夜风中悠长地吐出一口气。

年少时那些许微不足道的情意,而今或许早就掩埋在了沙场无尽的战火和滚滚的烽烟里。

远方,震耳欲聋的喊杀声仍在一波接着一波地响起。

战马和人的尸体一并堆叠在熊熊烈火当中,被奔袭而过的同袍或是敌军踩踏成烂泥,无数骑兵的影子在黑暗中浴血拼杀。

宇文钧领着一队人马冲出了潮水一样的战圈,马尾上好似还带着一溜未散的浓烟,在黎明前的夜幕下发了疯似的狂奔。

不远的前方,是杨岂仓皇逃跑的身影,兴许知道大势已去,他甚至连余下的士兵也不再顾及，只带上最后的心腹往北逃窜。杨岂太怕死了，如他这样腰缠万贯的人从来都是怕死的，回头瞧见背后穷追不舍的宇文钧，他便急忙招呼左右射箭。

剑锋与金属相撞出清脆的声响，断箭擦着他的脸颊飞过去，疾驰中的狂风凛冽得如同刀刃。

宇文钧找准缝隙弯弓朝前反击，饶是如此，身后的士兵仍旧接二连三地中箭倒下。

"将军！"淮生在旁轻轻唤他。

但意外的是，宇文钧的神情竟出乎意料地冷静，只一言不发地策马疾驰。

纵然敌方的人数也在跟着减少，然而暗箭还是防不胜防地逼近他的身侧。

淮生眼疾手快地替他斩断一支长箭，忍不住劝道："将军，别再追了，我们人手不够了！"

宇文钧挥剑的动作却丝毫不见犹豫，他紧咬着牙关，眼光如炬地盯着仅仅数丈之遥的杨岂，对方的手中拎着一柄长刀——是那把传说中削铁如泥，可以斩断精铁的武器。

"不行，他今日大败，损兵折将，必然不会再回去替咸安皇帝卖命了。"

如果现在放杨岂走，便似水入大海，今世今生可能很难再找到此人的下落，而眼下是唯一的机会……

"将军！"

耳畔一声急呼，不过片刻迟疑，一根利箭携带劲风，穿过了他肩头的肌肉。冲击力与痛感迫得他几乎栽下马去，宇文钧在落地时狠命拽紧缰绳，险而又险地将马匹停住。

好在箭矢没有伤到要害与筋骨，他略一用力，拔出箭锋信手扔掉，随意用布条止住血。

淮生慌忙丢开马，跌跌撞撞地跑来，而后从怀中摸出金创药，洒在他伤口处："将军，回去吧，抓不到杨岂也没有关系，我们……"

宇文钧的目光落在她的脸颊、脖颈间的血痕上，那只纤细的手腕原本缠着厚厚的锦布用以减少与铁环的摩擦，而现在，历经一夜的厮杀，布条早已不知所终，露出下面伤痕累累的皮肤。

他嘴唇微抿，心里没由来一紧，低声打断："你留在这里。"

准生抬头，讶然地看着他，好似没明白这句话的意思。

宇文钧却已经不管不顾地爬起来，将剩余的箭放回箭囊中，一脚踏上马镫。

准生见他如此，便也掉头打算上马，就在她转身的刹那，宇文钧却猛地拽住她的手腕。

青年素来平和的双眸里含着不容拒绝的神情："我让你留在这里！"

准生愣怔片刻，才终于萌生出强烈的不安："可是，可是我们已经没有人了，你让我跟着你……"

"这是军令！"他喘了一口气，厉声说道，"你听好，我现在命令你留在这里，等我回来！"

生平第一次，准生对宇文钧的指示产生了犹豫："我……"

他咬咬牙："你连我的话也不听了吗？"

女孩子明显愣住了，神色茫然而无措，双目间却不可抑制地闪出一抹朦胧的水花，或许她自己也不明白为什么，又或许她冥冥之中已经对接下来将要发生的事有了一些预感。

宇文钧收回视线，翻身上马，他强迫自己不要回头，用力拍打马腹，但是最后一眼看到准生的模样却留在心底永远挥之不去。她站在那里的时候，就像一个迷途中被人抛弃的小孩儿，分明难过哀伤，但又拼命逼着自己去遵守一个无足轻重的军令。

准生淡漠了小半辈子，宇文钧从来没在她的脸上见过这样的表情。

无边无际的战火还在燃烧。

少城四起的火被赶来的虎豹骑们扑灭了，只看得见几缕黑烟往上蹿。

项桓蹲在一片废墟中，四周是令人作恶的泥土气息，他低头将挡在面前的横木推开，半个坍塌的墙面就此失了支撑，全数倒了下来，真正成了残垣断壁。

秦征和陈文君站在他的身后，看见少年沉默地跪在一堆残骸前，垂首清理着烧得面目全非的砖瓦，一言不发。

陈文君本欲上前说些什么，却被秦征拉住了，只朝她摇了摇头。

大火过后的废墟，满是碎成了渣的墙砖、布满火星的茶壶茶碗，以及隐约可见的衣裙布料。

不知从几时开始，项桓的动作越来越快，他近乎疯狂地想要把所有荒凉的景象从视线中剔除干净。

斑驳的指甲在断裂的木板下猛地被崩断，疼痛让他骤然回过神来。

少年摊开掌心，看着伤痕间夹杂着的灰烬，冷风一过，遍地都是飞扬的尘土。

他茫茫然地想：宛遥也会在这些灰里吗？仅仅是这么一个念头，项桓便感到难以接受。

那是他如此珍惜的人，是他曾经连碰都不舍得碰的人……

这一瞬，全身上下的新伤旧伤毫无征兆地剧痛起来，疼得他快要直不起腰，项桓一手撑在乱石碎瓦当中，另一手紧紧揪着心口的位置，心里忽然莫名地动摇且迷茫。

我为什么要打仗？他想，我带着她去过安稳的日子不好吗？

哪怕这世间闹得翻了天，跟他们又有什么关系？她只是个再寻常不过的女孩儿，离战争足有千里之遥，自己怎么就把她卷进这些乱七八糟的事情里来了？

项桓忍不住合拢掌心，抓了一把棱角分明的碎石，一颗一颗都硌着皮肤。

"将军。"有个不懂眼色的小兵冒冒失失地闯入这片凝固的氛围之中，手头还拎着好几个灰头土脸的铁面军，公事公办地过来问他，"这些人全是在路上擒到的，满口说要向咱们虎豹骑投降，兄弟们拿不准，您看要不要……"

他话音未落，正瞧见这位年轻的将军猛然抬起头，一对眸子阴森得令人胆寒。

枪杆在掌心里越来越热，可他的心却冷如冰窖。

宛遥不在了，他心想，这世上，没有人会像她一样，对我那么好了。

项桓挂着枪，深深埋着头喘气。

束发的银冠不知落在何处，一把凌乱的青丝散下来，遮住了侧脸，因此无人能看见他此时的神情，只依稀瞧见他紧咬嘴唇的动作，一直将唇上咬出鲜血来。

理智在脑海里一遍一遍地逼着他去接受现实，但心绪却忍不住汹涌翻滚。

项桓只觉周身都弥漫着一种竭力的疲惫，耳边空白地泛起了嘈杂，麻木

的感觉笼罩了他，隔了好久，才听到有人在背后唤自己。

"项桓……"是余飞的声音。

他不想回头，也不想应声，攥紧了拳。就在此时，有人伸手轻轻拍在他肩侧。

他脑中思绪缓慢，肌肉却先一步动了起来，银枪的尖锋反手一抄，像猛兽乍然长啸，快如闪电地对准来者的咽喉。这番举动掀起了一小股劲风，把对方鬓边的发丝一股脑掀至耳后。

一双清亮的眼眸就那么猝不及防地撞进他的视线，干净的瞳子里映着少年狰狞的眉目，而她的面容温暖如昨，仿佛骤然照破阴霾的天光，被血雾遮掩的世界始料不及地变得清晰。

项桓狠厉的目光在女孩儿温和的注视下一寸一寸地土崩瓦解，碎成了千万缕天地浮灰。

他好似经历了惊愕、迷惘与不知所措，最后竟讷讷地愣在原处，像个才午睡苏醒的孩童，就这样一眨不眨地盯着她看，仿佛想不起自己刚刚做了一个怎样的梦。

"项桓……"女孩子浅浅地开口，声音又细又轻。

他的眼睛不自觉睁大了，口中喘气的声音却越来越急促，起初那狂暴的表情不知为何，渐渐看上去有些委屈和难过。银白的战枪在他的五指间轻颤，最终"哐当"一声砸在血迹斑斑的地面上。

少年猛地将她用力抱住，熟悉的气息充斥着所有的感官，他一整宿狼狈的心情到此刻总算分崩离析，只能拼命地收紧手臂，深深地将头埋进女孩的颈窝。

晨曦照开了云层，远处是打得热火朝天的军队，近处是哭得肝肠寸断的百姓。

这世界乱得一团糟。

两人离得如此近，宛遥听见耳畔处传来那近乎压抑的哽咽声，少年的头紧贴在她脸颊，什么也看不见，什么也看不清。感受到衣衫隐约传来一缕湿意，宛遥忽地就愣了，她伸手去摸了摸项桓的脸，好久好久才将指尖的温热轻轻合拢在掌心，用力握住。

黎明时分。

成都东南的雄关之外，彻夜的血战在天光大亮前终于缓缓平息。

鼓楼的钟声响起时，季长川骑着战马，带领他所剩不多的虎豹骑踏进城门，而身后的沙场则是一眼望不到头的尸骨，惨淡的晨光里，无数秃鹫盘旋于浓云密布的苍穹。

这是虎豹骑和威武军在大魏末年的最后一次交锋，双方死伤的人马足有八万之多，而清扫战场时，仅仅是收捡魏军遗留下来的铁面具便就雇了几十辆牛车拉运。

据说威武军的主帅杨岂在战役里不知所终，一并失去联系的，还有季长川麾下的干将。

等到正午，下起了暴雨，冲刷着地面凝固的血液，让蜀地苍翠的山谷染上了一大片洗不净的深红，暴涨的溪水在小桥之下滚滚奔流。

淮生站在瓢泼的大雨中，手里牵着与她同样静默矗立的枣红马，目光笔直又倔强地盯着苍茫无形的山峦峰林。前方那被水汽氤氲的山间小道上，走来一道高挑又蹒跚的身影。

沉重的玄甲覆盖着淡淡的血红，被雨水冲刷得已看不出本来的模样，胸前的伤口触目惊心，龟裂似的在盔甲上印出数条裂纹。年轻的将军一步一步，缓慢地朝这边走来，手里的长刀在地面拖出一道浅浅的痕迹。

淮生紧捏着缰绳看着他，双目通红地在漫天冷雨里喘出一口温热的白气，她像是憋了好久无法宣之于口的情绪，视线不由自主地漫出水雾。

对面那张素来温文尔雅的眉眼柔和得没有一点锋芒，苍白的唇边逐渐浮起疲惫的笑意。

宇文钧在她的面前站稳，冰凉的掌心抚上女孩儿泪流满面的脸，随后把自己的额头抵了上去。

乱世汹涌，人人难以善终，而他却好像已经尘埃落定。

项桓在少城和宛遥会合之后，迅速将手中的事务安排完毕，便抽出一队人马在附近的山头寻找桑叶的踪迹。

整整两天两夜，却毫无收获，大败后的魏军四处逃亡，戴着面具的士兵

流窜在水村山郭之间。

"铁面军?"半山腰的破酒馆外,叼旱烟的老头儿慢吞吞地指着盘旋的弯道对他们说,"清早就听见那下边打得厉害,一群铁疙瘩兴许是因为什么事儿起了分歧,最后自己倒闹起内讧,死了不少人呢。你们可以过去找找看。"

谷地里满是威武军的残骸,清一色的体格和身形,乍然看去,毫无区别。

宛遥一张一张地揭开面具,底下都是扭曲而陌生的脸,她甚至怀疑桑叶如今站在面前,自己也认不出他来了。

民夫们帮着清扫战场,搬运尸首。

项桓检查完最后一具尸体,抬眸看着她眼底的神伤,于是起身走过来。

"这里面没有特征与他相似的。"少年想了想,轻轻宽慰说,"不管怎么样,也算是件好事,至少证明他也许活着。既然肯出手救你,就意味着要跟铁面军反目,他没那么傻,不会又跑回来给人当靶子。"

宛遥深吸了口气,勉强朝他一笑,点点头。

"如果有机会,"项桓安慰着握住女孩子的手,"再让将士们留意一下那些俘虏的铁面人,说不定哪一天会找到他。"

宛遥说:"好。"但她终究没能等到那一天。

此后的咸安四年,随着威武军的战败,局势彻底朝南倾斜,再加上铁面人因药物发病的不定性,这支军队再也无法投入战场。

魏帝只剩少许驻军与贵族子弟组成的金吾卫,已经无力同季长川正面对抗,整个后半年,战线往前推移得越来越快。

巴州守不住了,天子退回京城,然而如今的朝廷面对摇摇欲坠的大魏社稷已然无力维系,南方的军队虎视眈眈,北方的蛮族部落也隐隐有要卷土重来的趋势。

江山在风雨飘摇中岌岌可危。

相比沈煜的捉襟见肘,季长川就显得游刃有余许多,虽然表面上忙着对付魏军,却也不耽误他从手里腾出兵马,隔三岔五地去南燕边境偷袭。

原本躲在一亩三分地里等着看好戏的燕王时常被他打得措手不及,这位行事出其不意的将军似乎是在借此提醒他不要妄想坐收渔利。

燕王是个能屈能伸的人,知道好汉不吃眼前亏的道理,频频派使节示好,以表诚心。

这场无休无止的动荡是大魏即将行至终点的前兆。

故都还是当年的故都,旧的王朝却被战火烽烟悄无声息地掩埋,留下山河疮痍与民生凋敝。

零碎的战役一直持续到咸安五年的秋天。

等虎豹骑终于踏进长安的城门,已经是行将入冬的时节了。

在朝堂上誓死表忠心的内阁大臣们没有一刻反抗,守城的将领便老老实实地打开城门投降了,百姓夹道迎接着季长川的到来,正如多年前他凯旋时那样。

彼时,沈煜正坐在空旷的大殿上。

以往明晃晃的灯盏内是燃尽的烛蜡,满室透着一股昏暗的颓靡。宫娥内监仿佛都知道大势已去,树倒猢狲散。

短短一年的时间,他在上百个阒寂的深夜里骤然惊醒,在一次又一次的军报下寝食难安,年岁未过四十,却熬出了两鬓的斑白,到如今,沈煜忽然有种宿命难违的感觉。

他消瘦而孱弱地坐在那里,浑浊的眼睛缓缓地扫过两旁暗淡的金碧辉煌。

沈煜想,也许再过半个时辰,季长川便会率军将这个地方团团围住,届时他会用长剑砍下自己的头,展示给大魏千千万万的子民看。

死其实并不可怕,也并不让他畏惧,但沈煜仍旧不明白自己为什么会失败。

他不好色,也不贪财,未曾沉迷享乐,每日夙兴夜寐,拼尽了全力想为大魏谋一个更好的将来;他也没有妇人之仁,只要对王朝有异心的,无一不是斩草除根,永绝后患;他甚至创造了一支强大的军队,有着雄厚的财力和武器——可是为何这些臣民会背叛自己?为何祖宗的疆土会丢在他的手上?他难道比先皇帝,比宣宗皇帝更为不堪吗?

这是他冥思苦想许久也得不到答案的问题。

萧索的北风从四面八方的缝隙里钻入,将墙上那幅清冷的画像吹得波澜微动,茹姬平和的眉目好似一瞬间鲜活起来。

殿下的老宫女步伐轻缓地走上台阶,把一杯刚煮好的热茶端到他的手边,一如既往地默默收拾好桌上凌乱的书册。

禁庭里的太监们早就不来伺候了，所有人都带着观望的态度，想看看这天下到底几时会易主。

沈煜慢慢地转头瞧了她一眼，低哑开口："陈姑姑。"

年迈的宫人掖手而立，礼数周全地站在旁边。

他好似已经病入膏肓，只能苍白地问道："你觉得朕做错了吗？"

是天要灭大魏，还是他灭了大魏……气数已尽的咸安皇帝连最后能说话的人也没有了，他面对这位跟了自己几十年的老宫女，也觉得有几分可怜可笑。

"奴婢，不敢妄议君王。"她垂眸答完这一句，忽然又抬眼，静静地补充道，"只是当年凤栖宫中，锦帐之内，圣母太后抱着初临人间的陛下曾对奴婢说过……"

那个温柔娴静的女子，对自己的骨肉许下了这样的期待："希望将来我们煜儿能够成为一个爱民如子的皇家子孙。"

沈煜端着茶杯的手倏忽一顿，他不知是想到了什么，冲着荒凉的宫殿无声无息地笑了笑。

殿门口的微光照出外面晴朗的天空，半点也不似宫中阴暗潮湿，沈煜忽然向往地眯起眼，虚弱且疲倦地说："姑姑还记得当年朕小的时候，你常用来哄我开心的那只拨浪鼓吗？朕想看一看，劳烦姑姑替我跑一趟。"

老宫女并未对他这突然涌起的怀旧之情有任何异议，只恭敬地应声，款款退下。行至殿外时，她驻足往后望了一眼，仿若看见这空空荡荡的王座上坐着一个行将就木的皇帝。

沈煜将那张母亲的画像仔细又整齐地摆在自己的面前，干枯的手指拂过宫廷画师细腻的笔触，最后落在旁边那尊晶莹繁复的玉玺上，从龙首一路往下。

他这一生大起大落，年幼时护不了至亲之人，而今身在万万人之上，却依旧护不了祖宗传下的江山。等一世到头，才发现今生所向不过一场痴心妄想。

沈煜的指尖停在桌上，脑子里莫名想起旧日读过的一首古诗。汉武帝在汾阳祭祀后土，曾于客舟中乐而生悲："秋风起兮白云飞，草木黄落兮雁南归……"

他信手打翻那盏跳跃着焰火的烛台，看灯烛点燃帐幔，渐次烧成一片火海。

"少壮几时兮，奈老何。"

魏王朝的百年基业终究于烈焰里销声匿迹，战争洗礼过的长安城在阳光下显得格外恢宏浩大，季长川打马自城下走过时，几乎能感受到历史的厚重向他迎面袭来。那是曾经象征着至高无上的权力中心，是多少皇宫贵族，王侯将相前仆后继的地方。纵然岁月变迁，斗转星移，都城却依旧巍峨耸立。

"这江山，到底不是一个人的江山啊。"他不禁感慨。

余飞同他并辔而行，两匹战马一前一后地慢步。年轻的将军没能听明白这话的意思，只顺着老师的视线朝皇城打量了一番。

"将军，燕王那边又派使臣来了，这回送的是锦缎和玉器，还有一封拍马屁的书信。"他来了兴致似的夹了夹马腹，"您猜猜那落款除了燕王还有谁？"

季长川按着腰间的剑柄："是袁傅吧？"

余大头愣了一下，随即诧异："您怎么知道的！"

他漫不经心地笑着，从怀里摸出一粒微甜的小药丸塞进嘴中细细地抿。

"那个老不死的哪儿有这么容易病逝，我和他共事十年，他如何想的，我比谁都清楚。"

季长川遥望眼前绵延的关卡城防："袁傅上回吃了败仗，正需要时间休养，就是想借我的手除掉沈煜这个隐患，也好趁此时机整顿兵马，以备来日再战。"

余大头问道："将军既然知道，那咱是不是不用跟他们虚与委蛇了？"他跃跃欲试，"眼下夺了长安士气高涨，干脆派兵，去把南燕也一并收拾了，省得这帮人今后再嚣张。"

季长川听到此处，终于颦眉"啧"了声，转头看着他时总觉得自己教出来一个傻子，伸手便朝那大脑门儿上弹了一下，"砰"的一声脆响，可想他下手有多重。

余飞被他戳了个东倒西歪，连忙捂住脑袋。

"你这东西是当摆设用的吗？成日里除了打仗，不能装点别的？你以为

我们的兵是天上掉下来的,不吃不喝不用休整吗?"他翻起白眼,无奈地叹气,"真是和项桓一个德行,好在他现在是改了,你倒还没开窍。你们俩当初若能学到宇文一点半点,我也就不至于操这些心了。"

余飞摸着额头,当面不敢反驳,心上却不以为然地悄悄嘀咕:"宇文,宇文也不见得好哪儿去,他自个儿都还有一个烂摊子没告诉你呢,就他心眼多藏得深。等你知道了,不吓死你!"

然而,季长川自然不会听到他腹诽,就这会儿工夫,已经不由自主地吃了好几粒药丸。

这药丸做得很精致,本来是给他们这群大老粗润嗓子用的,却时常让他当成糖果消遣,三两天就吃完一袋。他含在口中品尝咀嚼,忽然想着今后大概很难吃到了,不禁觉得有些遗憾。

两人走到城门边,手下的士兵跑上前来回禀,说三军已在十里外整顿完毕,随时可以启程。

季长川咬碎嘴里的糖,颔首示意:"知道了,让他们动身便是,不必等我。"

士兵领了军令,上马折返回营地复命去了。

余飞在身旁问:"将军,真的不打算重建旧都吗?其实这地方挺不错的,山清水秀,风水也好,是咱们从小长大的地方。"

季长川斜眼看他:"风水这么好,还能沦陷两次?"

季长川低笑一声,回首最后眺望眼前的都城,不带留恋地用腿轻夹马腹,让它小跑起来。

"再不错也是别人用过的东西,大魏的这一页已经翻过去了,年轻人得学会往远处看。"

末了,他忽然又顿了下,淡淡笑道,"况且我答应过他,男人之间的承诺,一言九鼎,万马难追啊。"

午后山风正紧时,宛遥从驿站里走了出来。

马槽边是忙着给战马添草料的虎豹骑,店伙抱着一堆过冬用的粮食绕到后厨。如今天下初定,四周都显出一种有条不紊的繁忙。

宛延夫妇年纪大了,不方便冬日赶路,因此这个年关就暂时留在了成都,和项家人一起等着明年开春再北上。

三天前，陈文君跟随秦征去了高山集，听闻那里有他新置办的宅院，看情形，大概年初他们俩就该办喜事了。算起来与他们在京城因一场瘟疫相识，辗转蹉跎了这些年月，也算是苦尽甘来。

项桓和宇文将军都有军务要忙，成日里拎着刀枪四处跑，像是抽不开身。

一时间，整个官驿忽然空了，只剩宛遥一个闲人无所事事。

宛遥站在凋零的枝头下搓了搓手，朝苍茫的空中吐出一口白气。也就是在这一刻，远方恍惚有马蹄声靠近，她抬眸，便看见悠长的官道间少年打马而来，一身藏蓝的战袍如云似雾，波澜阵阵地翻卷在背后。他脸上带着笑，是那种让人能情不自禁被感染得弯起嘴角的情绪，明朗得就像春日的朝阳。

宛遥忍不住牵起一丝笑意，站在那里等他。

马蹄扬起尘土飞溅，项桓还未停稳就跳了下来，兴冲冲往这边跑。

"怎么你一个人回来了？宇文将军和淮生呢？"

她正问着，忽然被少年拉住了手："走，我带你去看个好东西。"

宛遥不解地跟进院子里："又去哪儿？"

沿途的军士恭敬地向他行礼。

项桓敷衍着应了两声，笔直地走到一辆备好的马车前，朝旁边的一名小将打了个响指。

后者立刻会意地冲他笑笑："都准备好了，将军。"

准备什么？宛遥定定地看着他。

少年闻言却只是赞许地颔了颔首，半个多余的解释也没有，便把一头雾水的宛遥抱了上去。

她眼看着项桓挨在自己的身边坐下，随即便招呼车夫上路。

这一番举动风驰电掣，甚至还来不及让人做出反应，很快马车就已经摇摇晃晃地行驶在了官道上。

宛遥稀里糊涂地回过神："你到底要带我去什么地方？"

项桓将两条胳膊交叉叠在脑后，懒洋洋地枕在上面，眉峰一挑："过一会儿你就知道了。"

宛遥皱眉瞥他，眼中满含怀疑。

项桓这个人，平时只要能站着就绝对不坐着，只要能骑马就绝不会站着。现在这么委屈自己缩在车里，着实让人匪夷所思。她偷偷探身到窗边，刚要

打起帘子,手却半途被人拽走。

"现在还不能看。"

"为什么啊……"

"哪来这么多为什么。"项桓把她两只手轻而易举地箍在掌心,"你呢,眼下就老老实实地在这儿坐好,我说能看之前不许搞小动作。今天特地留下来,就为了看着你的。"

那还真是辛苦你了啊。

宛遥从车窗的缝隙窥得外面的半片光影,仍不知他们所往之处是何方,她百无聊赖,只能将头靠在少年肩膀。

寒冬腊月,感受到指尖渐渐传来的暖意,粗糙而灼热,是年轻男子独有的体温。

很奇怪,这条道路上似乎除了他们,就再没别的动静了,马车徐徐,微风轻缓,安静得有些意外。

不知过去多久,自遥远处响起一道熟悉的钟鼓声。

先钟后鼓,钟声清冽,鼓声则不疾不徐,一声接着一声,如涟漪般荡漾开。

她曾在清晨的梦中伴着此声苏醒,也曾在每一个年节的夜晚听着这声音安然入睡。

那一刻,"故乡"两个字猝不及防地钻进她心里。

少年紧握着的手松开了,璀璨的星眸中闪烁出明亮的笑意,他说:"送给你的,去看看吧。"

宛遥在他的目光下掀开车帘。

深秋时节的长安城巍峨雄伟,红墙拔地而起,方圆数十里空旷无人,而城门上却有彩缎高挂,像民间下聘时用的红绸,和四周招展的旗帜相得益彰。

守军战士们笔直伫立,身侧是上百面招展的大旗。

旌旗迎风猎猎飘扬,连成了一片涌动的波涛,上面是一个大字——项。

少年在她的耳畔轻声道:"我说过,会把长安打下来给你,好在没有等太久。"

她在窗边愣了许久,漫上雾气的双眼终于缓缓转了回来。

视线里的少年郎笑了笑:"回家了,宛遥。"

魏末的最后二十年，是一段困苦不堪的岁月。

王朝年年困于征战，百姓处处流离失所，江山兵戈四起，朝廷内忧外患。

边境的城池一再丢失，野心昭昭的武安侯在南方兵变，长锋直指京师，而魏国的将臣们也接连倒戈，铁蹄将半壁江山踏出战火。

天下格局在新的时代揭开了序幕。

咸安五年的冬天，虎豹骑的首领将都城定在洛阳，又一个生机勃勃的王朝淌入了历史的长河，它的国号为大应。

在魏王朝曾经的废墟上，雕栏玉砌的皇宫已重修为园林，大应的开国帝王将附近五郡划为封地，派遣项王驻守于此。

天下虽已大定，战争带来的旧伤疤却难以轻易抚平，并一直延续深远。

应朝初期，那些曾与虎豹骑敌对的威武军在很长一段时间里成了见不得光的过街老鼠。

他们容貌奇特，又时常狂暴发病，引得百姓惶惶不安，让当地官府也一筹莫展，好些地方索性采取了围剿屠杀的政策，但很快便因过于残忍，被朝廷下令制止了。

魏时遗留下来的铁面人同当初的战俘一样，是块不得不解决的心病。

太医院召集了各地名医，甚至把当初研制此药的前朝医官也请回了朝中，共同商讨解毒的药方，但始终未能寻得根治之法。

自当日少城外一别，宛遥便再也没见过桑叶。

这些年她年岁渐长，静下心想了许久，似乎能明白对方执意要避开自己的缘由。于是宛遥也没有刻意去寻找过他，只在项桓受封后，出了一道告示张贴于城中的大街小巷，告示的内容很简单，希望所有百姓能够善待前朝的威武军。

项王驻守长安的那些年，这座都城一度成为铁面人的庇护所，甚至城中还有专门为其设立的粥棚与茅屋。

雁字回时，冬去春来。年少绚烂的韶光在漫山遍野开成了锦绣。

大应初年，王府落成的第一个月。

宛遥在角门外发现了一株浅蓝色的小花，那是山间随处可见的野生草木，东西并不起眼，故而一开始并未让她放在心上。但此后的每月初一，这些花总会如期而至。

有时是一朵，有时是一株，还有时候是一大把，花朵上沾了晶莹的晨露，随着时节变化各有不同，送花者细心地将它们整理好，端端正正地摆在门前。

　　宛遥不知是谁放来的，问过府中的侍卫与门房，却也无人曾留意到对方的行踪。

　　但摘花的人风雨无阻，从未间断，就这么持续了许久，许久，久到年月模糊，记忆朦胧。

　　不知是哪一年，忽然从某个月的初一开始，角门的花就再也没出现过，便如故人远去，渐行渐远渐无书。

长安

番外一

长安城处在大魏的中心,毕竟未曾经历过战事,坊间的大街小巷还如旧日一般热闹,宛遥从车里望出去,能看到她多年未见的人来人往与繁花盛景。

崇化坊的一草一木都没变,项宅还是老样子,但似乎翻修过一次,瞧着十分鲜亮崭新。

她还在车内忆往昔峥嵘岁月,马匹冷不防刹住了脚,四个轮子尚未停稳,项桓忽然把她打横抱起,追风逐电似的走进府里。一路上都有忙着打扫的下人,乍然看见将军回府,皆恭恭敬敬地在两边问安。少年却懒得应付,大步流星上了长廊。

宛遥还在发蒙,他已经窜进了西院,笔直地朝西南方向而去,眼前的景致越来越熟悉,她才开始发现有点不太对。

"等……"

很快行至卧房前,项桓一脚踹开了门。

"等、等等……"

他动作娴熟地用脚尖钩着门框给关了回去,三两下将怀里的姑娘扔在床上,一把扯了旁边的帐幔,跪在她的身上解衣带。

因为是冬天,被褥垫得厚实,宛遥还在其间弹了两下,等她好不容易缓过神,少年已经简单粗暴地扯开了她的外衫丢在床脚。

"等等……"她搂着双臂往后退,在项桓凑上前来时,终于忍不住地喝止出声,"等一下!"

项桓被她吼了一声,总算停在了三寸之外,闻言还颇为无辜且不解:"干什么?"

"我还想问你干什么呢!"宛遥缩在墙边,摸了半天没找到被他脱下的

衣裳，只能抱着胳膊恼羞成怒地控诉："你、你无赖啊！"

他莫名其妙地眨了两下眼睛，不要脸地问道："我怎么就无赖了？是你自己亲口答应的，只要我打下长安，你就让我碰。现在长安给你了，我拿自己应得的报酬，有什么不对？"言语间居然有理有据。

"不是……"宛遥被他的身影全然罩住，满脑子都是"嗡嗡"的声音，"我什么时候答应过了。"

"不承认啊？"少年带了三分笑意的唇角忽地靠近，贴在她耳畔的位置，吐息时喷出的热气顷刻把她整张脸烧得滚烫，"你那天投怀送抱的时候呢？"

提到这个，宛遥的面颊瞬间便红了。

"我衣服还是你脱的，怎么，"他将声音压得有点低，"许你趁人之危，就不许我另有所图啊？"

她面色通红，不自觉语塞："我那时是因为……是因为……"

"我知道，是怕我哪天死了，给我留个念想。"项桓轻飘飘地打断，故意捉弄地笑道，"但如今我既然还好好地活着，这件事便不能当作没发生，可是你先招我的……"

他一条手臂撑在她的脸侧，少年的里衣敞开着，袖子才被他卷在了小臂之上，常年征战的伤口浅浅地覆盖着皮肤。他还年轻，肌肉并不夸张，有种恰到好处的感觉，贴近她时隐约散发出蓬勃的热气。仅仅一个举动，他便将女孩子锁在了这一方角落里。

他靠得越近，宛遥心跳得越快，在那双星眸锐利地注视之下，人也不禁缩得越来越短、越来越矮。项桓却显得十分漫不经心，只垂着眼睑，似笑非笑地打量她的神情，像是要把她所有的反应都收于眼底。

微微发烫的嘴唇擦过耳垂，正偏头要吻上宛遥的脖颈，倏忽间，旁边袭来一阵掌风，然而这回还未碰到他的发丝，半途便让少年一把擒住。

"又想打我？"项桓轻轻松松地捏着她的手腕，顺势往边上一拽，恰好拉开宛遥护胸的动作，"同一招还能让你成功三次？"

他不怀好意地一笑，去亲她的鬓角，再肆无忌惮地往下滑，气息灼热地啜吸在那弯精致的锁骨上。他的吻不算急切，但是太烫了。

宛遥说不明白为什么，周身发热，肌肤上一阵痒一阵疼，鸡皮疙瘩不停地往外跳。

项桓是来真的吗？觉察到他并非有捉弄和玩笑的意思，宛遥脑子里瞬间空白，这事情来得太快了，她根本没有做好迎接这一切的准备。

"不、不行……"

粗粝的指腹不知不觉间摩挲到了她的后背，正在解腰后的系带。宛遥终于挣扎起来，拼命用手推他："不行，项桓！不行，我……我还没准备好……"

项桓被她推开，一时也只好将手臂撑在床边，低头不解地看她："你还要准备什么？"

宛遥贴在冷硬的墙上，近乎要将自己蜷成一只鹌鹑，语无伦次："我也不知道，我就是没准备好现在就……就……"说着说着声音便低了下去。

项桓费解地颦起眉，其实有很多时候他都不太明白宛遥欲言又止所要表达的意思，比如为什么上一次她主动就可以，这次换成自己主动，她忽然又临场退缩。

难道当时做的准备时隔太久，便不能奏效吗？

可她毕竟拒绝了，模样也不像欲擒故纵，哪怕再不情愿，他也不好用强，名声坏到这个份上，总不能连自己喜欢的女孩子都欺负。

项桓望了她许久，最后抿着唇松开手，无奈且纵容地笑道："我明白，是要等三媒六聘，拜completed天地，喝过合卺酒才算准备好对吧？"

宛遥愣了愣，隐约感觉他哪里误会了："我……"

"你们女人啊，果然还是喜欢按部就班……"他却直起身来牵了牵嘴角，"放心，我等就是了。这种事情上，不会让你受委屈吃亏的。"

宛遥看见项桓闭目深深地吸了口气，随后竟还真的收了手，坐到床沿穿衣服。

这大起大落的发展令她有些无措，此时反倒生出一点过意不去来。她揪着单薄的衣襟，缩在后面看他利索地穿里衣，白色的衫子覆盖住背脊上深一道浅一道的伤痕。长出来的新肉永远和其他地方的皮肤不一样，那可能是一辈子都去不掉的痕迹。

但项桓觉得没什么，男人有疤在他看来再正常不过，纵然满身落得一堆病根，他强撑着的时候，依旧一言不发。

人总是这样，心容易软，宛遥见他这样老实听话，可侧脸的眉眼分明还是有些失落的。

这几年项桓在战场上的确足够拼命了,她忍不住感到一丝内疚,坐在原地彷徨地捏紧衣角,过了一会儿,又鬼使神差地伸出手。

项桓刚披上外袍,袖子猝不及防被人拉住。

他愣了一下,侧头时,视线里是两根纤细的手指,白皙修长,仅仅只有这么一个举动,但其中的意思却再清晰不过。很快,那只手便像是耗尽了勇气,后知后觉地一顿,紧接着缓缓松开。

就在那五指将要收回时,少年却"啪"的一声扣紧她的手腕,力道比方才要大,也比方才来得更加猛烈,整个人倾身而上,狠狠地吻了下去。

他已经给过她机会了,现在便再没有容她后悔的可能。

他随意扯开了衣领,周身的热度比之前更为滚烫,像是连经脉里的血液也在跟着自己沸腾流淌。

箭在弦上。

这一回如果再出岔子,他必然此生都改不了这臭脾气了。

项桓将她的手臂摁在枕边两侧,近乎半咬半吻地吸吮着女孩儿娇嫩的肌肤,那触感细腻光洁,温润如凝脂,微光间仿佛粉雕一般。

她的四肢无法动弹,只能任自己为所欲为,但又顺从地没有半分抗拒,偶尔小小的挣扎反而催化了热情。耳边尽是混乱喧杂,唯有手上触碰的和眼前看到的无比真实,是他无数次想象过的,想做却没有做过,想做却不敢做的……残存的理智逐渐流失,本能的欲望却已将他彻底淹没。

少年人的情愫一旦爆发,便似排山倒海,烈火燎原,难以控制。

她从不知晓项桓疯起来能这么可怕,就好像自己只是轻轻地扯了扯他的衣角,便迎来了一场毫无预兆的狂风暴雨。

天还亮着,明晃晃的日头打在窗边,让她暴露在外的双肩更加觉得冷了,不能熄灯,也没有夜黑遮掩,白天使得人的感官愈发敏锐。

不知过了多久,当照进帐幔的光开始变得昏黄,项桓的喘息才渐渐平复下来。他懒洋洋地抬起眼皮,撩开帐子的一角,天色约莫近傍晚了,但外面仍旧一片静寂,好像先前耳畔听到的都是脑中混沌的异响。

这座院子从前就没人敢擅闯,如今更甚,躺得久了五官迟钝,似乎天地间就剩这么一处安宁的所在。

他将手放下,随意搭在被衾上,继而转目去看睡在一旁的宛遥。

她还没醒,呼吸平稳,鼻息很轻,一张脸红通通的,埋在枕头里,额间的刘海被汗水打湿,零散地贴在鬓边。

项桓却没什么睡意,他本来体力就好,辗转反侧,安分不了,便探出手去摸女孩儿的脸,但也只敢用指尖轻碰一碰,怕扰她好梦。

宛遥迷迷糊糊的,随即瞧清楚是他,眼底的嫌弃之色不加掩饰,凉凉地瞥一眼,翻了个身。

一见这举动,项桓的胸口"咯噔"一下,心知宛遥多半是因为自己的莽撞而生气了。

他只好往前凑,示好似的,伸手去从后面将宛遥抱了个满怀,低头时,下巴正搁在她的颈窝。

满身的薄汗才干,项桓的胸膛略有几分凉意,若不是实在没力气,宛遥估计当场能把他的胳膊咬下一块肉来。

少年大概自己也觉得没脸,支吾地问她:"你是不是……挺难受的?"

怀里的姑娘沉默不语。

他为难地舔了舔发干的嘴唇:"我不是有意的。"项桓连忙说:"下次不敢了,我保证。"

宛遥撑着身子要转头:"你……"

他不着痕迹地打断,飞快摁住她的肩膀把人塞回被窝:"既然难受就别动了,我去给你打热水。"说着,他迅速拽起外袍披上,趿着鞋下了床。

宛遥想唤他,刚张口便意识到来不及了,对方转瞬已没了人影——有时候不得不佩服项桓那旺盛的精力。

但隔了没一会儿,她又听见外面喊。

"饿不饿,想吃点什么?"

她脑子里一蒙,已经忘了自己还在跟他生气,不自觉回答:"牛、牛肉面……"

说完才莫名觉得有哪里不对。

片刻之后,宛遥清晰地听到他鼻息里的笑声:"好。"

吃醋 番外二

大应开国之初的那些年,边境的战事一直未曾消停过。

南燕先前被打怕了,倒还算安分,而突羯却开始蠢蠢欲动,兴许想趁中原时局混乱之际,好浑水摸点鱼。

项桓从四月清明祭拜完了他娘便马不停蹄地去了北边,眼见着都快入秋了,还没有要回来的意思。

果然是造反容易建国难,几十年混战,中原大地剩下一堆烂摊子得慢慢收拾。

事情发生在九月底。

子夜里,整个王府静悄悄的,月华如水,一片安静。偏东的卧房还养了只黑猫,正在窗边缩成一团睡觉。忽然,那猫耳朵便立了起来,笔直地转了一圈。

远处的马蹄声在王府角门口刹住,紧接着一道黑影动作迅速地闪进后院,项桓一路解了披风和头冠,步伐稳健,脚下生风,临着要进门了,居然还没忘跑去厨房打水,利索地把自己全身上下囫囵擦了个遍。

卧房内"嘎吱"一声响,冷风倒灌,黑猫已经从桌上跳了下来,一对眼珠在暗夜中绿得发亮。

宛遥迷迷糊糊间,感觉到四周一沉,尚未睁眼,有人便自背后结结实实地将她往怀里抱了抱,倘若睡得再深一点,准得以为是鬼压床了。好在她有经验,这种情况一年差不多要经历个两三回,最初那几天吓得夜半惊叫,引得全府侍卫拎着刀枪冲进来围观,后来次数一多,时间长了也就习惯了。

背脊上流窜着一股冰冷的寒意,宛遥不禁打了个哆嗦,项桓在外面跑了数天,难免带有凉气,然而借着她的身体取暖,不多时便辗转回温,变得格外暖和。

那种紧贴皮肤的触感宛遥尤其熟悉,想翻个身,项桓却搂得死紧,还一嘴嘀咕:"别动,我跑一天了,先睡会儿……"

她使出吃奶的劲儿,挣扎似的奋力扭头,定睛看去,对方果不其然脱了个精光,这老毛病大概一辈子都改不了了。

宛遥压低声音:"你又脱衣服?洗澡了吗?"

他拿脑袋蹭了她一下,含糊地哼唧道:"洗了,干净着呢。"

宛遥摸了摸横在腰间的手臂,倒也没摸出什么来,她勉强转过身:"不行,把里衣穿上,现在入秋晚上冷,被子不够厚,明早着凉了怎么办?"

他连眼皮都抬不起,随口敷衍:"我不冷,就这么睡吧。"

"不行!"她态度很坚决,"眼下正换季,等会儿你又该喊腿疼了。"

听到"腿疼"这两个字,项桓似乎略有动容,眉峰居然无意识地扬了扬。

宛遥像搬死猪一样将他从床上拽起身:"不准睡,"她双手捧起项桓的脸来回蹂躏,"你还没穿衣服呢,不能睡。"

闹了半天,最后实在是没辙,他只好应道:"好好好,穿了穿了……"

他把自己的头在宛遥手里搁了一会儿,东倒西歪地摸黑往床底捞,想不到还挺沉的,那猫已经在他里衣上舒舒服服地蜷着,乍然被人动了窝,不高兴地叫着抗议。

这小畜生是年前他路过剑门关时顺手捡来的,当时才巴掌大,家里两个女孩子都喜欢模样乖巧的动物,原本是拿回来给宛遥解闷的,却不料一晃大半年,这猫在家的地位日渐拔高,现在都被允许堂而皇之地睡在他的床上了,而他呢,却是敢怒不敢言。

项桓盘膝系着衣带,宛遥便坐在对面低头替他理好衣衫,一把青丝瀑布般散在耳边,衬得脸分外小巧。

他笑了笑,顶着两只睡意朦胧的眼,把脑袋凑到她的颈窝去:"想我没?"

宛遥将系带打个结实的结,推着他的头:"你有什么好想的,干吗要想你?"

说着就抖开被子躺回了床。

项桓不依不饶地贴上来,自我感觉倒是很不错:"你没想我?我不信。"

他的胳膊晾在外,隔着被衾抱她,语气慵懒:"北境的城防已经重建了,

这次回来，应该有很长一段年月不会再出征，今后有的是时间陪你。"指尖正好触到一缕头发，项桓信手一卷，钩在掌心里缠成几道圈，"一去五六个月，晚上都没人陪你睡觉，怕不怕？"

宛遥背对他，闭着眼睛把棉被裹紧，随意道："谁说没人陪我，我有小铁啊，你不在的时候，都是它跟我睡一起的。"

项桓有些不是滋味地抿了一会儿唇，不着痕迹地伸出脚，把趴在床尾的黑猫踹了下去，若无其事说："这怎么能一样，它又不是人。"

摔了一跤的小铁茫然地坐在地上四顾，它抖了抖凌乱的毛，哀怨地冲床上叫了一声，方才愤愤地迈开步子奔回窗前继续缩成团。

毕竟好猫不跟人斗。

项桓虽然被季长川安了个王爷的头衔丢在长安自生自灭，但一有事使唤他比使唤宇文钧还勤快，就这两年零零散散跑北境跑南燕，去了不下五六趟，可时间都不长，超过大半年的还是头一回。

这次归家，项桓便明显发现了某些不同寻常的变化，最直观的当然是宛遥了。

犹记得前年他被季长川派去北方边陲和蛮族老朋友对敌的时候，仅仅离开了一个月，一回来她简直哭得梨花带瓢泼大雨，抱着人都不撒手的。才过了一年而已，宛遥如今俨然一副习惯成自然的模样，难得他快马加鞭赶夜路，最后的待遇竟没比过一只猫。

宛遥想不想他，他不知道，反正他自己是挺想宛遥的，结果他每日坐在家里，只看她在桌边高高兴兴地逗猫，项桓心头委实感到很亏，又亏又委屈，继而埋怨起季长川来，觉得他这个老师也未免太苛待自己，宇文和余大头明明是俩光棍，无牵无挂的，一有事却偏偏叫他出征。好在眼下是消停了，若再往外面跑几次，别说是猫，以后估计连地上那张虎皮的地位都能比他高。

项桓漫不经心地捅着茶炉子里的炭。

宛遥正在翻前日从长安寄来的关于研制铁面人解药进展的书信，怀中照例卧着大爷似的铁将军。

她在纸上写记录，停下笔略活动了一番手腕，问他："饿了吗？要不要吃酒酿丸子？"

项桓好像刚回神，闻言顿了片刻，忙道："吃。"

宛遥把猫放在一旁："那你等我下。"

他顺势跟着起身："我帮你。"

路过回廊，天已经起风了，满世界的枯叶乱转，打扫的下人们灰头土脸地在院中忙碌。

除此之外，还有一件令项桓很是在意的事。听说每逢月初，自家府门外总有人会放一把新鲜的花摆在那里，不知道送花人是谁，也不知道他的目的，不明真相的街坊四邻多半还以为对方在上供。他派人盯过两回梢，来者十分狡猾，是趁天不亮时偷偷动手的，蒙着面，跑得也飞快，几次设套都没逮到人。

虽然从未有书信指明那花是要送给谁，但他不用想也猜得到，而更让人不爽的是，宛遥对此居然颇为珍惜，不仅没扔，还特地派了个侍女准时去收。

项桓戳着碗里玲珑剔透的丸子，视线锐利地射在那捧露水未干的花束上，今天是一大束木芙蓉和木槿。

婢女恭敬地问她示下："王妃，这月的花我拿来了，您看是老样子吗？"

宛遥在花朵间扒拉一阵，点头道："搁高一点的地方去，别让小铁再把瓶子打碎了。"

婢女应了声是。

项桓狠狠地往嘴里塞了口丸子，用瓷勺敲着碗底来表达内心的不悦，偏生旁边的姑娘没明白他的意思，歪头不解地问："是不够吗？要不要我再去盛一碗？"

还来一碗，气都快气饱了。

项桓终于把勺子一丢，不满道："宛遥，你要是喜欢花儿，我上街给你买就是了，每天一把，不带重样，干吗非得收这地上捡来的……"

听他提起这个，她的脸上才略带了几分状似欲盖弥彰的神色："其实，一个月也就这么一回，人家的心意嘛。万一是哪个知恩图报的小姑娘呢？咱们如若不管，岂不是辜负她一番好意。"

"我看不见得是知恩图报的小姑娘，别有用心的路人甲倒是一大堆。"他臭着张脸侧过头。

"我没放咱们房里，只是让人摆在书阁，这些花又活不久，两三天便枯了。"

项桓轻哼一声："反正我不在，你放哪儿谁会知道？"

宛遥瞥着他的表情，闻言终于忍不住牵了一下唇角，忽然说："项桓，把嘴张开。"

他下意识开口，冷不防就被人塞了一嘴糕点，奶黄味儿的，甜度正合适。

项桓不情不愿地嚼了几口，觉得很好吃。

身边的女孩儿笑得满脸狡黠："甜吗？"

项桓睇了她一眼，慢腾腾地颔首。

"啊？甜啊？"宛遥故意凑上去认真打量他，"我还以为是酸的呢。"

项桓叼着糕饼一愣，这才意识到自己被她套路了，又好气又好笑，后槽牙磨了半天，忽然灵机一闪，猛地拽住宛遥，掌心兜着后脑勺，把剩的那半块糕点喂进她的嘴里。

"嗯……"这一口猝不及防，险些呛到，她捂住嘴好容易才咽下去，涨得满面通红，愤愤地控诉，"你吃过的！"

项桓一脸不在意的模样："吃过怎么了，我吃你口水的时候也没嫌啊。"

王妃的端庄坚持到此刻已经崩塌，她抄起坐垫往前怼，想着干脆闷死他算了。

"喂，丫鬟看着呢……"项桓歪在地上护住头，特地不怀好意地提醒。

这句话果然十分有效，宛遥忿懑地掀了个白眼，把垫子丢在一旁，矜持地站起身："不跟你闹了，我要去医馆看方子。"

"记得早点回来。"

她斜斜往后一瞥，整理完衣裳，头也没回便推门出去。

"王爷，那人贼精，大概知晓我们有人蹲点，放花的时间比平时都早，兄弟们才到，东西已经在了。"堂下站着又一次无功而返的王府亲卫首领。

项圆圆翘着腿在边上嗑瓜子："要我说，其实也没什么稀奇的，嫂子人好心善，在城里赠医施药，开设粥棚，感激她的人多了去了，有一两个闲得没事干采点花送她，很正常嘛。"

亲卫闻之也跟着附和："大小姐说得是，王妃在城里颇受百姓爱戴，街坊四邻偶尔年节还会送点土特产，其实属下以为，只要对方没恶意，王爷您也不必太过放在心上……"他后面的话声音渐低，主要是明显察觉到项桓的目光不大友善。

倒是项圆圆无所畏惧，连头都没抬："说白了，哥你不就是不爽人家对嫂子示好嘛。可是有姿色有才华还心地好的姑娘，你喜欢别人也喜欢啊，不过是你运气好，先遇到嫂子，否则怎么可能轮上你？"

项桓：很好，不愧是亲妹妹。

他给自己灌了一杯茶，到底委屈："你不知道，宛遥现在越来越不把我放在心上了。"杯子重重地搁下，项桓别过脸低声抱怨，"对铁将军都比对我好。"

项圆圆笑嘻嘻地："人家小铁可爱嘛，是比你招人喜欢呀。"

"一只猫而已，那还不是我给她的。"说到此处，他忽然仔细地一想，这些年对宛遥动过心思的人似乎真不少，长安的梁华、桑叶，还有青龙城的彭永明以及一大帮不知名的甲乙丙丁。

他又想了一下自己的情况，琢磨了良久，发现一个事实，长这么大，除了宛遥居然没有第二个人跟他表白过心意！

"别奇怪了，哥。"项圆圆嗑瓜子有些口干，喝了杯清茶润嗓子，"谁会喜欢你啊，又不是脑子坏掉了？"

爹不疼娘不爱，在家里备受嫌弃的项王只能和难得不嫌弃他的战马相依为命，晃晃悠悠地出了门。

长安这个地方没经历过战火，因为是前朝王都的关系，城防与军备也都颇为完善，平日的军务并不多，所以项桓不出征的时候，更像个百无聊赖的闲散王爷。

他先是到城外的驻军营地里装模作样地巡视了一圈，在参领战战兢兢的目光下提出点无伤大雅的小毛病，随后便顺路上街逛花市去了。

项桓想得很容易，如果宛遥习惯了每天都收到一把花，那么对方每个月才送来一捧花也就不这么起眼，久而久之，宛遥说不定就忘了。他信马由缰地在沿途瞎逛，正思索着买点什么好，突然间，早市热闹的氛围蓦地被一桩变故打乱。

"快抓贼，有贼啊！"

相安无事的路人各自惊恐四散，人们推推搡搡，倒有不少摔在地上的。只见一个衣衫洗得泛白的矮胖男子奋力拨开人群，怀抱包袱一边回头张望，

一边发足狂奔。

街头听得一个声音喊:"就是他,别让他跑了!"

男子跑得更急了,没头没脑地撞到了前面躲闪不及的老人家:"老东西,别挡路儿!"

项桓的眸光一凛,无人看清他是如何从马背上跃起的,只是当那男子再抬头要跑时,面前已然立了一道高挑修长的身影。来者鲜衣锦装,懒散地抱着胳膊,他生着一张年轻的脸,眉目清隽飞扬,乍看去像是刚二十出头的样子。

小偷没怎么将他放在眼里:"干什么?找死是不是!"

少年歪头略活动了一番手腕,余光朝旁闪来的一瞬,"啪"的一下,竟然伸手在他鼻前打了个响指,小偷正莫名其妙地发怔,紧接着脑袋便重重地挨了一记。

对方连手都懒得动,抬脚径直将他踢飞出去。

这一踹非同小可,小偷眼前骤黑,在道旁的树干上狠狠一砸,原地滚了好几圈才停下来,抱着脑袋满地哀号。还没等他号完,那人不近人情地一脚踩在自己的胳膊上,随后撩袍俯身,轻而易举抽出他怀里的包袱。

从下马,出手,到寻回失物,这一系列举动不过眨眼的工夫,以至于围观的路人们还未回过神,项桓已经开始活动筋骨了。

巡街的捕快们摁着官帽姗姗来迟:"都让一让,让一让……"

项桓这才松开脚,掂掂掌心的东西,朝对方丢去。

捕快们尚未站稳,见状赶紧手忙脚乱地接住,十分多余地问道:"王爷……您不要紧吧?"

不过他也委实不像有事的样子。

"我不要紧。"项桓翻身上了马,就当顺手管了个闲事,提醒道,"找个大夫给撞伤的百姓看一看,自己巡的街,自己留心着点。"

官差们冒了身冷汗,连连称是。

少年在朝阳下拽住缰绳,轻叱一声,眉宇间意气风发,拍马步伐悠缓地往前而行,背后是滚动在微风里的月白色衣袂。

这天发生的事情,项桓完全没放在心上,不过两日便彻底忘到了九霄云外。

约莫是在五天后,王府的门房便收到了一封奇怪的书信。

"给我的？"彼时他正在书房翻地方志，颇狐疑地接了过来。

"除了信，对方还留了这个。"亲卫递上一小束兰花，根茎处用红绳紧紧地扎成一股。

项桓随手把玩了片刻，扔在一边，展开那张薄薄的信纸，上面字迹清秀，誊的是首诗："愿我如星君如月，夜夜流光相皎洁。"

他读完，不以为意地轻笑一声，刚准备要丢，却不知想到了什么，手忽然顿住。

项桓看了一眼面前的信，又看了一眼桌上的花，不禁勾起唇角，登时有了个想法。

桌上摆着一瓶新鲜的蜡梅，宛遥从医馆借了几本草木集，正坐在窗边翻看。

项桓则坐在对面批文书。

满室静谧的时候，门口传来一阵轻叩。

她抬起头，亲卫手持两枝水仙和一张信纸在外求见，掐指一算，按理说今天还不到收花的日子，宛遥刚觉得有些奇怪，他便将东西恭恭敬敬放在了项桓的面前。

"王爷，这是给您的。"

"知道了，你下去吧。"

他将笔一搁，信手拈着花在指尖打转，余光悄悄往宛遥那边瞥，见她果然不经意望着自己，于是嘴角弯出弧度来，扬眉显摆道："怎么样？现在也有人给我送花了。"

宛遥见他得意的样子，收回视线，继续看书："又是你自己让人准备的吧，幼稚。"

"你还别不信。"项桓不跟她一般见识，慢条斯理地拿花戳在信纸上，"你相公我平日也是挺招人惦记的。"

"是挺招人惦记。"她翻过一页，头也不抬，"当初长安有多少人惦记着找机会揍你一顿，只怕能从钟楼一直排到御街。"

项桓挨她一阵嘲讽，抿抿唇，自知讨了个没趣："那都是小时候的事儿，我现在早就不怎么惹是生非了。"

宛遥夸张道："十八岁原来是小时候啊。"

项桓莫名觉得自己媳妇现在越来越蔫坏，他坐回去："算了，你就是对我有偏见。"说完愤愤地掀了几页，将那叠文书翻得"哗啦啦"作响，开始奋笔疾书，也不知道写了些什么。

宛遥朝他那边望了一眼，不着痕迹地笑了笑，接着往下记录。

天气渐渐转凉，日子仍旧过得有条不紊，然而令人意外的是，那神秘的送花客竟非常殷勤，一天不落，竟比每月初从不迟到的人还要积极。东西也别出心裁，除了花，偶尔更有香囊、玉佩、吊坠，各色的小玩意儿，但一封酸不拉几的信总不会少，里头的诗囊括古今，纵横四海。

物件不一定都能交到项王的手上，他忙起来的时候没工夫看，便吩咐让亲卫自己随便处理掉，一晃眼大半月过去了，对方也不管他收没收到，每日照送不误。

时间一长，连宛遥都开始觉得有点奇怪。按理说，项桓应该不至于干出这么无聊的事才对，他偶尔虽不太着调，但分寸还是有的，纵然开玩笑也不会折腾那么久。

这天宛夫人略感风寒，宛遥回娘家探望，回来时途经王府偏门处正瞧见门房拿着一张熟悉的信纸和一道平安符递给项桓身边的亲卫。

侍卫抖了抖单薄的"情诗"，两人有一搭没一搭地交谈。

"王妃。"见她走过来，二者都不由自主地整理好衣冠，饶是门房也显得颇为局促，将手来回在衣摆上擦了好几下。

王妃和王爷的气质不大一样，端庄温婉，干净清澈，实在是个让人见了总忍不住想要审视自己仪表的姑娘。

宛遥略一点头，目光落在他手中的物件上："这个是⋯⋯"

"哦。"亲卫忙道，"就是每天送给王爷的那个，我正要拿去扔掉。"说着还十分发愁地向她抱怨，"都给那个臭卖花儿的说好几回了，让他别拿来，别拿来，他偏偏不听。"

"我看看。"她展开那张信纸。

上头字迹清隽，誊的是首古人诗："只愿君心似我心，定不负相思意⋯⋯"

亲卫在边上打量她的表情。

宛遥瞧到最后，居然还有署名："深山含笑？"她随口问，"每天都是什么人送来的？"

后者赶紧道："就西市边常挑着个担子卖花的小孩儿，他说是一个老乞丐交给他的，这里头指不定还辗转多少人。"末了很是上道儿地问宛遥，"如果要查，肯定是能查到，王妃倘若有吩咐，属下一定尽心竭力。"

看着对方眼里那燃烧的八卦之火，宛遥艰难地笑了下，委婉推拒："这倒不用了。"想了想又好奇道，"你知道为什么会有人平白无故给王爷送东西吗？"

亲卫思索片刻，很快尽职尽责地给项桓贴金："大约个把月前，咱们王爷在街上路见不平，大显身手，教训了一个非常凶悍的地痞，那出手利落得满场拍手称快啊！从这之后便有人来示好了。我猜多半是在场的某个人仰慕王爷的英姿，所以偷偷摸摸送东西。"

宛遥闻言微微蹙起眉，若有所思地颔了颔首，双目一转，见他另一只手还拎着坛西凤酒，味道香醇，应该是陈年佳酿。

她有些讶然："还送这个？"

"那可多了，送吃的送玩的，每天不带重样。"言罢，又怕她多想，亲卫忙补充，"不过最后都是便宜了我们，王爷没碰过。"

回房这一路上，宛遥都有点心不在焉。

她在"项桓怎么可能会有人惦记"和"项桓居然会有人惦记"这两个问题间徘徊了好几次，不知不觉走岔了道儿，一抬眼竟停在了书房的小院之外。

曲折的抄手游廊旁种了不少绿竹与松柏，因此即便入秋了，这一片也还是葱葱郁郁的。

尽管隔得远，宛遥却依稀能听到空气里长枪呼啸的声音。

这样的声音她很熟悉，就如长安城的钟鼓声一般，是从年幼时一直听来的，带着岁月的悠长。

透过草木的缝隙，隐约能看见一道矫健的身影，长枪在他手中流动，枪锋好似猛兽的齿牙，雪亮锋利，无坚不摧。

宛遥小心地拨开眼前的树枝，项桓正在院子里练枪，雪牙枪的光华攒起漫天落叶。

她不懂武功，也看不出什么好坏来，只是这些年见他练武，能明显感受到项桓一招一式里的变化，他耍枪虽然依旧凌厉，但比之当年戾气少了许多，

反倒是满含着少年人的飞扬与豪情。她回忆起昔日在水马驿外，瞧见项桓笑容明朗地朝她打马而来，那个时候宛遥脑子里就不由自主地蹦出一个词——鲜衣怒马。

宛遥靠在廊柱上静静地发了一会儿呆，她忽然想到了什么，贴着墙绕开项桓，悄悄地摸至书房里。他大概才写完上报京城的文书，桌子一团乱。

宛遥在大堆的账目、书册中翻检，只感受到扑面而来的杂乱无章。寻了半天一无所获，她于是来到书架前，从下往上找。

奇怪，她记得明明是放在这附近的……

最高一层摆了两叠笺纸，宛遥刚踮脚要去拿，头顶蓦地伸出一只手，"啪"的一声摁在书上。她心头猛跳，回眸正对上来者一双半露出狡黠的眼睛。

"你……"宛遥先是吓了一跳，随后狐疑地望向门外，"你不是练枪呢？"

"我是练枪啊。"项桓理所当然地挑起眉，"练够了，就不能休息一下？"

雪牙枪不知几时已被悄无声息地放回了墙角，院中一派安静，连落叶都集体归了位，宛遥欲盖弥彰地朝别的地方瞥，她的眼神在躲。

项桓便慢条斯理地往前凑，故意问道："找东西啊？"

她信手去翻架子上的书册，动作生疏地遮掩："我……找本书。"

那头"哦"了一声，偏要刨根问底："你的书架不是在那边吗？怎么跑我这儿找书了？"

宛遥忍不住反驳："我就不能找本你的书吗？"

项桓也不拆穿，散漫地笑笑，从谏如流："能，当然能。"

她作势转过身，佯作寻书的模样抽了一册在手中，还没等掀过几页，他冷不防从旁边一捞，把书收走。

项桓索性倒过来，当着她的面把书前后晃荡，唇角不经意轻扬："那种情诗，我头天就扔了。怎么，还怕我留着夹在书里啊？"

宛遥将手背到身后，垂眸盯着桌前的矮凳，轻轻辩解："谁说我在找这个……"

他并不在意要不要点破，只是见她的目光躲闪，表情变化不大，心情却莫名其妙地忽然明媚。

宛遥心虚且郁闷地抠着书架子的时候，额头蓦地被项桓用指尖一戳。

她不自觉闭起一只眼，朦胧的视线里是少年干净的笑容："难得看你为我吃一回醋。"项桓俯身往前靠,手滑到她的脸颊,摊开掌心握住,"就是再挨你几顿冷嘲也没关系了。"说着,微凉的嘴唇便凑了上来,贴在她唇边的位置。

这一瞬的日光十分明亮。

倘若有人此时走进门,大概可以瞧见那双唇接触的地方透出一缕清澈的光芒。

在他要往下吻之前,宛遥推开少年的胸膛,眼睛眨了好几回,侧身故作镇定地解释:"我只是来看书的,都不知道你在讲什么……"她又把那本书抢了回来,抱在怀里往外走。

项桓被她丢在原地,依旧笑得神采飞扬,在后头不要脸道:"宛遥,我让厨房买鱼了。"

"不吃!"外面的人答得飞快。

他的嘴角荡开笑意,把一本志怪古书指尖转圈,像陀螺一样。

宛遥下了台阶在院中站定脚,这才偷偷地回眸望了一眼,抬手从脸颊上轻轻掠过去,大概自己也觉得自己挺犯蠢的,低头牵了牵嘴角,提裙朝住处而行。

十月中旬是万寿节,项桓忙着进京参朝的琐事,那个神秘的送花客就像是一段并不惹人惊异的小插曲,很快便被他抛之脑后。

他们很少去洛阳,因为太远,一年到头,唯有季长川生日这天才会入京一次。

屋里已经升起了炭盆,项桓坐在桌边捏着笔杆子琢磨礼单:"上回送的是名家的真迹,不过我总觉得大将军不太喜欢欣赏这些东西,今年送什么好?"

宛遥把小铁抱在怀里,托腮烤着火,忽然说:"大闸蟹怎么样?眼下正是吃蟹的季节,蟹黄蟹膏特别满,可以清炒还可以做成蟹柳,蟹黄高汤煮面再配一点虾仁……"

项桓斜斜地看她,一语道破:"是你自己想吃吧?"

宛遥用手搅着红枣银耳燕窝,望着他笑,家里昨天才做了芙蓉蟹,她跟项南天一人吃了两大碗,说着说着自己也饿了。

项桓朝门外吩咐:"小伍,让厨房蒸点蟹黄包送来。"

院中有人应了一声,脚步跑得极快。

小铁在暖室里伸展四肢打了个呵欠。

项桓用笔划掉礼单中的"玉观音"和"菩提佛珠",一边沉吟思索一边随口说:"喂我一口。"

她舀了一勺羹汤塞进他嘴里。

"干脆再加几条人参好了……"

毕竟人到中年,前半辈子的遗症如雨后春笋,一个比一个茂盛,连余飞这样生龙活虎的硬骨头都开始找宛遥学着做养生汤了。

十月初车马齐备,准备启程。

到底还是拉了二十几筐的鲜蟹缀在队伍后面,赶路快的话,耽搁一到两天,应该还能活下来不少。

临行时看星象,挑了个大晴天出远门,一队人带着寿礼浩浩荡荡出发,也是颇为壮观的景象。项桓骑马走在官道的最前面,宛遥则缩在车里煮茶喝。

战事平定至今,生产虽未恢复到魏宣宗初年,但支离破碎的山河锦绣勉强修修补补,总有了个能看的模样。

早些年间官道四周盗匪横行猖獗,她跟着项桓下南境,沿途连行人都不见几个,现在这一路反倒十分热闹,来来往往皆是走南闯北的旅客。

一壶茶刚沸三次水,车外便有人撩起帘子钻进来。

项桓挨在她的身边坐下,抬头一看到先笑了:"这茶沸得巧,正好不用等了。"

宛遥用巾布垫着拎起茶壶给他倒满:"怎么想着来坐车了,你不是最不喜欢闷在车里吗?"

杯子还很烫,他只好小口抿着:"在外面一个人骑马也怪无聊的,过来看看你。"

她轻哂道:"是来讨茶喝的吧。"

少年笑得没脸没皮:"茶哪有你重要啊?"

宛遥不以为意地动了动唇角,未将他这番话放在心上,给自己也倒了一杯茶放着等凉。

车子驶得很稳,项桓慢悠悠地转着茶杯,和她聊闲话:"咱们洛阳的宅子翻修了,前日里来信说还没打理好,宇文让我们在他家落脚。"

宛遥闻言直起身:"方便吗?"

"有什么不方便的,他又没成亲。"

他们三兄弟,除了项桓,如今宇文和余飞都是长住洛阳,季长川不知是有心栽培自己的外甥,还是懒得和朝臣周旋,直接把宇文钧塞进了内阁,据说每日跟一帮老臣唇枪舌剑,很是心累。

正因如此,宇文钧很少再上战场了,近几年的战事大多是余飞和项桓以及其他武将摆平的。

"前年和他过招,功夫都生疏了。"项桓把喝完的杯子放下,微不可闻地叹了一下,说不清是个什么情绪。一转眼,大家年纪渐长,有许多年月慢慢地也就回不去了,在岔道上各奔东西。

车子微微摇晃,轱辘声绵长又安宁。

矮几摆着的茶壶越放越冷,热气冒得一缕比一缕缓慢。

大概是午后的天气太舒适,两个人不知不觉头挨头靠在一块儿打起了盹。

宛遥毕竟没他那么高,靠着项桓的胳膊,他的脑袋冷不防栽下来,正磕到头顶,人便蓦然转醒。

她迷迷糊糊地抬头望向窗外,风景乏善可陈,不见城郭,明显是还在路上,旁边的项桓却依旧睡得很熟,双手抱怀倚在身侧,嘴唇微启curl一张一合。

宛遥探出手去抚着他的脸颊,心绪莫名被这深秋的天气带得有些怅然。

她知道虽然现在大应占据了半壁中原,可南燕尚在,袁傅同样也在养精蓄锐,谁也说不清什么时候就会再次打仗。他终要奔赴那些血淋淋的沙场,这辈子生于战火,注定要沉浮于征途。

进洛阳城时正是午后。

算起来,这也才是宛遥第二次上京,城里的格局比之上年已初具规模,到底是古都,有千百年的历史底蕴,发展起来很快。禁宫据说还要扩建,不过如今各处刚刚恢复生产,尚不宜大兴土木。

宇文家在城东,离皇宫不过一炷香的脚程,大概是为了早朝方便才如此置办的。

"你们怎么提早来了?"刚下马车,宇文钧便急匆匆上前迎接,他应该是刚得到消息,一身的朝服还未换,风尘仆仆。

项桓牵着宛遥看她跳下来,回头笑道:"天气好,车子走得快。怎么,你才忙完?"

宇文钧有些赧然地回答:"最近要到年关了,琐事繁多,刚和舅舅谈了点南境的布防,所以多耽搁了一会儿。"

他都是快满三十的人了,从前瞧着就比项桓稳重不少,这几年愈发内敛,反倒真有种朝官的气场,与同龄人格格不入。

"客房已经准备好了,你们赶路辛苦,先坐着吃点茶,若缺什么东西,尽管开口。"

一路踏进前厅,侍女们给帽椅两侧的矮几上换好了新茶,躬身退下去。

宛遥正抬眼的时候,看见了站在角落里的淮生,有那么一瞬,她着实愣了下。

女孩子穿着外罩披风的襦裙,有着异族色彩的星眸里一如既往地少了点感情,眼睛明亮而干净,像极了一幅前朝的宫廷仕女图。瞧惯她穿军装的样子,这么一打扮,有种陌生之感。

宛遥张了张口,一时间竟不知道怎么寒暄为好。上次见到淮生还是在一年多以前,隔得很远,看她在军营外表情淡然地背起行囊,向虎豹骑的统领行了个军礼。

听项桓说,淮生在战争结束就退出了军队和宇文家,一个人行走江湖,或许是想找个地方隐居避世,也或许只是厌倦了杀戮的生活,另谋出路。此后便是一整年杳无音讯。

直到今年,京城忽然传来宇文钧将她接回家门的消息,其震撼不比晴天一声巨雷,彼时宛遥就隐隐约约觉得这其中可能发生了什么,加上宇文钧近年给季长川任劳任怨地卖命,她甚至认为,当初淮生的离开多半也别有用意……

她哑口无言,但淮生的脸上却分明露出几丝意外与惊喜。

淮生在洛阳人生地不熟,宛遥算是为数不多的一个旧相识,又是姑娘家,自然而然令她感到亲切。

宇文钧远远地便朝淮生温和一笑:"知道你们要来,淮生从几天前就开始问行程。"他示意项桓二人落座，语气里也颇为怀念，"忙得久了，偶尔我总想起当初咱们在嵩州，在成都的那些年，虽说每天都提着脑袋胆战心惊地过日子，但没这么多心眼，反而活得单纯精彩。眼下战事是消停了，成日里倒被一堆琐务缠身。"

项桓抿了口茶，嫌他说话老气横秋："想打仗还不容易？今后有的是机会，南燕、突羯、西南的匪徒，离太平盛世还早呢，不过我看你也不得空闲。"

宇文钧模棱两可地笑笑。

说话间，有婢女端着糕点送过来，淮生见状，近乎本能地起身走上前，想去帮忙，婢女们不好由她动手，只能笑着避开。

宇文钧轻轻地拉住她："你不必管，这些事交给下人做就好了。"

淮生想了想，又准备去给他倒水。

"我自己来。"宇文钧握着她的手放下，"你歇一会儿吧，没必要老照顾我。"

宛遥不着痕迹地朝那边投去一眼。

淮生显然还没习惯，尽管坐回了原位，两手却不自在地放在膝上，略微局促。

毕竟是身份有别啊。

她怅然地想，这恐怕不是一天两天能够适应得了的。

宛遥用盖子把茶叶拨到一边儿，低头喝了一小口。

他们两人的婚事至今还没定下，宇文钧倒是写了文书递上去，不过季长川模棱两可就是不肯给准话，项桓曾经猜测，多半是不爽他先斩后奏，还瞒那么久。

舅甥俩都是四两拨千斤的手段，互相套路对方，看起来，宇文钧和淮生要修成正果尚且任重道远啊。

河鲜不宜久藏，项桓赶在宫门下钥前先跑一趟把蟹带进去，途中碰见余飞又叫他拉着去喝了一顿酒，等到天黑方才得空歇口气。

宇文府的下人已经贴心地烧好了热水，他洗完澡坐在一旁擦身上的水珠，满屋子都是湿气。

"你洗吗？我让人再打一桶。"他随口问。

宛遥正将吃完的蟹壳仔仔细细地摆成蝴蝶形状："不用，我洗过了。"

"有那么爱吃蟹吗？"项桓拿巾子抹自己的湿发，"早知道给你多留几筐，

何必全送宫里,最后还不是拿出来宴请群臣,白白便宜那帮老东西。"

她笑他:"哪有喜欢吃什么就一直吃到腻的,再说螃蟹性寒。"宛遥回头继续玩蟹壳,"吃多了对女孩子身体不好,还是得节制一下。"

项桓似懂非懂地点了点头,倒掉了浴桶的水。

宛遥已经开始卸钗环了,他毛手毛脚地去添乱,摘下发簪搁在妆奁里,便听她感慨:"今年过年,宇文大人恐怕又得借机上书去请婚旨,这事真不晓得几时能成。"她托起腮,"他也是不容易啊,千里迢迢地找到淮生……"

背后的人发出一声不以为意的轻笑:"那是你太不了解宇文。"

项桓将木梳放回桌边,慢腾腾地坐在床沿脱靴:"他这么做肯定是有理由的。"他抖开被子,"宇文这个人表面上人畜无害,实则心眼颇多,既然会把淮生带回家,眼下发生的情况也必然是在他意料之中,根本用不着替他操心。"

宛遥跟着他爬上床:"什么意思?"

"意思就是,宇文起码有九成的把握会令大将军同意这门亲事,所以才将淮生接到京城。"项桓把被衾盖到她的身上,"没准儿,一切还是他计划安排的呢。"

宛遥越听越觉得玄乎,怀疑地盯着他:"怎么感觉你把人家说得像个老谋深算的敌国细作一样。"

"敌国细作还未必有他藏得深。"项桓顺手捡了地上的一粒小石子,打灭了烛火,"你们女人啊,就是爱看表象。"躺下去之前,他忽而一挑眉,"他吃上肉的时间说不定比我都早呢。"

宛遥坐在那里愣了好一会儿没明白这句话,等回过神才抄起枕头捂他:"项桓!"

后者一边躲一边笑着拿话岔开:"不玩了,睡了睡了……"

离万寿节还有几天,送完了河鲜,剩下的空闲时日,宛遥就跟着项桓在京城里面闲逛。

余大头一早便翘了公务,逮着机会就拉他俩上酒楼,再借口"洛阳我熟啊",自发地领起两人游走在京师闲逛。

因为两家老人都在长安,大年他们不上洛阳来,所以每年的万寿节更像是一场聚会,季长川应付完了群臣会再单独给他们开小灶,一帮人找个园子胡吃海喝，不醉不归。

在京城的这些天，算是一年里难得的放纵之日，虽然平时偶尔会因为公务小聚一回，可人总是没有万寿节时来得整齐，而除了叙旧和应酬外，宛遥还是一直惦记着淮生的事。

宇文府里住得久了，多少能明白她的处境，也不知那两个门神似的嬷嬷是谁准备的，不过看情况八成是季长川的手笔。

从早起开始，要纠正她进食的速度。

"姑娘，您吃饭不用这么快，得细嚼慢咽，一口一口地品……"

淮生看着她："那样不是太浪费时间了吗？"

行军打仗一向追求令行禁止，故而她常年来吃东西堪称神速。

嬷嬷为难道："您又不赶时间，吃得太快，岂不让同桌的人尴尬吗？"

淮生闻言望向宛遥，过了一阵若有所思地低下头。

饭后消食，要纠正她的坐姿。

"姑娘，您怎么能直接坐栏杆上呢，裙子会弄脏的。"

两人一左一右拉她起来。

"这栏杆也没有多脏……"

"那也不能坐呀，您怎么说也是女孩儿家，让人家看见该笑话您了。"

淮生眼见她们忙前忙后地拍去她衣服间的浮灰，转头盯着那片挺干净的抄手游廊。

花园没法再去了，于是上后院散散步。偏巧隔壁家的孩童放纸鸢，卡在了老梧桐的树枝上，她仰头，三两下窜至梢顶，还没等够到风筝，底下就顷刻炸开了锅。

"我的老天爷，姑娘您赶紧下来啊！"

"这要是摔着了可怎么是好！"

其中一个兴许是急火攻心，居然当场翻白眼晕了过去。

淮生只好先落了地，紧接着又是一通喋喋不休、没完没了的长篇大论。

宛遥总想找个机会与她谈谈，但前几日被余飞和宫宴耽搁了，等到临行前才得空，满府里找了一圈，竟没见到她的踪迹。等途经小竹林时，才不经意地发现她一个人垂首站在角落里，安静得就像周围的观音竹。

"淮生？"宛遥试探性地唤了一句。

后者闻言缓缓回头，眸中难得带了点落寞的色彩。

宛遥走上前："怎么了？没精打采的样子。"

淮生低低道："没有什么……"

她也不方便直接问，于是左右环顾片刻："跟着你的那两个嬷嬷不在？"

"嗯，她们今天休息。"

难得见淮生这样垂头丧气，宛遥轻轻问问："是不是遇上什么麻烦了？需要我帮忙吗？"

在她说出这话的那一刻，对面的女孩儿竟咬了下嘴唇，十分快快地开口："这些礼节真是太多了。"

宛遥微微一愣。

约莫是这段时间被逼得紧了，印象中很少听淮生如此有怨言。但也别无办法，她从小长大的环境和寻常人家相去甚远，真要跟着宇文钧，许多举止不改不行。季长川这么打算，多半是想让淮生早日适应将来的生活，今后的路还很长，也有叫她知难而退的意思。

宛遥急忙安抚道："其实你也不必过于放在心上，我小时候也有教养嬷嬷，一开始老吃亏，后来学精了知道怎么应付了事，很容易就打发走了。"

她抬手去摸摸她的脑袋："没关系的，好事毕竟多磨，尽力而为吧。"

淮生轻轻地"嗯"了一声。

她耳力好，许是闻得有脚步靠近，先扬起了头，暗淡的眼眸里星光一闪，不自觉扬起了头："将军。"饶是两个人都退伍多年，淮生还是习惯性这么称呼。

宛遥果然看见宇文钧站在背后，四目相对，他笑容和煦地朝她抱歉地一颔首："碰巧路过，可有打扰你们？"

"我也只是路过闲谈。"宛遥欠身施礼，当即十分识相地开口，"宇文大人，你们慢慢聊，我先告辞。"

一直行出百步之外，她借着花树遮掩身形偷看二人聊天，淮生依旧沮丧，宇文钧正垂眸对她说什么，看她偶尔会摇头，也会点头。

青年眉眼温润清俊，耐着性子细语安慰，随后掌心拖住她的脸颊，将前额轻轻抵了上去。

这的确是世界上唯一制得住淮生的人啊。

宛遥忍不住生出些岁月静好的感叹,她躲在那里张望,廊下的某人远远瞧见了,好奇地抱怀走过来,也顺着她的视线看去,不解其意:"瞧什么,很好看吗?"

"你怎么来了?"宛遥说着又向淮生那边瞅了一眼,觉得再这么偷窥下去不太礼貌,忙伸手推他,"非礼勿视,非礼勿视,快走了,别看了。"

项桓给她半推半拉地拽到一边,还一路转头:"我还没瞧清楚呢……"

"别人家事,你看那么清楚做什么?"

他似笑非笑地挑起眉,往她的身侧靠了靠:"那就只准你看啊?"又把脑袋一歪,"宛遥,你这是自己看够了才拉我走的吧。"

她被他气笑了:"想什么呢,我又不是你。"

宛遥伸手将人朝旁一推,作势要走,手刚刚松开,便又被项桓轻描淡写地又拽了回来。他唇边带着抹宛遥极熟悉的弧度,饶是在长安做了这些年的郡王,有时笑起来也还是那么没脸没皮。

"其实你看他们干什么,咱们俩又不是不能亲。"

宛遥打了他一下,冷不防项桓揽着腰将她往上抱,偏头就要吻。

"别闹。"宛遥笑着两手把他头捂住,拦在自己面前,四下里环视,"这是人家府上,到处都有人的!"

项桓略一思索,突然拉起她:"过来。"

"干吗啊?"宛遥让他拽着跑,沿着石板小道穿过垂花门,沿途偶有一两个下人站边行礼,不多时便转回了客房。他掩上门,屋里没点灯,尚有些暗。

项桓背靠门扉挡住大半日光,眉宇间带了些志在必得的笑意,两手捧起她的脸:"现在是不是能亲了?"

宛遥刚要说话,他的唇便贴了上来,气息灼热而柔软。

马车已经候在府外,刚刚开始化雪,气候干冷干冷的。

项桓坐在边上套靴子,回头见宛遥收拾着满床的衣物行装,于是抬手在她脸上试了试温度,还挺暖和。

"现在启程,回家正好能赶上小圆过生日,她前年就嚷着想去打猎,那会儿爹身体不好,我没同意,今年反正没别的事。"项桓把里衣穿好,征求她的意见,"咱们干脆到城郊住几天吧,你觉得怎么样?"

宛遥抖了抖他的外袍，随口道："嗯，好啊。"

"小圆这丫头都快满十六岁了，我琢磨着该给她谈一门亲。"他讲到此处自己先发愁地"啧"了一声，"可是你说，会有人肯娶她吗……"

他们项家的姻缘还都是一脉相承地坎坷啊。

项桓正若有所思嘀咕，宛遥叠着他的外袍，忽然从袖口里摸到一封折叠的笺纸，她狐疑地展开来看。

上面的字迹居然莫名熟悉，写着：下月初一，戌时三刻，长安曲江池西桥，不见不散。

落款是深山含笑。

项桓原来在侃侃而谈，不知她手中拿的是什么，遂也凑上前，漫不经心地把那其中的几行字读完。等看到最后几个字，他神情一顿，逐渐发蒙，侧目对上宛遥的视线。

女孩子转过来质问道："你不是说你头天就扔了吗？"

一看见她眼里的情绪，项桓就知道不妙，忙语无伦次地开口："不是……这不是我的……"

宛遥深深地皱起眉，显然是动了气："上一回你拿这些东西来气我，我可以当是你开玩笑，都隔了那么久，同样的把戏，你还想来一次？"

"我真没有。"他简直觉得自己比窦娥还冤枉，"我也不知道它怎么会在我身上……"

话音未落，宛遥就将满怀的衣服塞到了他的手里，转身出了门。

"宛遥！"项桓手忙脚乱地把外衫披上，一边穿一边追出去，"你等等我。"

马车就在街边停着，她迈着小碎步走得还挺快，三两下打起帘子钻进车内。

项桓心知人这会儿正在气头上，自己若追得太紧，铁定惹她不痛快，当着周围一帮下人的面，项桓不好表现得太反常，只能先佯作无事地上了马。

宛遥："启程吧。"

像是忽然把赶路催得很急，匆匆忙忙的，车夫们虽不解其意，却也立刻有条不紊地甩鞭子打马前行。

项桓骑着马，尽量不露声色地挨在她车子旁边，左右一扫，在窗边压低声音："宛遥，你先听我解释，那些信件的的确确不是我准备的，我承认一开始我是想逗逗你，不过后来我也没放心上了，真的。我来这儿又没带什么侍卫，咱们房间每日有人打扫，说不定是那个人买通了宇文家的仆婢，偷偷带进来的，我……"

车里的女孩子不为所动地伸手，把帘子放下，给他吃了一份闭门羹。

项桓抿了抿唇，只好自认倒霉地坐在马背上吹冷风。

回程的路上，三天两夜，宛遥还真是一句话也不同他讲，连吃饭时都坐得离他有十万八千里远似的，从头到脚表示着嫌弃。

一行人在第三天的晚上抵达长安城。

宛遥刚下车，项桓便丢开马跟在她的后面，见她板着个脸也不太敢抖机灵，试探性地牵了好几回手，都让宛遥给甩了。她先一步进屋，项桓还没反应过来，房门关上，很快里边就落了闩，这动作简直一气呵成，大概在心中排练了不少遍。

"宛遥。"

他要进去不难，直接把门踹坏了就行了，但毕竟是自家的东西，而且闹不好动静太大，第二天各种流言就能传得满府皆知。

他无计可施地站在外面："你让我先进去吧。大冬天的，我在这儿杵着也不合适啊。"

卧房中的灯转眼亮起来，项桓赶紧轻拍了几下门："宛遥，宛遥……"

她把火折子搁在桌上，意难平地吐出口气，隔着一道门，听他还在卖惨："叫爹知道会以为我欺负你的。"

宛遥微微偏头，咬着唇小声反驳："本来就是。"

为了避免叫下人听见，敲门声十分克制，持续了好一阵，忽地没了动静。

她不自觉往门的方向看了一眼，犹豫片刻，又忍不住想凑上去瞧瞧，就在这时，"嘎吱"一声，支摘窗竟给人推了开来，项桓带着一身的寒气跳进屋搓手，自言自语："想不到院子里的风还挺大……"

宛遥先是愣怔地打量他，旋即把目光投到被折了一半的窗门上，秀眉当下轻轻一蹙。

项桓像是早有预料，在她说话前率先开口："你别生气，我明天保证修好，亲自修。"说完，又觍着脸笑道，"夜里是真冷，你就让我睡一晚吧。"

可能知道自己理亏，项桓把厚颜无耻发挥到了极致。

宛遥看着他这副油盐不进的样子，连气都没地方气，咬牙背过身："我不要跟你一起睡。"他当即顺从道："那我打地铺。"言罢，手脚麻利地跑去床上抱被子。

宛遥终于没了脾气，只能由着他跑上跑下，忙得不亦乐乎。

屋里是烧着炭盆的，和院外的温度差距很大，项桓这些天吹了冷风，肉身充斥着寒意，猛一吸入暖气，肺腑中竟隐隐刺痛。他弯腰抱被衾的动作不经意地僵了僵，很快又若无其事地起身，朝她笑道："这样不就行了，你有事还能叫我。"

"你……"

话刚出口便被项桓一个响指打断："时候不早，我去准备热水。"

晚上熄了灯，在这般匪夷所思的状况下，宛遥稀里糊涂地爬上了床。

她习惯睡外侧，面朝墙的方向拥紧被衾。坏了闩的窗关不太紧，让冬夜风吹得发出细响，半炷香的时间过去了，她还是没能入眠。

宛遥睁开眼盯着旁边缺了一半枕头的空床，默了半晌，才轻手轻脚地转过身。

项桓正躺在两步开外的地方，她双目适应了黑暗，能看清他熟睡的模样，只见他嘴唇微微张着，呼吸均匀，大概是累极了。

宛遥顿时觉得只有自己一个人在认真生闷气，内心颇不平衡——他压根就没往心里去。

她愤愤地蹙眉瞪着下面的人，试图用目光传达自己的愠恼。然而，瞪了半天，她也感到没意思，躺在那里漫无目的地走神。不知从什么时候开始，窗外的风声中混进零碎的小雨，砸在屋檐上，渐渐地，雨就下大了，空气里有股湿润的味道。

宛遥突然看见项桓拧了拧眉，喉结吞咽似的滚动了一番，旋即将脑袋往被子下埋，她像是想到什么，抬头朝花窗望了一眼。

朦胧的月色间树影婆娑，被雨水打得枝摇叶晃。

项桓听见脚步声时，人猛地醒了，还没来得及睁眼，周遭冷不丁亮起了光，照得双目微疼。他正撑着身子坐起来，刚转头，一只温热的手就贴在了额上。

项桓人还睡得有点发蒙，灯火烛光里看到宛遥披着外袍蹲在面前，面色凝重地试着他额间的温度。

"你怎么起来了……"

她的手移到他的后颈处捏了几下,又放到腰上去,陈年旧伤的筋肉僵硬如铁,连带血液也跟着发凉发冷,饶是睡了这么些时候,依然无法流动开。

宛遥颦眉问他:"你身上的伤是不是又犯病了?"

项桓先是一愣,继而瞧了瞧她放在自己腰腹处的手,不以为意地笑笑:"没事儿。"

"坐过来,我给你擦点药酒。"说着,她拉住肩头的外衫,举灯去药箱里翻找。

项桓看着宛遥的背影,掌心忽地一暖,于是利索地脱掉衣服,在床边坐好。

他前些年打仗落下的伤遍布全身,唯有腰部与后肩最严重,尽管已经痊愈,每逢寒冬时候却总是会酸疼,淤血堆积。项桓现在还年轻,倒是不觉太难受,但若不及时推拿,等老了以后只怕会十分煎熬。

宛遥借着烛火在他的肩颈处用药轻轻搓揉活血。她手劲儿不大,刚刚好的感觉,柔软的指尖按在穴位上,有种莫名的舒服。

项桓低头坐着的时候,手指就不住来回地搅动,思索着趁眼下时机正好,要怎么开口打破僵局比较妥当。他悄悄地朝后瞥了一下,语气忐忑地问:"你还在生气啊?"

宛遥将热巾子敷在他的肩胛上,另倒了药油抹在他的腰背上。

项桓紧接着说:"以后再有这样奇怪的东西送来,我一定不会收了,直接让小伍把人赶出去,保证咱家里干干净净,什么乱七八糟的都不会有。"他烦躁地轻舔着嘴唇,"是我大意了,真没想到她能追到洛阳……"

"把衣服穿上,别着凉。"宛遥不着痕迹地打断,低头收拾药瓶。

他闻言,怕讲太多再招她烦,也就不便继续往下解释,扯过旁边的里衣,一边穿一边走回地铺。

宛遥余光瞧见了,看着地上单薄的被褥,双唇嗫嚅片刻,忍不住唤道:"项桓。"

对面的人正回头,她无奈颔首示意身侧:"上来睡吧。"

项桓眨了两下眼睛,后知后觉反应过来,唇角不自觉地一扬:"就来。"他立马兴冲冲地将满地被衾一卷,飞快蹦上了床。

两张棉被都沾上了人的体温,周遭的气息顷刻温暖起来。

项桓一躺下,便伸出手去从后面搂住她,一直揽到自己胸膛间用胳膊圈着,满足地将下巴搁在女孩儿颈窝。

他这个人,一向是给点阳光就能灿烂。

项桓感慨地轻叹:"听你松口可真不容易。"他都以为自己要在地上睡半个月了。

宛遥慢悠悠地盯着别处:"谁叫你自作自受的?"

他笑了一下,把头往前凑了凑:"那些信,我一句都没回过。什么初一十五,我当然不会去,肯定是有人栽赃陷害。"

她轻轻哼道:"你没有一开始拿给我显摆,谁害得了你吗?还不是你自己活该。"

项桓把脑袋贴在她的耳畔,嬉皮笑脸地解释:"我不就是想让你着急一下吗,也没料到会这样……"思及如此,终究不甘心地磨着后牙槽,"改天定要好好查一查这个人,我倒要看看是谁那么大胆子,敢在我眼皮底下动手脚。"

折腾了一宿,疲惫至极,他发完了狠话就跟着开始打呵欠,抱着宛遥便睡着了。

起初并没觉得这话有什么,宛遥越琢磨越觉得不太妥,急忙又把他摇醒:"不行。"

少年迷迷糊糊地抬头:"嗯?"

她转身面向他,正色说:"人家怎么也是个姑娘,你这么做未免太伤人脸面了,传出去她往后还怎么嫁人呢?"

项桓勉强撑起眼皮,听她说下文。

宛遥略一思索,商量道:"依我之见,下月初一咱们还是去一趟吧?你好好跟她说清楚,实在不行,再考虑别的办法也不迟。"

他深吸了口气,毫无异议地点头,闭上眼睛继续睡:"好,都听你的。"

初一这天晚上没有月亮,曲江池边略显漆黑,但仍旧游人如织。

自打前朝覆灭后,长安夜里就不再宵禁了,这种有花有草有水流的地方自然成为一处消遣的胜地。

宛遥和项桓饭后散步过来，能瞧见不少有情人成双成对地沿着江岸游览，远近声音纷杂，还有一位书生似在举杯观星饮酒，很是风雅。

"曲江池西桥，应该是这里没错了。"她举目四顾，"戌时三刻到了吗？"

"方才路过钟楼是戌时，走了这一阵估计差不多了。"项桓也好奇地打量，对来者的身份充满疑惑。处不时有行人路过，但怎么也不像是写信的姑娘。

等了一盏茶的工夫，仍旧不见对方出现，宛遥难免有些不安："会不会是因为瞧见我在这里，她不方便现身？"她揣测道，"不如，我先回避一下？"

"不用。"项桓不在意地收回视线，"她不来就算了，哪来那么难伺候？我们走。"

"你别这么心急……"宛遥原想叫他再等一等，说话间不远处正饮酒的书生却向这处行来，笑容友好地冲她作揖。

宛遥急忙欠身回礼："公子，是有什么事吗？"

书生捏着一柄合拢的折扇放在胸前，风度翩翩的样子："在下是来赴约的。"

宛遥："赴约？"

"正是。"他微微一笑，视线却望着项桓。

项桓莫名其妙地扫了他一眼："赴什么约？"

"王爷难道不记得了？"书生展开扇子，扇面一幅白兰花图清新雅致，"在下便是'深山含笑'啊。"

不知是不是他扇子的兰花图太扎眼，宛遥一时竟听得愣怔："你是'深山含笑'？"

项桓尚不解其意地皱着眉，就见他"啪"一声合拢折扇，语不惊人死不休地缓缓开口："当日幸得王爷出手相助，在下感念至今。长安街一别，唯有将感谢之情寄托于信纸上，方可慰藉心灵。"他款款道，眸中愈发深情，"难得王爷今夜肯屈尊赏脸，我这辈子便死而无憾了……"

宛遥近乎看见项桓额角的青筋一根一根，十分清晰地往外蹦，他咬着牙一字一顿："你说什么？"

平地里一股劲风乍起，宛遥眼疾手快，在项桓抡拳打上去之前先把他给拦腰抱住。

他手势僵在那里，双目的血丝却红得分明，咬牙切齿道："你敢再说

一遍！"

宛遥艰难地拦在前面，回头朝那书生道："你还是快走吧，他真做得出来。"

宛遥腿一软，差点没抱得住他，连声音都带着点颤："项、项桓你冷静点，这里人多眼杂，闹大了你没法跟陛下交代。等回去我做桂花糖糕给你吃，再加两份酱猪蹄，两壶西凤……"

项桓目眦欲裂地瞪了半晌，终于狠狠地收了势，大步离开。

"王爷……"

宛遥看着他的背影松了口气，朝满眼失落的书生行礼告辞，转身时，唇边含起一抹微不可察的笑意，小跑着追上去。

竹马

番外三

项夫人姓李，据说也是将门出身。

记得她还在世的时候，曾经拉着项桓贼兮兮地说道："那个小姑娘以后可就是你媳妇儿了，要好好给娘争点气，知道吗？"

她笑起来时唇角下露出小而弯的酒窝，一颗虎牙亮晶晶的。

彼时项桓还不太明白他娘这句话的意思，眼中带着不解与迷茫，于是项夫人将儿子的头发揉成了凌乱的鸡窝，不给面子地笑他是个傻小子，末了，又挑着眉问："漂亮吗？"

这一句他听懂了，不知为什么有些局促，用手抓抓脖颈，最后老实地点头："嗯。"

紧接着，耳边便爆发出母亲不怀好意的笑声。

元熙十四年的除夕，顺亲王府的小世子满十岁，祈福的天灯飘得整个京城都是，将一顶硕大华美的走马灯围在中央，光影流转间，纱罩投影出天女起舞，嫦娥奔月，将军引弓，刺客拔刀。那一天，长安所有的百姓都目睹了灯火辉煌的盛世景象。

"这枪金贵着呢，你拿稳了，要是弄坏一点，我可不会放过你。"项桓站在王府的偏门前，将家传的战枪递给一个小他半岁的少年。

对方是顺亲王庶出的三公子，想摸他这把枪很久了，项桓瞅准这点，提出要和他换走马灯的图纸。

"你放心，我一定好好收存，日日擦拭，隔三天就打磨一次，保证给你洗得干干净净。"

"那倒不必。"项桓略有不舍地放到他的手里，打量着男孩的小身板怀疑道，"你拿得动吗？"

"还行。"三公子咬咬牙,两条胳膊吃力地抱着长枪。

项桓不大相信地多看了他几眼:"那我十日之后来取,你记得还我。"

"知道!"

项桓便接过一叠厚厚的图样,辗转回到了家。他推开房门,女孩儿正百无聊赖地坐在帽椅上,一见他回来,眼睛登时亮出星辉,期盼地跳到地面。

项桓不自觉带着些许得意,把纸张"哗啦啦"一抖:"看……"

"你真的拿到了?"宛遥欣喜地盯着他手里的图样,虽然瞧不大明白。

"那当然,我出马,什么事情办不成?"

两个孩子头挨头趴在桌上研究那些令人眼花缭乱的图画,走马灯是宫灯,如王府用的那种规格市面上是没地方买的,而项宛两家的爹皆是七品芝麻官,老实说也承担不起这样奢侈玩意的费用。可小孩子又惦记着要,怎么办呢?

项桓琢磨了好几天,最后想出这么一个法子。

图纸看得他头大,干脆找了市集的木匠求教,学了半日勉强懂个大概,便初出牛犊不怕虎,抱一堆零碎木头和纱绢放到房中,开始着手鼓捣了。搭框架、锯木板、敲钉子,少年埋头在桌上敲敲打打。

宛遥没捞到事情做,只好在他的旁边转来转去地想帮忙,项桓心里不耐烦,终于抬起脑袋:"你一边儿去,别碍手碍脚。"

女孩儿被他开口嫌弃,却也并不很生气的样子,只巴巴儿地"哦"一声,极乖巧地坐回椅子里。她身材娇小,长椅甚至还高出一节,双腿就只能没着落地悬在半空。

等项桓做完了手里的活儿,擦去鬓角的汗抬头时,正看见桌边的女孩也同样朝这边望来,她趴在那里,下巴搁在胳膊上,乌溜溜的眼睛眨了几下,然后冲着他笑。

项桓忽然莫名地感到有点窘迫。

一盘糕饼缓缓推到了他的面前,宛遥犒劳似的颔首:"吃吧,才做好的。"

点心是豆沙味儿的,但做得不腻,咬一口满嘴清香,他狼吞虎咽地塞了几块垫肚子,随后一边吃一边向旁边看了两眼,总觉得不自在,最后他还是想方设法地给她找了点事情做。

项桓把画笔和宣纸备好,让宛遥勾走马灯里面的小人儿。

他抱着双臂在旁边看。

窗外的天有些阴沉了，手边点上一盏烛火，女孩就凑在昏黄温暖的光芒下，一笔一画认真地涂写，细腻的脸颊晶莹得像是敷了粉。

走马灯做好了，约莫有一尺来长，和王府的不能比，粗糙了些，但对于半大的孩子来说已经算是很奢侈的玩具了。将其中的蜡烛点燃，再转动灯罩，无数的人马便欢快地跑起来，他们在上面写了有趣的字句，再结合一盘双陆，可以玩上一整天。

因为这盏灯得来不易，宛遥一直仔细地收藏着，由于父亲官阶不高，她的闺中好友不多，难得有一两个人慕名来看，她也都大方地取出来，供小姐妹们把玩。

宛延生辰这日，朝里几位与他交好的同僚登门做客，年纪相仿的刘翰林为了让宛遥有几个玩伴，带着他膝下的一双儿女一并来了。

刘家大小姐比宛遥大五个月，她的哥哥和项桓年纪差不多。

两个人平时倒没太多往来，不过跟着大人见过几次面。

刘大小姐稀奇那只走马灯，进门便嚷着想看，把窗户的卷帘放下，幽暗的室内灯火灿烂，她用手指拨动，羡慕不已："真漂亮，上次瞧见宫灯还是在我五岁的时候呢。你从何处买的？"

宛遥赧然地笑笑："是别人帮我做的。"

她闻言有些失落："什么人啊？能不能拜托他也帮我做一盏呢？我会付钱！"

宛遥琢磨片刻，试探性地同她介绍："你知道项南天，项大人家的二公子吗？"

好了，没戏了。

小魔王名声在外，刘大小姐顿时无言以对。她沉默地转着精致的灯罩，越看越喜欢，忍不住说："宛遥，你可不可以把它卖给我啊？"

她闻言愣了下，继而用力地摇摇头。

在平时，宛遥其实并不吝啬分享自己的东西，但这次不同。她舍不得把这走马灯送人，而且这东西是项桓辛苦做的，她不愿意用他的血汗卖人情。

刘大小姐显然很沮丧，恋恋不舍地又玩了大半天，直到前厅传饭，才慢腾腾地跟着出去。

吃饭、闲谈、长辈们之间你来我往的客套让时间过得漫长又无聊。

好不容易母亲批准她离席，宛遥总算松了口气，悄悄溜进厨房做甜汤喝，等发现走马灯离奇失踪已经是下午了。

家中的客人陆续告辞，她翻遍了所有的角落也没寻到走马灯的影子，情急之下慌里慌张地跑出家门。

此时项桓正在坊里和附近的几个男孩玩蹴鞠，忙得满头是汗，宛遥匆匆过去，却由于太过焦躁的缘故，一时间连话也说不大清楚，却先把脸涨红了，一副要哭不哭的模样。

项桓一言不发地瞧了她一会儿，转身道："走吧，带我去看看。"

后面的男孩们不满地嚷嚷："项桓，你还踢不踢球了？"

"我有事，你们自己玩吧。"

顶着一阵唏嘘声，他跟着宛遥偷偷回到宛府，宛家的长辈不太待见他，以往能不来他就尽量不进来。

房间中非常整洁，没看出有翻动的痕迹，项桓一边四处观察，一边听女孩子讲述一整日的来龙去脉。

很奇怪，他在眼前的时候，宛遥竟然感觉自己没那么着急了，连气息都比方才要平稳不少。

"你是把走马灯收在这里面的？"项桓蹲在墙角的一口木箱子前，毕竟只是小孩的玩意，算不上贵重，因此就没加锁，随便何人都可以打开。

他用手拂过地面一抹极淡的鞋印，问她："你说之前有人来问你讨过走马灯？是谁来着？"

宛遥如实点头："刘先生的女儿，比我大不了多少。"

少年比画了一下鞋印的长短，再和自己的脚比了比："她是不是还有个哥哥？"

刘翰林走得晚，项桓趁暮色追上去刚好把刘大公子堵在拐角的两堵墙中间。他做贼心虚，眼见父亲的轿子行远，竟不敢大声呼救，只战战兢兢地抱紧怀里的包袱，咽了口唾沫望向对面的少年。

项桓比他还小半岁，但足足高了他半个头，两边衣袖挽在手肘之上，小臂处的肌肉结实而分明，这般居高临下地站着，居然十分有压迫感。

"你、你们要干什么，光天化日、朗、朗朗乾坤……"

刘大公子也是出于无奈。他妹妹最好面子，在别人家看上的东西，死缠烂打非要他做个一模一样的,偏不巧,他也好面子,在自己妹妹面前不愿露怯,便硬着头皮答应下来,等临着要走了才开始担心,急中生智只得出此下策。

"你很能耐嘛,偷东西偷到我头上来了。"项桓皮笑肉不笑地弯起嘴角。

刘大公子有点怕他,可又死撑着不肯承认:"谁说我偷的?你别信口雌黄污蔑人,这是方才我爹路上买的!"

宛遥原本躲在项桓的身后,被他用手不着痕迹地推了推,示意她站远一点,项桓自己则开始活动筋骨,俨然一副要打人的架势。

"我不跟你废话,把东西还来。"说着将手掌往前一伸。

那刘大公子也不知从哪里吃的熊心豹子胆,为了脸面竟豁出去了,先"嗷"的一声给自己壮壮胆,然后便把脑袋朝项桓的胸膛撞去。

少年想不到对方会突然袭击,他眼神忽变,扭转脚步稳住身形,一手揪住刘大公子的衣服,另一手握成拳头砸向他的背脊。两个半大的孩子瞬间扭打在一起,像路边暴起的两条小野狗死死地互咬住对方,谁也不松口。

宛遥担忧地站在旁边,不敢上前拉架,又怕他们打出个什么好歹来:"你们……你们不要打了啊。"

少年的腿踢翻堆在角落的瓦罐,她赶紧躲开,只能劝道:"项桓,你别打伤人了!"

刘大公子到底是文弱书生,被他摁在墙上一通拳打脚踢,怀中裹着走马灯的包袱应声而落,滚在脚边。两人互殴得太忘我,一时竟没留意这矛盾中心的重要物件,而刘大公子被揍疼了,终于狗急跳墙奋力推了项桓一把。少年没站稳,后退间踩滑了小石子儿,坐到了地上,伴随着"哐当"一声响,身下似有何物碎成了七零八落的残骸。

这一刻,在场的三个孩子都蒙了。

项桓预感不妙地转过头,抬起手,那灰布下果然露出某物熟悉的边角,他登时像被铁烙烫住,"噌"一下蹦起来。

那盏走马灯诞生不到两个月,终于阵亡了。

这边的少年们眼睁睁看着女孩子愣怔的双眸由白转红,眼眶一点一点漫上水汽,跟着肩膀就开始上下抽动。

刘大公子长这么大,其他的没学会,但也明白惹女孩儿哭是件十分罪恶的事情,当即三下五除二地拔腿开溜了,将烂摊子抛给项桓一个人。

少年没料到他跑那么快，左右四顾，自己也手足无措起来。

宛遥在那堆四分五裂的木头块前蹲下，扒拉了一阵，意识到的确没救了，于是才用两手捂住脸，缩成一团伤心地掉眼泪。

项桓头皮发麻地挠了挠脖子，试图安慰："宛遥，你别哭了……"

她其实也不发什么脾气，哭声也不大，断断续续，轻得像是猫叫，可她就是不停，项桓听着，总感觉她难过得好似天要塌了。

少年没有办法，在旁边走来走去，最后也单膝落下蹲在女孩儿的身侧。

"宛遥。"他把她哭得满面泪水的脸捧起来，用手抹去一把湿意，"好了好了，不就是个走马灯吗，下次我再做一个赔给你便是了，多大点事儿啊。"

小姑娘哭得头晕眼花，稀里糊涂地被少年牵着手轻轻拉起："走，我带你去吃蟹黄汤包，吃过了就不要哭了。"

"嗯。"

女孩子安安静静地跟在少年的背后，两人就这样不紧不慢地走在长安城黄昏的街巷间。

许多年后的除夕夜，宛遥推开卧房的门，她看见桌上的走马灯正欢快地翻转着，光影在屋内如水般流动。趴在桌边的少年用手指不断地拨着灯面，那些忽明忽暗的光在他清澈的眼睛里闪烁，然而一旁的小姑娘身高有限，蹦了半天也没冒头。

就在这时，一双大手托着她的两腋轻轻松松将她高高抱起。

"哇！"她说话还不大利索，操着大舌头的口音高兴道："爹爹，兔子……"

项桓将闺女往灯前凑了凑，慢条斯理地笑着应声："嗯，兔子。"

宛遥浅浅一笑，垂眸掩上门扉，记忆里的少年朝她望来，眉宇间神采依旧，明朗鲜活。

雪牙

番外四

宛遥是在小年夜扫尘清理时发现那把宝剑的。

剑身泛着青色，阳光下隐隐可见精雕细琢的纹饰，说不上是用什么稀世玄铁所制，但看着很有些年岁了。她踮起脚，小心翼翼从柜子深处取出来。

"嗯……"东西挺沉，放置在一个木盒之内，盒盖却不知所终。

她正对着长锋打量，在一旁帮忙的项圆圆忽然把脑袋凑上前，颇惊奇地"咦"道："这不是'青蛟'吗？"

宛遥不解："青蛟？"

"对啊，项家家传的古剑，我哥用的那把银色长枪不是叫'雪牙'吗？这个和它是一对儿。"她说完反倒意外地欣喜起来，"从前府邸被抄，好多东西都遗失了，后来虽然有人陆陆续续归还，还是有一部分不知所终。我哥早些时候还在叨念，说不知把青蛟搁哪儿了，一直以为流落在外，想不到在这里呀。"

项圆圆轻抚剑身，迅速想好了一个戏弄她哥的好办法："我得借这个机会好好敲他一笔！"

宛遥一边无奈地笑着摇头，一边思索过后又觉疑惑："我从未见他使剑，他不是只用枪吗，怎么会对这个念念不忘？"

圆圆从立柜角落里找到盖子，将长锋装好："不是我哥用，这剑是我大哥的佩剑。"

"你大哥？"宛遥说完便暗自了然，哦，是项维。

然而小姑子兴致勃勃，满口的与有荣焉："听人说我大哥的剑法可高超了，在同辈的武将里那是数一数二、难得一见的天才，连我哥都不一定能比过他呢！"

项维原就是项家最受器重的后辈,是项南天当作家主继承人来培养的,比起枪术,他其实更擅长剑法,对于长子,几乎倾注了自己所有的心血。

项圆圆感慨似的长叹一声,托腮歪头,无端透出几分惆怅:"唉,可惜我没福气早生几年,也不知我大哥到底生成个什么模样。我哥跟我老爹总是避讳着,不爱同我提他,我又不好去问。"

她出生没多久,项维便战死了,年纪太小,很难留下记忆。

宛遥犹在出神,项圆圆忽然贴近来,眨着眼睛:"嫂子,你见过我大哥吗?"

宛遥抿唇沉吟一阵,方悠悠颔首:"见倒是见过的。"

项圆圆立马来了精神:"真的?他是怎么样一个人呀!"

"项大哥吗……"

彼时她年龄亦小,算算恐怕就五六岁,旧时的画面模糊难辨,只依稀记得是个高挑修长,端方清润的年轻公子,和项桓简直两个气质,很有儒将风范。

那一年她又随母亲登门拜访项夫人,因为有点畏惧项桓,故而宛遥没敢往后院去,只由贴身照顾她的老妈妈领着在花圃附近扑蝴蝶玩。

不多时,隐隐听到院墙那头传来刀兵相撞的金鸣之声。

虽然一早被母亲叮嘱过,知晓项氏尚武,可小姑娘终究害怕刀光剑影,害怕中又有些敬仰和钦佩。会舞刀弄枪的男孩子,怎么看都是英气的。

不巧,那蝴蝶渐渐往后院方向飞去了,老妈妈被午后暖阳照得昏昏欲睡,正在边上打盹,宛遥满心都在玩儿上,一不留神便踏入了"禁区"。

仲春的风里桃花灼灼,新红凝碧叶,蝴蝶停在桃枝梢头。她在树下追得气喘吁吁,仰首看去,阳光中,一只骨节纤瘦分明的手将那枝桃花折了下来。

月洞门前站了个堪比春风的人,一身淡青色的箭袖,长发束冠,亦有少许落在肩侧,手中握着的大约正是这样一把剑。

对方可能误以为她想要摘那株花,于是笑容温和地俯身将东西递给她。

这人笑得如此和蔼可亲,宛遥真是一点也不想拂他的好意,便带着怯然把花枝接了过来。

"你是谁家的小孩儿啊?"他问罢,很快便明白,"哦,是宛大人府上的那个小妹妹吧?"然后笑着打趣,"又被我家那不着调的娘叫来给她解闷了吗?"

宛遥不大好意思,捏着桃花犹犹豫豫地不知说什么。

项维比她年长十来岁,已经是个大人的模样了,他得蹲下身才好与之交谈。

他哄小孩般轻言细语地问:"你一个人在玩吗?真对不住,今日我们只顾练武,都没好好招待你。"他说对不住的时候,腔调歉疚得让人都有些赧然。

他说完一眨眼,很快有了想法,笑道:"对了,我有个和你年纪差不多的弟弟,把他叫来陪你好不好?"见宛遥安静乖巧得厉害,他忍不住连语气都放轻了,"你想玩什么?"

直到此刻,小姑娘才用很轻的声音回答:"捉蝴蝶……"

"哦。"项维扬起嗓音,一副夸张的口吻,"捉蝴蝶啊。"

话语刚落,演武场那头飞来一粒石子,没打中他,倒是打中了半空里翩翩起舞的彩蝶,这蝴蝶躲过了小丫头片子没能躲过臭小子,当场去世,悠悠荡荡地从项维和宛遥眼前落下去。

好吧,从某种意义上讲,也算是"捉到"蝴蝶了。

远处是某人不耐烦的嗓音:"哥,你干吗呢?还练不练了!"

项家大小姐跟着她回忆完那幅画面,不得不承认自家二哥的确是个很会破坏氛围的人。

项圆圆沉痛地扶额摇头:"果然,只要有我哥的地方,就很难存在什么美好风雅的事。"

宛遥默默颔首,深以为然。

正在这时,门外投进一道黑影。

来者满口不悦:"什么很难,什么有我在的地方,我又怎么了?当着我的面数落还不够,背着也要讲我的坏话是吧?"

两个女人转过头,项大小姐脱口而出:"啊,哥。"

"你还知道叫'哥'。"项桓一身军装尚未换下,俨然是刚巡营归来,抱着双臂眼神怀疑地往里走,"你们俩凑一块儿准没好话,说我什么不是呢?"

项圆圆做贼心虚,立刻否认:"没有啦。"

"你没有?"瞧见宛遥在边上含笑不语,项桓愈发笃定了,"看见她笑就猜到你肯定有。"

对方大为震惊:"这你都能联系到一块儿去?"

他轻嗤着朝天翻了个白眼:"就宛遥那性子我还能不知道?隔三岔五都能翻出小时候鸡毛蒜皮的旧账来,也不知道她怎么记着的。"

项圆圆本还想反驳,听到后半句便露出一个不可言说的表情,朝项桓挤眉弄眼:"哥,你很熟练嘛。"

项桓冷眼挑眉:"我看你找死也找得很熟练。"

"哇,嫂子!"不等他上前,项圆圆已经习惯性地躲到了宛遥的背后,开始控诉,"你看看他!"

对方龇牙"啧"一声,真是一见她这黏糊劲儿便浑身烦躁:"就会拿她当挡箭牌,多大的人还躲人背后,有本事滚出来!"

项大小姐在自家嫂子的肩侧冲他摇头晃脑:"不要,我没本事,就是没本事。"

项桓:他项家怎么出了这么个怪胎!

"好啦,行了行了。"宛遥瞧够了热闹,照例敷衍地抬手打了个圆场,把这兄妹二人分开,"我同圆圆方才寻得一件旧物,随口聊了你两句而已。"说着,朝旁递了个眼神,神秘道,"去看看那是什么。"

"能有什么……"项桓不以为意的话只开了个头,等看清柜架上的青色长锋时,他的目光竟有片刻愣怔,那一瞬的失神稍纵即逝。

"哦,是青蛟啊。"项桓走过去执起剑柄,神情平静地端详了一阵,轻浅地牵起嘴角,收剑入鞘,"差点还当它找不回来了,怕是得高价贴榜重金悬赏。"

项圆圆赶紧补充:"哥,这可是我找到的!"随后追着他往外走,"反正都要花钱悬赏了,便宜别人不如便宜我啊,肥水不流外人田嘛。"

宛遥看着兄妹俩叽叽喳喳地出了小院。

当天夜里,项桓将古剑挂在了卧房东面的墙上,旁边便是雪牙枪,她此时才恍然明白,原来空着的这个位置一直是给青蛟剑留着的。长锋古拙,无论是剑身还是剑鞘都略显暗淡,内敛而谦逊,全然不似一旁雪牙枪银光耀耀,英姿飒爽。

宛遥站在格架下沉默地观望了半晌,忽然冒出一个想法。

项桓洗涮完毕,擦着脖子后浸湿的头发走出浴房,一眼就看到了灯下的女孩子正专注地捧着丝线,手指翻飞,像蝴蝶一样轻灵。

四周的那些光全打在她的脸上,朦胧得仿佛笼了轻纱。

他不禁心念一动，瞬间扑了上去："宛遥！"

宛遥："啊——"被他吓了一大跳！

偏某人毫无愧意，从背后将她搂了个满怀，微湿的脑袋蹲在她的脸颊处，像条大狼犬。

"干吗呢？这么认真。"

宛遥哪里接得住项桓身体的重量，只能歪着身子转头无奈："给青蛟剑编穗子。我才是要问你在干吗，满头的水渍。"她说着，抬起胳膊，向后抚了抚他的脖颈。

项桓的视线便落在她手中的红丝线上，也就顺从地将脸贴在宛遥的掌心由她摩挲。

"剑穗啊。"他先是一愣，嗓音懒而悠远，带了点笑腔，"还挺怀念。"

项桓的银枪原是有红缨的，同剑穗一样，这种东西也就图个观赏性，全作装饰之用，而无论哪一种都只配存在于太平时代，人们舞刀弄枪比武论高低，才有心思在武器外观上下功夫。

他打仗之后就很少再挂配了，常常遗失于战场，懒得总换新的。

"怎么忽然想着编这个？"他将宛遥捞回来，扶着她坐直。

"这不是发现青蛟剑上的穗子旧了吗？"宛遥窝在他的怀中，仍旧垂眸忙着手里的活儿，不紧不慢道，"闲来无事，打发打发时间。"

青蛟剑从前被放置在项府的库房内，此后辗转数年，这剑穗或许早已不是当初的那一条。

项桓记得大哥在此物上并不讲究，不止于此，他好像对很多事都不那么讲究，端方、平和、不争不抢、得过且过。

难以想象两人居然同出一个娘胎。

项桓小时候就不明白项维为什么从不计较输赢，和人比剑，赢了是风轻云淡，输了还是风轻云淡，以至于对方无论是输是赢都有被羞辱的错觉。

他身上没有戾气，见谁皆是一脸春风和煦，简直不像个当将军的，然而，没有戾气的人居然可以所向披靡，横扫全京城的演武场。

这杀意到底从何而来？

"哥，你是又被哪家的老太太，老大爷叫去修屋顶了？脏成这样。"他在

后门堵到项维，叉着腰直皱眉，"等下让娘发现，有你好受的。"

他大哥还好意思笑："啊，不是哦。"继而乐呵呵地解释，"今天是隔壁小妹妹的风筝挂到墙头了，昨日下过雨，青苔怪厚的，费了些工夫。"

项桓不由叹气："一只风筝而已，买新的不行吗？你这身衣料不好洗，回头又要挨骂了。"

项维倒是不以为意："人家小姑娘亲手做的，弄丢了怪可惜，她都说'求求大哥哥了'，我很难拒绝啊。"

项二公子鄙夷地轻哼："也就是你好脾气，你让她来求我试试，看我会不会搭理她。"

项维自顾自地说道："啊，就是那日来咱们家扑蝴蝶的那个。大家左邻右舍的，帮帮忙嘛。"

项桓瘪着嘴费解："你说你这人平日里温柔得不像样，连只蚂蚁也担心踩死，怎么一拿上青蛟，出招就这么凌厉呢？"他开始揣测，"别不是青蛟暗藏什么玄机，莫非有剑灵附身？"

项桓在他的剑下就没占到过半点便宜。

项维拍着衣衫上的泥，闻言却忽然抬眼，意味深长地朝他一笑："这话可不对哦。谁说温和就一定不堪一击了？那叫懦弱，真正内心温柔的人该是比旁人更加清醒，执着，坚韧不拔。"

如他所料，对面的男孩子果然露出怀疑的目光。

他也不强求，笑着摇摇头："你还太小，只觉得人的锋芒都应外露，杀气都该在脸上，但凡动武，必要'有来无回'，你以后总会明白的。"

…………

项桓两臂自后面环着宛遥的双肩，侧目看她清婉的眉眼，长睫一扇一扇，神情里满是柔软。

如今的项桓已经知道这并非是什么打发时间了，时过境迁后，他才忽然意识到自己竟是天底下最幸运的一个，这一生居然能遇见两个愿意温柔待他的亲人，得是上辈子吃斋念佛，行善积德，造福了万民方攒得这辈子的福气吧。

项桓越想越觉得圆满，愈发亢奋地收拢胳膊，整个人不要脸地压到了宛遥的后背上，混蛋得不行："宛遥，改天也给我的雪牙枪做个呗，我要正红色的！"

"啊——"猛然被他一扑腾，宛遥直着急，"我拿着针呢！"

"没事儿。"身后的人浑不在意，"不就是针嘛。"

宛遥："可是扎进去了，手背啊！"

"针眼儿而已。"他抱着她晃悠，"再扎几针也不疼。"

第二日便是除夕，今年余飞办完公事绕道长安，居然有空与项桓碰头一块儿过年。

哥俩许久不见，彼此的刀枪都甚是想念，一个眼神交汇，很快拔刀提枪，满院子你追我赶，切磋武艺，挂在墙上的青蛟被项桓带起的一阵风刮歪了。

宛遥见状，回身正要扶正长剑，背手溜达着想来瞧热闹的项南天忽然远远望见此物，神色严肃地走了进来："小圆那丫头说青蛟找着了，我还当她又信口胡诌，原来是真的啊……"他老人家在墙下站定，蹙眉沉思片刻，轻轻叹道，"毕竟是祖传之物，还是该仔细收存，这臭小子又堂而皇之搁在屋里。"

没办法，谁让现在是项桓当家呢。

"我想不要紧的。"宛遥笑着替某人圆场，"您看雪牙枪不也好好的吗。"

项南天沉默良久，却低声开口："青蛟剑和雪牙枪不一样。"他的目光浅淡，"青蛟剑乃项家数代相传之宝，雪牙枪不是。"

宛遥："啊？"她道，"雪牙枪不是家传的吗？不是说是项王之枪……"

项老爷轻笑："楚霸王擅使戟，话本传奇里才说他用枪，到底是与不是，我们这一代也已无从考究。至于雪牙枪，大概是江湖友人们给面子，替它抬了抬身价罢了。"他抚上轻剑身上繁复古雅的纹饰，"昔年桓儿与阿维一同习武，总羡慕他得了青蛟剑，当兄长的怕弟弟多心，悄悄求着我打了一柄银枪送他，只说也是家传宝物。"

见宛遥惊讶，老爷子挑眉："你可别瞧不起这枪，铸造用的玄铁那也是千金难求的好东西，比起青蛟剑一点不差的。"

"可是……"对面的姑娘隐有犹豫，"项桓若知道实情，会有些失落吧。"

然而项南天只是一笑："历史上的传奇兵刃之所以成为传奇，往往是在于用兵刃的人，而不是兵刃本身，你又怎知雪牙战枪今后不会成为传世的名枪呢？"

在她若有所思的目光中，项南天意味深长道："何况，他或许早就知

道了。"

院子里，年轻的将军手持长枪，意气飞扬。

很多年以后的项王同样和他的长子不对付，父子俩一个握着雪牙枪、一个手持青蛟剑，在家里剑枪相对。那柄枪和他一并流传后世，被一代又一代人津津乐道的长枪终究在某一辈人手中断了传承——项家此时已没有修习枪术的后人了。

于是，雪牙枪被圣主请进了京城，郑重地收入国库"天启"之中，等待着将来，抑或不久后的某个有缘人。